拥抱阳光
——我和体育的故事

读一本好书
就是和一位品德高尚的人谈话

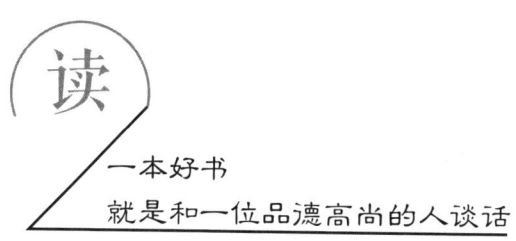

于湘 著

当现实生活中
到处充斥着"你的数学是体育老师教的吗？
你的语文是体育老师教的吗？……"

光明日报出版社

图书在版编目（CIP）数据

拥抱阳光：我和体育的故事 / 于湘著. -- 北京：光明日报出版社，2018.8（2021.8 重印）
ISBN 978-7-5194-4606-2

Ⅰ.①拥… Ⅱ.①于… Ⅲ.①回忆录—中国—当代 Ⅳ.①I251

中国版本图书馆 CIP 数据核字（2018）第 206790 号

拥抱阳光——我和体育的故事
YONGBAO YANGGUANG—WO HE TIYU DE GUSHI

著　　者：于　湘	
责任编辑：杨　茹	特约编辑：刘　彬
责任校对：赵鸣鸣	封面设计：范晓辉
责任印制：曹　诤	

出版发行：光明日报出版社
地　　址：北京市西城区永安路 106 号，100050
电　　话：010-63169890（咨询），010-63131930（邮购）
传　　真：010-63131930
网　　址：http://book.gmw.cn
E - mail：gmcbs@gmw.cn
法律顾问：北京德恒律师事务所龚柳方律师

印　　刷：三河市华东印刷有限公司
装　　订：三河市华东印刷有限公司

本书如有破损、缺页、装订错误，请与本社联系调换，电话：010-67019571

开　　本：170mm×240mm
字　　数：371 千字　　　印　张：22
版　　次：2018 年 8 月第 1 版　　印　次：2021 年 8 月第 2 次印刷
书　　号：ISBN 978-7-5194-4606-2
定　　价：69.00 元

版权所有　　翻印必究

献给改革开放四十周年
献给母亲八十大寿

序

王世勋

正高级

国培专家

广东省特级教师

广东省名师工作室主持人

认识于湘老师十余载,头些年的交往不多,只知道他是奥运火炬手,在一所中学教体育,偶尔会在活动中碰上。他是一个自带光芒的人,就像一支火炬。遇见他一次,这种感觉就会强化一次:阳光写在脸上,浑身充满能量。

近距离的交往缘自 2015 年 10 月,在广东东莞教师进修学校的一次省级体育科研培训班上。当时中山市有十位优秀教师参加,其中带头的人就是于湘。他和黄飞领着大家延续着中山体育人在省培班上的优良作风:认真学习,做好服务,广交朋友,团结一致,抓住机会,展示实力。他们杰出的表现,令中山团队大放异彩,也让其他伙伴羡慕不已。我去培训班做了一个讲座,学员们反应热烈,这更增强了大家的自豪感。课后小聚,我提议成立一个体育教师读书会。老于第一个赞成,大家就此话题展开深入讨论,聊得酣畅淋漓。之后,便有了中山市体育教师读书会,并于当年 11 月 27 日在中山詹园进行了第一次读书分享,老于第一个分享了他的第三部著作——《第二故乡》。

中山市每月一次的体育教师读书会,考验着所有人的耐力,老于从不无故缺席,时常登台分享,我对他的了解渐渐深刻一些。他从来不打无准备之仗,行事有板有眼,尽心极力,待人和善真诚,彬彬有礼。当年的农村条件虽然艰苦,但和美的家庭,质朴的自然环境,造就了他积极的心态和不屈的性格。武术和体育又给他注入了坚毅与乐观的性格,正是这种人格特质让他走出了山村,走出巴中,走向跑道,走上讲坛。人生的每一个转折,都是一次完美的蜕变,火炬手,就是他的写照。一次圣火传递,一生逐梦人。看他的故事,你会感受到他哪里是在传递火炬,分明是在传递对生命的感悟、对世界的爱。

他不仅勤奋读书,还乐于同他人分享;他不仅认真教书,还尽最大努力写书;他不仅做老师,还做团委、教务、德育工作。这在体育人当中少之又少。每当听到有人调侃体育老师,别人会大声反驳,而他只是用实际行动回答。他做事精细勤勉,态度温和坚定,使得他做起工作来得心应手。和学生对话、与同事交流、向专家请教,都能彰显出他的谦恭和自信,让人感觉温暖又舒服。更难得的,哪怕是一次谈话、一场活动、一段经历都会变成他的笔记。他记下所有的细节,然后发酵一段时间,再拿出来慢慢品味,仔细打磨,反复修改之后,一个好故事、一篇美文便呈现在大家面前。听他娓娓道来,总是一副轻松的样子,实在让人羡慕。然而,这轻松的故事背后一定有不轻松的经历。他是把辛苦当礼物,把琐碎当珍珠,用爱的付出串起了生活的项链。

于湘,文能执笔写美文,武能上擂夺金牌,艺能合唱摘桂冠,真能奥运传圣火,善能育人通哲理,美能央视展丰采。他的教育人生因三书的沉淀与释放,三观的淬炼与提升而光彩夺目,熠熠生辉。青年时期他用行动鼓舞人,壮年时期他用故事激励人,中年时期他用作品感动人。他是一个懂生活爱生活的人,平凡却有故事,简约但不简单,他用坚持和勇敢成就自己最平凡的大事。

2018 年 05 月 10 日于中山市阳光花地旭日阁

前　言

2018是一个不寻常的日子,是世界重要的一年,是中国重要的一年,是人生重要的一年。于己于家于国于天下都极为重要。有些我们见证了,有些我们参与了,有些我们记录了,有些我们珍藏了,还有一些是未知的。这让我莫名地想起一些与2018有关的故事,尤其是体育和教育的故事。体育是我人生中的大事,并贯穿始终。

2018是北京成功举办(夏季)奥运会十周年。

2018年是全民健身日第十年。

2018是四川汶川5·12大地震十周年。

2018是我在南粤初成名二十周年。

2018年是中山县升格为地级市三十周年。

2018是我的父亲仙逝三十周年。

2018是中国改革开放四十周年。

2018是我的母亲八十大寿年。

2018是马克思诞辰二百周年。

2018开启了我的教育和体育工作第四个春天。第一个是1997—2001探索阶段,第二个是2001—2009基础阶段,第三个是2009—2017夯实阶段,第四个是2017—至今绽放阶段。

"雷惊天地龙蛇蛰,雨足郊原草木柔。"中国,自改革开放以来,中华大地发生了翻天覆地的变化。教育现代化了,军演常态化了,通讯量子化了,数据云时代了,信息共享了,陆地交通高速化了,空中无人机时代了,水里航母巡逻了,办公无纸化了,汽车共享了,购物不用去商场了,交易不必现金了……国家富强,人民安居乐业啦!

中国体育事业在近现代发展史上,值得浓墨重彩地书写。尤其是,自改革开放以来,社会各个层面的体育事业,像竞技体育、群众体育、学校体育、全民健身、民族传统体育、残疾人体育等都有精彩的故事。

勇立潮头,不畏艰难,敢闯敢拼,引领创新,是广大体育教师应有的品格。在这个充满机遇和挑战的时代,体育教师的奋斗和创新精神以及奉献精神显得尤为重要。新时代要有新担当新作为。创新正当其时,圆梦适得其势,当前正是人民教师大有可为的黄金时代。

这是一个前所未有的美好时代。喜逢盛世,修宪、修史、修志、修谱亦恰是时候。作为这个时代的见证者、参与者、记录者、收藏者,尤其是体育教育工作者也应该向时代献礼!作为一名普通的体育教育工作者,我能够拿得出手的就是我的体育故事——《拥抱阳光:我和体育的故事》。对于文字,我没有企图心,也没有"语不惊人死不休"的气概,大多寡淡平凡。但我用自己的真情实感,反映生活、歌颂体育、赞美时代。

戊戌狗年恰逢我国改革开放四十周年,谨以此书献给伟大的祖国!

戊戌狗年恰逢我的母亲八十大寿,谨以此书献给敬爱的母亲!

2018 年 03 月 24 日　星期六　初稿
2018 年 08 月 08 日　星期三　修订

目 录
CONTENTS

01 梦想篇 1
　神谕使命　3
　我的小学生活　4
　我的初中生活　9
　我的高中生活　14
　我的大学生活　22
　追梦仁少年　30
　我是体育教师　33

02 家国篇 37
　我和体育的故事　39
　家风传承　75
　大爱无疆　79
　母亲八十　83
　中山故事
　　——纪念孙中山先生诞辰150周年　85
　家国事　89
　心中如此美好的您　92
　房前屋后　93
　新年旧事　98
　再谈故乡　101
　家有诗书气自华　103
　见证历史　104

03 遇见篇 107
　两位"忘年交"朋友　109
　永远的何老　111
　渡　江　114
　向方成先生求字　116
　向吴冠英教授求画　121

1

向黄衍增先生求墨宝　124
《老人与海》成就了我的梦想　126
寒流之痒　128
我的体育老师　130

04　当讲篇　133
体育是人类情感最直接的表达和体验　135
健全人格　首在体育
　　——在2016年体育艺术节暨第十五届校运会闭幕式的讲话　138
超值省培
　　——在2017年广东省体育学科骨干教师培训班结业典礼的发言　142
勇闯中考关　跨越成功门
　　——在中山市西区中学2018届中考"百日誓师大会"的讲话　147
学无止境　教无际涯
　　——记广东省第十五届运动会学校体育暨广东省第四届中小学体育教师
　　　教学技能大赛中山代表队（集训）选拔赛　150
世界因分享而精彩　155
证书与聘书　158
讲学逸事　161
丙申猴年第一讲　164
开场白　166
又见孔子　169
在绿茵场遇见诗人　174
加强学科建设　提高教学质量　176

05　利剑篇　185
难忘的中考体育　187
鸡毛令箭　195
中段检测　199
纪　律　201
手机风暴　204

06　尚美篇　207
奥林匹克梦想
　　——写在巴西里约第三十一届奥运会开幕之际　209
伟大的胜利　212
市运会故事　214
第三十个教师节　218

价值几何 220
体育核心素养 223
体育具有高度的教育价值 225
阅读与消化 227
激情与动力 229
茶如人生 231
味　道 233
名山行之峨眉山 235
名山行之九黄 237
都江堰南桥与凤凰城虹桥 240
不必每天吃糖　日子也是甜的 242
王子与王八 244
正月初四的早餐 246
追　梦 248
点燃人生 249
走进长师 252
印章逸事 255
挤出来的时间 257
遵　从 260
逐梦教育　不忘初心 261
壹表壹故事 263
南海蛟龙 266
三只蜗牛 270
教师三书 272
说　闲 274
追　求 275

07 寻找篇　277

寻
　　——写在《第二故乡》出版当日 279
我的1997
　　——纪念大学毕业暨香港回归二十周年 280
无题(一) 281
无题(二) 282
无题(三) 283
成就说 284
梦里故乡 285

羡　慕　286
折　腾　288
四十岁的事儿　289
体育的力量
　　——丙申猴年新年寄语　291
乡　愁　292
致运动员　294
初　衷　295
跟　随　296
眺　望　298
三只鸟　299
无　言　300
沉　淀　303
运动与阅读　304
初　梦　305
期　盼　306
人生三策　307
文　字　308
遇　见　309
寻找动力　310
故事里的事　311
分　享　313
致优秀的体育人　314

08　箴言篇　　　　　　　　　　　　　　317

机会面前伸出果敢的手　319
于湘老师，中山人为你壮行　321
将奥运精神发扬光大　322
新起点　323
《平民火炬手》序一　324
《平民火炬手》序二　326
《平民火炬手》前言节选　327
《奥林匹克圣火之旅》序一　328
《奥林匹克圣火之旅》序二　330
《第二故乡》序一　332
《第二故乡》序二　333

后　记　　　　　　　　　　　　　　　　336

01
梦想篇

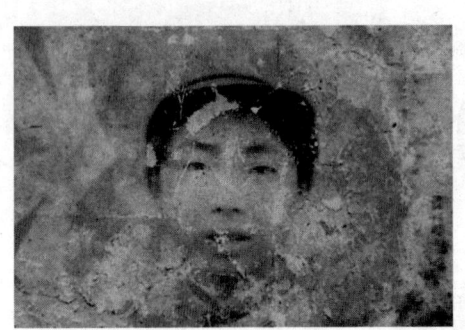

神谕使命

体育让我拥有矫健的体魄
生活燃烧着激情
工作铆足了干劲
体育给了我体面的饭碗
给了我独特的职业生涯和人生道路
也给了我许许多多难忘的故事

作为圣火传递手
奥林匹克给予我神谕使命
将教育理想深埋在现实贫瘠的土壤中
用汗水和心血浇灌我田地里的禾苗与花朵
用智慧和信念擦亮每一个生命的细节
让黯淡平凡的生活闪耀神性光芒

作为体育教师
要让每一位走进课堂的学子
都能铸就一个健康的体魄
拥有一个健全的人格
让圣火照亮身边每一个人
温暖身旁每一颗心

我的小学生活

在我的求学征途中,有许多值得记录的故事,像我的小学校园生活就是其中之一。谈校园生活,不能没有校园,不能没有老师,更不能没有学生。我曾经就读的宝珠观村小学,留给我最美好的印记,屈指细数,有以下几个:

一

山村校园。

宝珠观村小学背山面水而建,前面是一层层错落有致的梯田,梯田最下面有一个堰塘,堰塘是我们童年时候,光着屁股玩水,最开心的所谓"水上乐园"。学校背面有一座小山,山不高,我和一帮小伙伴们经常趁老师去赶场(赶集),山中无大王的时候,跑到小山的高处眺望远方……

校园是一座完整的四合院,土木瓦建筑结构,院内布局典雅,礼堂略高,显得庄严,走廊两侧有雕花条石栏杆。校园内外全都是一排排整齐的洋槐树或者细叶桉树。夏天槐花锦簇,香飘四溢,三五成群的男生坐在树下抓石子儿、女生跳皮筋;冬天我们以树为营,玩"砍营"的游戏,攻守在你追我躲中不断更换,也有同学"滚铁环",汗水滴在地上,滋润着龆年岁月。

我不仅喜欢"抓石子儿",也喜欢"砍营",更喜欢洋槐树树枝间架起的青冈树单杠。许多小伙伴因为缺少臂力,尝试多次之后,也不能在单杠上完成基本动作,只能看着我在杠上自由翻飞。山里娃的童年生活,简单到只需两个字去书写——纯真。

二

下乡女知青。

20世纪70年代中后期,宝珠观村小学来了两位重庆女知青,搅动了我们平静的小山村。一位年轻的女知青叫白文群,白老师白白净净的脸上架着一副眼镜,镜片很厚。她的歌声嘹亮、舞姿优美。另一位女知青叫幸知芳,幸老师嗓门儿大,性格耿直爽快,喜欢穿裙子。她俩的性格迥然不同,白老师带柔,幸老师显刚。

她俩是我们村小第一批住校的教师。幸老师没有教过我,但我经常看到她拿着教鞭(金竹儿竹节鞭)威严地教育学生。我十分喜欢白老师教我唱歌。记得有一次,白老师把我叫到讲台,亲手扶我站在黑板前的板凳上,她站在我身后,手把手地教我打拍子,指挥大家唱歌。那是我儿时最光荣的时刻。

后来,知青返城的时候,幸老师回到了重庆。因为白老师在我们的小山村找到了真爱,所以留下来,做了"关公"的媳妇。

三

启蒙老师。

我没有上过幼儿园。当时,宝珠观村也没有幼儿园。大概在我上小学三年级时,村里有了第一届幼儿班(当时的生源还达不到办幼儿园的规模)。宝珠观村第一届幼儿班班主任叫彭桂群。为什么我记得这么清楚呢?因为我的妹妹就是宝珠观村第一届幼儿班为数不多的学生之一,而且彭老师同廖友志老师结婚之后,每天上下班都要经过我们千丘塝的那条青石板路。

上小学之前,我和堂弟于吉泉一起,经常随堂兄于吉才跑到小学去玩。无意中,被白文群老师发现我的灵巧、可爱,于是,让我随她唱歌、跳舞。我还没有进小学就被白老师相中了。

我读小学一年级的班主任叫刘正荣。刘老师是一位退伍军人,他既有做军人威严的一面,也有当教师睿智的一面。那时的班主任是最全能的老师,一个人要教所有的学科(语文、算术、体育、音乐、美术),按现在流行的说法,就是"包班制"。

除了学习,我们也会集体支援"农忙",主要是收割小麦。刘老师偶尔也带我们到宝珠观去植树、浇水。2015年春节期间回老家,我还特意去了宝珠观一趟。山上有一座小庙(两间土墙瓦屋),小庙掩映在苍松翠柏之中(如图)。在茂密的林子里,已经找不到哪一棵树是我当年植的。

刘老师教我们写汉字,教得认真、写得规范、讲得形象。他说,想要写好笔顺笔形,就要像站军姿一样,横撇竖捺一丝不苟,既要工整又要规范。做人也要这样,规规矩矩、堂堂正正。我特别喜欢刘老师教我们汉语拼音,我亦乐此不疲地抄写拼音,因为我不仅喜欢聆听翻书本纸张的清脆声,还喜欢闻削铅笔的木屑香味。刘老师上其他课时,讲本地话,上拼音课时,讲"川普",有些同学笑老师"歪腔歪调",但我从没有起哄过,反倒觉得挺好玩儿。现在,我仍然保持讲普通话的习惯,可能跟那时候的兴趣有一定关系。

我父亲和刘老师关系不错,一个是抗美援朝志愿军转业军人,一个是退伍军人。刘老师亲切地称我父亲为于主任,他们聚在一起有许多共同的话题,刘老师也是我们家的"座上宾"。

四

班主任。

我的人生中,遇到的第一个班主任刘正荣老师,因工作需要调到村里做事,不再教书了。于是,我们的班主任由陈良芳老师接任。在我的印象中,陈老师的数学教得很好,上课一丝不苟,板书一板又一板,我们很少有休息时间。

我同陈良芳老师在课堂的故事不多,但课堂之外的记忆却不少。不知为何,陈老师会经常叫我帮他们家干活儿。我可以做许多大人干的活儿,像搬苞谷、挖红苕、背苕藤子、砍柴(爬树剃树丫枝),而且我很乐意帮助他们家做事。

当时,我的父母好像从没有反对过,我这么小年纪,就帮他们家干那么多农活儿。有时候,我会留在老师家过夜。那期间,我很享受师姐帮我盛香喷喷的腊肉(肥肠)面条,师妹给我端洗脸水的童年好时光。陈老师育有一男两女,他的儿子陈昌宏也是我小学的同班同学。

陈老师有一个很好的助手叫谢安,谢安是我们同学中,字写得最好,书写最规范的一个。他的粉笔字在我们班,甚至在我们学校都无人可比。他经常帮老师写板书,帮学校出板报。如果讲到"字如其人",我就会想起谢安同学。

五

龆年囧事。

在我读小学高年级时，学校来了一位从师范学校毕业的男教师叫魏成海。魏老师是宝珠观村第一位从师范学校毕业的任课教师，正式又有编制，他是我们村小第一位吃"皇粮"的教书先生。

在魏成海老师来宝珠观村任教之前的老师们，要么是代课老师，要么是下乡志愿支教的知青。后来，像村里的陈良芳、罗定烈、廖友志、张弟聪等老师，通过长期的一线教学实践，积累了丰富的教育教学经验，再经过自身的努力后，都考到公办了。

魏老师很随和，衣着光鲜，整洁干净，从他身旁经过，可以闻到一股浓浓的香（肥）皂味道。我亦有幸成为魏老师的弟子。山里娃终于可以走上学习的正轨啦！

我们读小学那阵，可以随意留级，不像现在留级管理那么严。有的同学，尤其是女生，小学毕业后不久就结婚成家了。所以，我们小学期间的许多同学年龄差距很大。在我们同学中间，有很大一部分人表现十分优秀，像谢安、杨凯、于召福、于长青、张勇、陈宗刚、张洪明、杨笑飞、杨秀文、廖友德、廖铁梅、陈昌宏等同学，都是我模仿和学习的榜样！

当时，我掌握了多少知识，学到了多少本领，没有太深印象。但，有一件事却让我至今记忆犹新。学校西边靠男厕所旁，有一块空地，同学们把土翻新之后，计划帮老师种一些蔬菜。地，挖好了，土，也平整好了，却没有菜苗儿下地。我和堂弟于海主动请缨，回家拿菜苗儿，帮老师种菜。

当我俩走到王桂兰婆婆家，靠近竹林旁边的菜地时发现，她家的菜地刚刚种上新鲜的菜苗儿。不记得我俩谁先倡议，就近取材吧。说时迟，那时快，我俩垫脚一望，但见周围无人，以迅雷不及掩耳之势，拔了王婆婆家刚种上的菜苗，回到学校向大伙儿邀功。老师还夸我们办事效率高，给予肯定和表扬。

下午放学，当我高高兴兴地回到家时，王婆婆早已等候我多时了。我的父母狠狠地批评了我，说我没有担当，当哥哥的，不仅没有带好头，还教唆堂弟干坏事儿。

当天傍晚，征得父母同意，我在自家菜园里拔了菜苗，给王婆婆家的菜地补上被我们拔掉的菜苗，然后浇水，并赔礼道歉。我和堂弟还在班里进行了检讨。

这件事,是我龆年时代,做过的让自己十分难堪的囧事儿。自那以后,我深刻地认识到:通常情况下,道德比知识重要;特殊情况下,素养比学历重要。在成就非凡人生的道路上,每一步都十分关键,就看你是否愿意下定决心,排除困难,做一个诚实守信、有责任、有担当、有正能量的人。

掩映在苍松翠柏中的宝珠观小庙　2015年02月10日　中午　于湘摄

宝珠观村千丘塝远方的笔架山　2017年01月19日　于湘摄

我的初中生活

初级中学阶段,我上过两所学校,一个是关公初级中学,另一个是观音井初级中学。我在关公初级中学学习了三年,在观音井初级中学上过两年学。

一

小升初后,我被分到关公中学初八六级三班。班主任是我的语文老师马桂华,数学老师陈肃,体育老师王胜富。那一届的同学中,印象深刻的有李勇泉、李英……为什么特别记得他们呢?因为李勇泉的父亲李仲禄在乡上有些名气,除了邮递员身份外,还擅长一些乐器(擅长拉二胡),读过一些书,写得一手好字,在我心中,仲禄先生算是有文化的人。他们家同我家是世交,同时,也包括我的外婆家。记得 1990 年,我在乡电影院举办新年文艺演出时,还特邀仲禄先生献上二胡演奏,所以我同李勇泉的关系一直不错。

另一位同学叫李英,是班里最漂亮的女孩儿,又是体育委员。而我在班里个头儿不大,也不显眼,但我十分喜欢运动,因为体育,我和李英同学有了一些往来,所以至今仍然印象很深。

读完初一,我没有随大家升到初二,而是继续留下来读初一,追随王心述老师学习文学。王心述老师是我初中阶段第二位班主任。我认为王老师的教学是一流的,他把字、词、句讲得很透,对我们的作业,尤其是作文,要全批全改。我在关公初级中学学习期间,不仅喜欢体育,也爱好文学。因此,我和黎万平(小名儿毛娃子)还代表学校参加过全区(玉山)现场作文大赛。

王老师对我关爱有加,不仅选我当班里的体育委员,还推荐我做全校的广播体操领(喊)操员。每天课间操时间,我第一个跑向运动场,站在学校操场前面,大洋槐树下的乒乓球台上,指挥大家领(做)广播体操。因为当领操员的原因,学校许多老师和同学认识了我。高年级的同学也很支持我,尤其是我的堂兄于吉才、表哥许明宝、学长龙开泰,帮我积累了不少人缘,特别是高年级的男生。

我们班的同学对王老师十分尊敬,他家的农活儿几乎被我们班干部和一帮积极分子承包了,像割麦子、收油菜籽、插秧、掰玉米,还有砍柴等家务活,我们帮他全部搞定。我们除了帮王老师家干农活外,也帮助陈肃老师家打煤炭元,炭元儿干了之后,组织同学帮忙送到乡下,有时也去地里帮忙收割小麦。

同年级的学霸级人物有曾凤鸣、冯刚、赵家兴、黎万平等,我同陈宗刚、陈昌贵、陈中明、谢智、于林、王强、冯福松、王维之、陈良秋、陈晓芳等同学关系不错。尤其是同陈宗刚、陈昌贵的关系很近,我们既是同学又是兄弟。周末了不是我到他们家,就是他们到我家。有时候,下了晚自习,还要偷偷地溜出去,饱餐一顿。

许多时候,我亦随伏家大姐去她家过周末。因为于伏两家早已经结成了"儿女亲家",大姐的二妹许配与我,正式订过婚。结"儿女亲家"的风气,在大巴山区,家风比较好的家族里十分流行。伏家仁姐妹,个个长得标致。我到伏家成了她们的开心果,特别是最小的妹妹,时刻不离左右,成天黏着,我亦乐在其中。姐姐比我高一级,在伏家堂屋方桌上写作业时,她们会逗我说笑话。可我情窦未开,又不善言辞,反应愚钝,反被她们姐妹笑话。有时候,靠得太近,脸蛋儿会发烫,心跳会加速……姐姐在学校里,为我积攒了许多人脉,尤其是高年级的女生。

在我读中学的时候,见证了一件了不起的"旧年纠纷"。不知从何时起,宝珠观村的少年和邻村的蓝天村少年,每次在乡里考试(包括小学、中学)结束之后,都会在母猪石垭河"约架"。好像是约定俗成一般,一直延续到我们这一代。最初,大家远距离就相互投石块,击中活该,没被击中算是运气;近距离就用棍棒交战,有时候用苞木杆,苞木杆容易折断,不过瘾,就升级到用黄金棒,黄金棒柔韧性好,打在身上钻心的疼;贴身便拳脚相加,不小心,受了伤,用口水轻轻舔一舔,继续战斗。

如果,这还不过瘾的话,那么,趁晚上看电影的时候,双方再战。记得一个夏天的夜晚,大家在杨家沟(五队)晒坝看电影时,李中富(李仁贵家老三)独自去小便时,被对方跟踪,尿还没拉完,李就被对方用锐器偷袭,脑袋开了花,留了不少的血,那场面十分血腥,让人惊悚。

自血溅电影场事件后,两村的械斗在我读中学时全面停止,而且从那以后再未发生过。30年后的2017年7月29日,在巴中名都饭店的关公乡贤俊杰宴会

（由高明兄倡导和主持）上，作为当时的见证人，我和曾凤鸣同学不约而同地聊起此话题。往事历历在目，回忆愈多，感慨愈多。

我在关公没有读完初中，但，那里却给我的少年留下了许多珍贵的记忆。那个时候，虽然是住校，但宿舍的条件却十分简陋，几十个人一个宿舍，既臭又吵。有些班级的课堂里，也有上下床，床下每人一只木箱，木箱里装着米、红苕，还有一瓶（罐）咸菜。白天是课堂，晚上是寝室。一套衣服穿五六天，是常事儿，许多同学的身上都长了虱子，还有一些同学长了"骚咖疮"。学生都是带米、带咸菜到学校，用饭盒蒸饭吃，有些老师的家属卖菜汤，咸菜泡汤要省着吃一个星期（那个时候还是六天工作制）。饮水是最大的困难，每个学生至少有一个装水的胶壶，学校后面有一口水井，但供不应求，同学们必须每天早晚到陈家塝的水井去取水。喝开水成了众多学生的奢望，大家喝生水司空见惯。

虽然那个时候的学习条件十分艰苦，学习环境不容乐观，但大家的学习干劲和奋斗热情，却一点儿也没有减。

二

在我大哥的帮助下，我在关公初级中学读完初二之后，转学去了离家20公里外的观音井初级中学。我大哥具有许多当兄长的淳朴和厚道品质，当他自己有条件时，总希望弟弟受到良好的教育，能过上好日子。当时，观音井初级中学的教学质量好，校风好，在老百姓心中口碑好。

我在观音井中学就读两次毕业班的班主任，都是数学老师杨再云。杨老师同我大哥的关系不错。在班里，杨老师很关心我，因此，那两年，我的数学学得很扎实，尤其是几何学得不错。我努力学好数学的另一个目的是，毕业之后，如果考不上好学校，就去跟我大舅邓学良（建筑设计高级工程师）搞设计，就算帮大舅打下手也行。

杨老师的数学课上得好，在观音井中学是出了名的，他一边讲，一边写板书，一节课可以写满满的两板板书。往往是板书写完，下课铃也就响了。我的语文老师是王仕太，物理老师是刘天成，体育老师是毛奉奇。教过我的每一位老师都不得了，他们不仅懂得教书，更会用情育人。

我在体育方面的优势逐渐凸显，体育老师毛奉奇支持、鼓励我练体育。学校的体育器材室我可以随时进入，器材随我用，后来，毛老师干脆把器材室的钥匙也给了我。

1987年暑假,在毕业补习班里,我认识了杨永才(柳林人)。杨永才在我心中是一个传奇式人物,小小年纪就功夫了得,他的长拳打得漂亮、洒脱,还可以硬气功开鹅卵石。虽然他有功夫,但他从不在人前卖弄。他是一个有内涵、有修养的人。在我诚挚的恳请下,杨领我入了功夫门。在队里,我和孙俊(又名孙蛮子)学得最认真。我的武术基本功绝大部分都是在杨那儿学到的:五步拳、一路长拳、二路长拳、三路长拳、南拳等。

第二年,杨在茶坝中学读高一,我在观音井初级中学继续复读。只要稍有时间,我就跑到茶坝中学去找杨学习功夫。对中国功夫我很上心,不怕苦、不怕累。我学习功夫不是"三天打鱼两天晒网"式的,也不是"三脚猫"功夫,而是诚心诚意、坚持不懈,一定要学到真功夫。

在观音井上学期间,我跟许多同学建立了深厚的友谊,像廖军、龙麒麟、夏胜鹏、贾宗鲜、刘刚、刘碧华、施清平、李云、杨明、吴俊峰、汪世银、赵玉华、罗春荣等等。这些人,有个性、有特长,是我学习的榜样。

很可惜,我在观音井上学,却不能在那里参加初中毕业考试,当时观音井属于茶坝区。我必须回到关公报名,到玉山区参加中考。初中毕业考试,给了我一个大大的考验。中考那天,学校一位老师,想要阻止我进考场,不让我考试。在教务处邓玉章主任的正义帮助下,我勉强完成了中考。经过这番折腾,我的中考成绩就可想而知了。我的初中求学经历,在莫名的惊魂中结束。那次中考经历是一段孽缘,不值得计较,历史终将翻开新的一页。

人的一生会遇到许多人,坏人、恶人、好人、恩人、贵人……无论是坏人,还是好人,又或者是贵人,都是有缘人。坏人激励你,好人帮助你,贵人成就你。

1988年初夏在关公电影院正对面斜坡的大榕树下合影
　　从左至右：于湘　王强　肖岚　于吉泉

1988年春季在观音井中学运动场西边竹林合影
　　从左至右：蔡宗勇　于恩义　于湘　龙麒麟　张德润　李云

我的高中生活

我的高中生活分三个阶段：第一阶段是茶坝中学，第二阶段是巴中二中，第三阶段是巴中中学。

一

1988年暑假，在父母的支持和资助下，我独自一人坐汽车、乘火车，经省城成都，在西门车站乘汽车去灌县（当年更名为都江堰市）大舅家。这是我第一次出远门，父母亲十分放心我去远行，也给了我一个锻炼的机会。我在大舅家待了一个暑假，跑了不少地方，读了不少连环画和小说，尤其是武侠小说。成都平原舒适的生活环境，给我这个山里娃的内心巨大撞击。生活条件落差、心理落差告诉我，只有奋斗、只有努力，才有出路。

回到家乡，我明确了自己的目标，必须脚踏实地继续上学，好好地读高中，争取有朝一日能够出人头地。要上高中，茶坝中学成了我的首选。因为，我的武术教练兼好友杨永才在那里。再有，可以暂时避开那些对我别有用心的人。

正当我雄心勃勃，决心要认认真真学习、潜下心来练功的时候，我的家庭出现了前所未有的困难。当我的父亲被确诊为胃癌晚期的噩耗传到我的耳朵时，简直不敢相信，这是真的。仿佛天就要塌下来一般。我默默地祈祷，父亲一定会闯过这一关的。

我清楚地记得，父亲离开我们前一个周末的晚上，一位叔叔提着一包白糖来到父亲的床前探望。母亲和妹妹做饭，我陪着叔叔站在床前，父亲对叔叔说："如果我走了，最放心不下的就是我的小儿子。"

出殡那天，张德修书记、刘正荣主任带来一面党旗（还有一段青纱帐），他们代表父亲的组织,把旗子盖在遗体上……父亲有尊严地走了。

那年深秋,虔诚地送走父亲之后,还没有等我从伤心痛苦中解脱出来,家庭变故的阴影又时常萦绕在我的心间,许多个夜晚,我在睡梦中惊醒。有一段时间,我甚至萌生了要退学的想法。外出打工挣钱,为母亲减轻负担,让妹妹继续上学。我亦试过走当兵这条出路,但没有成功。

父亲因病早逝,坚定了我要加强身体锻炼的自觉性和决心。身体健康能给人带来自信的气度。那些时候,一有时间我就跑到学校的柏树林里拼命地练功夫,使劲儿地让自己累、让自己困。困了累了我就可以安安静静地睡上一觉。同学们的友谊和真情感动了我,让我走出了痛失亲人的困境。像杨永才、孙俊、林登雄、赵儒、廖军、文清泉、邓浦军、朱秋华、尹万春、刘勇……这些朋友,曾经无数次地帮助我、陪伴我,我从心底感激他们。林登雄还约请我住在他家,同吃、共学、同睡一张床。

茶坝中学迎新(元旦)晚会时,我被节目组选中,担任《血染的风采》旗手。演出当晚,挥舞红旗时,红旗卷在两个篮架之间拉彩旗条的铁线上,由于我挥旗用力过猛,拉倒了一个篮球架,幸好没有伤到人。自从那次演出之后,我有了更加明确的学习目标和奋斗方向,不仅喜欢书法、音乐、舞蹈、武术、乒乓球、足球、篮球,学校田径运动会的多个单项冠军,都被我收入囊中。

高中二年级时,我被茶坝区田径代表队选中,参加巴中市(县)中学生运动会。我在茶坝中学高中三年学习期间,曾两次以区代表队十项全能选手身份,参加全市(县)中学生田径运动会。我的最好成绩是1500米跑单项第一名。

在茶坝中学读书期间,体育给了我许多展示的机会和平台。茶坝区第一届"尊师篮球比赛"在区教办组织下,每个乡都组织了教师队伍参赛。比赛期间,我和廖军被学校抽调当裁判和现场解说员。记得我们在茶坝小学比赛点的解说,赢得了许多人的肯定和赞扬。比赛结束之后,区教办还给我们每人发了一件印字的白色运动背心留作纪念。那次比赛结束后,区里只要有体育活动,都会找我去做裁判或解说。有一次,财政所和武装部在区政府篮球场举行友谊赛,我被邀请担任场上裁判。时任武装部长为了自己的队伍不输给对方,不顾自己刚从医院出院不久的身体状况,毅然要上场参赛,谁也拦不住他,结果部长在篮下一个争抢中倒地后,就永远没有站起来了。看着一个鲜活的生命在眼前消逝,给了我年轻的心灵猛然一击。事实告诉我,任何事情都要根据实际情况而定,不可以逞强,否则,就要付出惨痛的代价。

茶坝中学留给我最美好的青春记忆，其中一项是煤渣跑道。对于绝大多数田径运动员来说，跑完直道要马上调整好心态、储备好足够的力量进入弯道，才有前途和希望。然而，我的直道尽头却延伸到了另外一个项目——武术。

我跟着杨永才练习武术，项目是专一的，技术是过硬的。我们互相促进，互相鼓励，三年下来，打下了扎实的武术基本功基础。茶坝中学教学楼前，那一片茂密的柏树林夜晚最活跃，是不是校园一景，我不得而知，但那地方却成了我们最佳的练功场。

茶坝中学是初高中一体化中学，许多学弟、学妹们成了我们武术队的追随者。有些人跟我们一起练习武术，有些人跟我练习田径。还有一些人成天跟着，什么也不练，只是陪着，每天晚上准时守候在教学楼前，那片茂密的柏树林周围，静静地欣赏我们练习功夫。那批人，恐怕就是现在流行的所谓的"粉丝"。

任教我们的老师，个个业务精湛、教学能力强，只是学生的基础太差。所以，我们那一届，没有一个人考上大学，连保送的名额也被挤掉了。尽管如此，却从未打消我们渴求知识的热情和追求上进的欲望。有的厚积薄发、干劲十足，像涂胜宝、李万道、陈光旭、刘虹、李琴、杨梅、林登雄等；有的主动出击、另谋出路，像罗兆文、冯渊、文俊、涂辛、罗家祥等；还有的同学早有意向、提前出道了，像廖军、黄文、王维虎、魏拥军等。

我们的班主任是语文老师魏传灵。魏老师不仅语文课上得好，对体育、音乐、美术样样精通。书法有造诣，音乐、舞蹈有专场演出，我们学校的校歌就是他谱的曲、填的词，他是教师中的杰出代表。魏老师不仅精通业务，他的个人生活也极其丰富，我们从他身上学到许多许多。魏老师是一位很有个性的教师，我们毕业，他也离开了茶坝中学。直到遇上魏老师，我才真正明白什么叫全能型教师，吹拉弹唱跳，演舞编说教，撰著……样样通，而且均有造诣，硕果累累。

数学老师席孝林。虽然他的体型不算魁梧、体格也不健硕，但他自信满满、气场十足。席老师的才华不仅仅表现在数学课堂教学方面，他的组织和宣传能力也非同一般。我们很喜欢上周宗国老师的历史课，大伙儿特别喜欢听他讲历史故事。为什么喜欢他的历史课呢？周老师另一个别名就能说明问题——周老怪。当然，体育老师张天成、英语老师尹显全、物理老师何定容、化学老师郭斌和彭仕明、生物老师徐度，也是我们十分喜欢的老师。

1991年夏天，我在茶坝中学应届高中毕业后，暑假再次去了省城——成都，分别住在成都制药厂李中银表哥处和都江堰市青城山脚下的大舅家。我在成都，度过了一个开阔视野、长了见识的假期。在大舅家读了不少名著,在成都参观了许多大学校园,心中有了拟定目标。我在日记本上坚定地写下:"理想是石,敲出星星之火;理想是火,点燃熄灭之灯;理想是灯,照亮夜行的路;理想是路,引人奔向黎明。"

二

巴中第二中学是仅次于巴中中学(省重点)的初高中一体化中学。在我母亲的表弟——陈临祎的帮助下,我顺利地进入巴中二中复读。祎叔除了介绍我进巴二中外,还把我推荐给巴中地区最著名的武术教练胡竣森。

我在巴二中求学的班主任是汪洪龙,汪老师带班责任心强,教育教学工作扎实,为人和蔼可亲,帮助过许多需要帮助的同学,包括物质和现金资助,我也是受益者之一。

我在巴二中学习期间,十分幸运地认识了数学老师谭文忠。谭老师的数学课上得好有口皆碑,否则,他不会在巴中中学上数学课的同时,又在巴二中兼上我们的数学课。上谭老师的数学课是学生的福分,他不仅教大家专业知识,还帮个别学生规划人生前程。我同谭老师结下了深厚的师生情谊,我帮助他解决家里孩子(欣欣)托管问题,他帮助我提升学习成绩。遇到谭老师,我才明白什么是专业老师。

我在巴二中学习文化课之后,下午第七八节课去巴中师范学校,跟胡竣森老师学习长拳、南拳以及刀、枪、剑、棍。胡老师在巴中地区是一位响当当的武术教头。只要走武术考学这条路的学生,没有一个不是他的弟子,抑或是徒孙。

巴师校就在巴二中围墙的北边。胡老师在我前往成都体育学院考试前,帮我写推荐信给达县体委领导,又给成都体育学院武术系习云太教授推荐。他不仅是我的恩师,还是我的贵人。1992年,虽然我没有考上大学,但是我积累了丰富的考试经验。我知道自己的弱点,更明白自己的强项和优势。

我读高中的那个年代,复读是常事儿,不复读几乎很难考上大学。所以,同一个班里的同学,年龄相差甚远。八九十人一班,课间进出十分不便,同学之间的关系也很复杂,很考验班主任的管理能力。我同卢伟强、罗建育、高喆、冯渊、付晓军等同学关系不错。我们在巴二中上学,却在巴中中学食堂就餐,每天步行穿梭往返于学校围墙外那条狭窄的通道,风雨无阻,从不间断。

巴中中学后勤部有一个叫肖三的员工，我们亲切地称呼他"三哥"，三哥的太太叫罗姐，罗姐的妈妈叫宋婆婆。他们一家对于吉才、罗建育、高喆和我特别好，经常给我们弄好吃的，算是"打牙祭"。他们家有什么大事小事的，都会找我们帮忙，只要不影响学业和训练，我们从不推辞。肖三哥一家在学校里开了一个小卖部，同时，他还管理学校的浴室和锅炉房。

后来，浴室不开放了，一直空着。我们几个就在浴室的隔间里住着，那些隔间虽小又潮湿，但对于住大宿舍的学生来说，这儿却十分安静、惬意。暑假之后，堂兄于吉才去了新疆复读，罗建育考上了四川烹饪专科学校，高喆考上了乐山师范学院，而我留了下来，偌大的浴室剩下我一人。感恩三哥和罗姐对我们的资助和支持。

三

1992年，高考失利之后，我做了深刻的反省。从成都回到巴中后，就马不停蹄地即刻投入训练。除了跟胡老师练习武术套路和散打外，也跟叶林老师学习拳击，还跟王国兴老师在南龛坡练习内家功夫。散打力量和技战术训练是主项，尤其是实战训练。那年暑假，巴师校的运动场，每天下午都可以看到我和大家训练的身影。我成为武术队队长和师兄的角色，就是在那时奠定的。

谭文忠老师见我雄心勃勃、信心十足，决定助我一臂之力。在他的帮助下，我顺利地进入四川省首批重点中学——巴中中学，在理科高三(10)班学习，班主任张辉波老师经常为我开绿灯，找老师帮我补因比赛或训练时拉下的文化课。

那一年，为了心中拟定的目标，我全力冲刺，用我们当地惯常的说法是"拼啦"。在巴州城读高中那些年，凌晨四点的巴州城我不知道是什么模样，但一个小时后的凌晨五点，我一定在南龛坡跑步，练习身体素质。偶尔还会有同学或者朋友陪练。训练期间，我们还组队代表巴中，第一次参加了达县地区的散打比赛。首次出征就旗开得胜，获得团体前八名，其中三位队员获得个人前六名，我是三名主力队员之一。

我的徒弟兼师弟林登雄也开始跟我一起训练。我手把手地教他武术套路，一个动作一个动作地纠正。月光下、草地上、校园里的桉树林、南龛公园、环城路，到处留下我们跑步和训练的汗水。超负荷训练，让我的能量消耗很大，有时候身体像被掏空一般。晨练之后，一个人一次可以吃二十七个包子、喝九碗豆浆、三杯温开水。那些时候,我感觉从来没有吃饱过,处于半饥饿状态,我的体重一直控制在60公斤以下。

1993年春节,我只休息了三天(除夕、初一、初二),年初三就投入学习氛围、体能训练状态。开学后不久,我征得母亲、老师和教练的同意,主动到成都体育学院找习云太教授,希望得到他的支持和帮助。习教授把我安排在周直模教练的训练队里。我在周教练的指导和调教下,技术突飞猛进,胆儿也大了不少,距离高考前一个月,我们还在夹江县参加了四川省散打锦标赛。

考前,我在成都体育学院学习和训练期间,得到运动医学系李果学长的大力支持和帮助,同他挤睡一张床。饭票紧张时,学长会主动提供资助,帮我渡过难关。专项技术考试期间,他把罗建平、雷光平、彭福栋、李可等一帮巴中籍学长集中到一起,现场为我加油、助威。李果是一个好学长,他是我学习的好榜样。

在老师和教练的教导与鼓励下,在母亲全力支持与默默地祈祷和祝福下,在自身刻苦努力与积极进取下,1993年,我如愿地考上了心慕已久的成都体育学院(中华武术系)。求学好似大浪淘沙,江水滔滔,劈波斩浪,砂石随波而去,留下的是什么,大家都懂的。

1991年春季代表茶坝区参加巴中县中学生运动会后合影留念
中:魏传灵(左)张天成(中)彭晓(右)
后排左起:张良忠　于湘　赵敏　涂春杰　前排左二彭建琼　右二夏雪梅

1991年巴中茶坝中学高九一级(1)班毕业合影

校长杨启和(第二排左八),班主任魏传灵(第三排右一),于湘(后排左三)

1992年秋季代表巴中武术队参加达县地区散打比赛(渠县三汇)合影留念

后排左起:蒲鸿德　胡竣森(教练)　王小勇　罗军

前排左起:于湘　胡怀予(胡竣森教练的女儿)　林木

1992年暑假在巴中师范学校训练后合影留念

散打教练胡竣森（前排左一） 拳击教练叶林（后排右一） 于湘（前排左二）

1992年08月08日 于湘在巴中师范学校运动场训练照——燕式平衡

我的大学生活

1993年夏天，当我收到大学录取通知书时，着实兴奋了好一阵子。无意中，我成了家族里第一个大学生，镇里第一个体育类大学生。

对一个农家孩子来说，大学录取通知书意义非凡。但对我来说也只能喜忧参半。喜的是，终于能够跳出"农门"，算是一件光宗耀祖的事儿。忧的是，上学的学费没有着落，这成了我上大学最大的一块心病。况且，父亲生病时借的钱还没有还清，现在，又要给本就经济困难的家庭雪上加霜，增加经济负担，我的心理压力很大。为了供我读大学，母亲和妹妹付出巨大，费了不少心思，吃了不少苦。

看着母亲整天乐呵呵的，忙前忙后地为我筹办"学酒"，通知亲朋好友的高兴劲儿，我亦乐在其中。快乐是可以感染的。或许，我手里这张大学录取通知书，给了母亲极大的心里安慰和精神鼓舞。自从父亲离开我们以后，我从没有见过母亲如此开心。办学酒前，我特地去了父亲的墓地，虔诚地跪在坟前，告诉他：你的儿子已经懂事啦！放心安息吧！

虽然我的经济紧张，但感谢师恩和感恩曾经帮助过我的人还是必要的。在老家办完学酒，我咬紧牙关，在城里席开两围，邀请曾经帮助过我的老师和朋友们一起相聚，以示感激。陈临祎、胡竣森、谭文忠是主嘉宾，叶林、王国兴、张文军、王晓英等老师和朋友也在邀请之列，我第一次喝了许多酒。

一

灯红酒绿的大都市生活是迷人的，充满活力的大学校园生活是新鲜的。周围的同学来自五湖四海，语言五花八门，习惯稀奇古怪，学习参差不齐。想要和睦共处，相互包容十分重要。尤其是对武术系的同学得相当客气，因为个个意气风发、身手不凡……

我们进校的时候,成都体育学院是国家体育总局直属六大体育院校之一,后来划归到省属院校。成都体育学院中华武术系比北京体育大学武术系成立还早,是全国成立的第一个武术系,后来中华武术系更名为武术系。

年轻人,尤其是在校学生,应该多读一些有益的书。而我在本该多读书的年龄,却因体育训练耽搁了许多好时光。进入大学校园之后,我发现有许多好时光任我支配,尤其是夜晚和假期。在大学里,学习的自觉性至关重要。比起宽广的运动场,奢华的武术训练馆(套路训练馆铺有红地毯,散打训练馆铺有绿地毯,擂台周边铺有厚厚的保护垫),明亮的课室,我更喜欢安静又舒适的图书馆。在大部分同学只求"及格万岁"(60分)的年代,我给自己拟定了一个十分苛刻的学习目标:各学科成绩平均分要达到80以上。

每次上文化课,我都是距离老师最近的一个。面对黑板中间,靠右侧第一个位置就是我的,从来没有人同我争过。我给漂亮有才的年轻语文老师,运动心理学刘樱教授,哲学导师谢茂祥教授,体育概论卢锋教授,体育史程大力教授,武术专家习云太教授、温佐慧教授、周直模教授、赵斌教授,奥林匹克研究易剑东老师等留下了良好的印象。大学校园呈现一片繁荣景象:专业训练高潮迭起,笑声不断;文化课堂秩序良好,互学互助;擂台上血泪横飞,杀声阵阵;竞赛场里,你追我赶。

成都体育学院最棒的院系是运动医学系和武术系。运动医学是郑怀贤教授(参加过1936年德国柏林奥运会开幕式武术表演)一手创办的,经过一代又一代成体人发扬光大。武术系是中国十大著名武术家习云太教授精心创办的,全国散打冠军刘琦、首届武状元(广州天河体育中心)张继忠、胡志政等都是武术系的佼佼者,像第九届全国运动会太极拳冠军梁小葵,第十三届泰国曼谷亚运会散打金牌获得者孙勋昌,就是咱们武术系九三级本科班的杰出代表。

通过交往和接触,同学之间相处融洽,我和同学们亦建立起了良好的伙伴关系。这个时候,已经不局限在本班、本系、本院,甚至扩展到其他院校。有时候,有人会找我帮他们完成作业;有时候,有人会求助我帮他们写论文;偶尔也会代替哥们儿写写情书;只要同学有需求,我亦十分乐意提供帮助,为大家服务。

二

我坚信,知识能改变人的命运。在大学四年八个学期里面,除了第一学期我获得二等甲级奖学金以外,之后的每一个学期,我都能够凭优异的学业成绩获得一等甲级奖学金。每一次领到奖学金,我都会和同学一起去东校门外的武侯大街"嗨"一顿,喝上几瓶啤酒。

刚进校的时候,我在专科班学习。两年之后,我以优异的文化成绩、精湛的专业技术、良好的人际关系,成为成都体育学院建院四十年来,第一批在校学生直接"专升本"的优秀学生。那一年,总共有三个人专升本,我、林木还有体育系一名优等生成为"幸运儿"。我在大学的学习态度和生活方式,影响了身边的许多人。

在大学里,我有三位班主任,他们分别是李天林、曾扬、韩吉荣。感恩我在成体求学的日子,大学老师对我恩爱有加,有些老师教我做人,像卢锋教授、谢茂祥教授以及我的第一任大学班主任李天林老师;有些老师教我专业知识,像习云太教授、周直模教授、程大力教授、刘樱教授、赵斌教授、温佐慧教授……他们对我的人生影响深远。

在大学学习期间,最关心我成长的,就是我的专业老师周直模教授。我还没有进大学校园前,习云太教授就把我安排在他的队里训练。我的专业技术突飞猛进,就是在周教授的精心调教下获得的。

进了大学以后,我没有懈怠我的专业,一如既往地刻苦训练、认真学习、努力读书。有两件事儿,我觉得对不住恩师周直模。第一件事,不准我们谈恋爱,否则逐出师门,我却偏偏恋爱了。记得有一次在宿舍楼下,老师慎重地提醒过我,算是警告。

老师的担心不是没有道理。1993年冬天到1994年春天的那段本该美好的时光,我却被爱所困。事实告诫我,无论是你爱别人,还是别人追你,爱情都需要专注和用心,否则,咎由自取。随着年龄增长、阅历增加,对于人生观,我有了自己的衡量标准和追求目标。经过再三思量、反复琢磨,我作出了果断的取舍,1994年元旦过后,我走出了困境,迎来了爱的春天。

第二件事,发生在丰都"鬼城"的那次全省武术锦标赛上。按照当时的比赛进程、赛场士气和台上技战术,我完全有实力冲击我那个级别的冠军,却因为在最后的关键时刻,没有把体重控制好,超标仅仅一百克,而前功尽弃。这件事的确是我没有把握好。

  关于我和恩师的事儿，我特意找哲学老师谢茂祥教授探讨。谢教授是一个开明的人，他和他的夫人都支持我。可我还是不敢肯定，又去找当时的教务处处长卢锋教授，还有卢教授的夫人（川师大的）陈教授。卢教授站在另外一个高度帮我分析：专业不可丢，文化课也不能够拉下，还要争取把英语学得更好。

  在周教授门下，队里技术最全面的算是师兄林佳东。我和师兄的关系非同一般，他就像我的哥哥一样，关心我、帮助我。下课以后，我们经常自觉加练，相互切磋，先练技术，后练力量，不把体内的能量消耗殆尽绝不回宿舍。在周教授的队里，除了师兄林佳东的技战术全面以外，吴青山、陈益智还有刘小利的踢、打、摔、拿等技术紧随其后。

  第一次教育实习的时候，习云太教授把我安排在江油市团山武校。接待我的刘校长显得有些"江湖"，刚开始让我有些生疑。但看着学长陈国栋已经在那儿教学一段时间了，我才放心下来。后来，郭强学长也来江油市玩过几天，他是冲着国栋兄去的。在江油期间，我们游览过海灯法师武馆、窦圌山和李白纪念馆等。

  第二次教育实习的时候，我通过《中国体育报》一篇报道信息，锁定广东省中山市威力集团。我给集团公司总裁写了一封希望去贵公司实习的信，不久就得到公司工会林主席的回信。我在伟人故乡中山，度过了一个愉快的实习期，公司把我安排在《羊城晚报》驻中山市办事处的别墅三楼。在报社，我结识了一位重庆籍记者李冠玉，李阿姨和她的先生黄工给了我诸多关怀和帮助，后来我们成了"忘年交"，一直延续到今天。中山的城市不算大，但干净、惬意，气候宜人，最适宜居住，这座城市给我留下了美好的印象。

  在大学里，还发生过一件很有意义的事儿，就是我把林登雄、陈海东、陈平分别带进了大学校园。林登雄是我的高中同班同学，也是我大学的同班同学。在高中时，我帮助他规范技术动作，提高训练质量，他在我生活拮据的时候亦为我提供经济援助；在大学期间，我们同一个宿舍，又同一个班，我升本科时，他也跟着一起升，我们相互帮助，共同成长。作为同学，我俩相处的时间算是最长。后来，我把苟小杰、李文明直接或间接地推荐给了周教授，他们俩通过自身努力，都获得过省比赛冠军。

  在大学校园里，看到那么多人在努力学习、刻苦训练，我也不敢懈怠。我最喜欢的地方有好几处：一是体育馆，二是教室，三是图书馆，四是运动场，五是校园的林荫道。上课之外，我最喜欢去的地方就是图书馆，要好的同学和亲密的朋友都会在那里找到我。考试之前,一般人很难找到我。白天,我经常溜到南郊公园的某个僻静的树林里闭关苦读、巧记;晚上,提前到图书馆占一个有利的位置,一直学习到熄灯、就寝。

在班里,好学的人很多。文化学科优秀代表不少:像何亚丽、罗怀东、付碧超、郑荣发、李治、寇晓燕等;专业课(专项)优秀代表也非常多:像孙勋昌、梁小葵、王祥全、林佳东、刘建伟、张勇、吴耀星等同学。他们都是我学习的榜样。

培根说:"读书给人以乐趣,给人以光彩,给人以才干。"我在成都体育学院的学习、训练、生活、交往很丰富,也很充实。四年八个学期,学习了34门课程,学业成绩平均分为83.56分,其中有9个学科的学业成绩都在90分以上。求学期间,就学业而言,我算是交了一份满意的答卷。

从我在大学学习过的学科名称来看,比如:哲学、中国革命史、社会主义建设、运动心理学、运动解剖学、运动生理学、运动生物力学、运动训练学、体育测量与评价学、奥林匹克运动以及养生学等,让我充分认识到体育和体育人在社会发展中的重要作用,体育不仅可以净化灵魂,还可以获得道德提升。

母亲第一次(也是唯一一次)到大学校园来看我
1997年初夏我同母亲在成都体育学院西门合影留念

成都体育学院武术系部分学生干部在南郊公园学习期间合影留念
后排左起:甘博仁　李天林　向庆章　赵永红　曾扬　江昌杰
前排左起:于湘　何刚　夏峰　徐磊　林木

1995年06月20日　同成都体育学院武术系首届专科班同学合影

1997年06月23日　成都体育学院武术系九三级本科毕业合影留念

毕业20年后的2017年07月29日,成都体育学院的部分师兄弟再相聚
前排从左至右:林佳东　周永寿　吴青山　张勇
后排从左至右:苟小杰　李永健　李先健　于　湘　刘小利

成都体育学院武术系九三级本科班毕业生学习成绩表：于湘

序　号	学科名称	成绩	业务评定
1	中国革命史	60	
2	哲学	81	
3	社会主义建设	83	
4	体育概论	85	
5	运动心理学	88	
6	运动解剖学	62	
7	运动生理学	80	
8	运动医学	85	
9	体育测量评价学	83	
10	运动生物力学	85	
11	运动生物化学	77	
12	学校体育学	80	
13	德育	93	该同学业务技术好，专业思想强，学习认真，训练刻苦，有求知欲，学习中肯动脑筋。能严格要求自己，学习具有主动性，能把所学知识运用于教学实践中，有较强的组织教学能力，能胜任专业技术的教学与训练。
14	英语	73	
15	体操	76	
16	田径	79	
17	篮球	89	
18	排球	82	
19	足球	85	
20	武术（专修）	95	
21	游泳	86	
22	举重	82	
23	中国武术史	85	
24	科研论文	90	
25	大学语文	90	
26	伤科与按摩	90	
27	运动训练学	88	
28	武术理论基础	95	
29	奥林匹克运动	90	
30	计算机应用	95	
31	内功养生学	86	
32	摔跤	96	
33	教育实习	60	
34	拳击	87	

各学科平均分 83.56

追梦仨少年

最近网络上流传一个段子:"每个人在幼年时,都有一个不切实际的梦想,长大后才知道,这个梦想永远无法实现。它就如同空中楼阁(海市蜃楼)般引人向往却虚无缥缈,即便如此,不少人也不会抛弃这个梦想,因为那是支撑这些人,在不如意的世界中,毅然坚持下去的理由。"

这个段子勾起了我的童年旧事。在老家巴中市关公镇宝珠观村的千丘塝上,有三个少年:一个是我的堂兄叫吉才,小名儿才娃子;另一个是我的邻居叫杨东,小名儿云娃子;第三个就是作者本人,我的小名儿与我们当地惯常的"娃"字和"子"字叫法不一样,我的小名儿略显秀气,曰"秀华",取"锦绣中华"之意。

千丘塝上有一道东西走向的山梁横亘在我们的小村子南面,大家习惯称那道梁叫"梁包包"。梁包包像一条巨龙一般横卧在千丘塝,东高西低,头朝东边的玉山,尾向西边的茶坝。梁包包东西两头各有一棵榕树(实际上西边有两棵),西边两棵榕树下有一块不大的平坦的石头。

我们三个人经常邀约跑到梁包包上,坐在西边榕树下的石头上唱歌、谈人生、侃大山。尤其是暑假,下午我们会挑着木质水桶跑遍罗沟湾、秦家湾、杨家沟、罗家边的水井找水,把自家的水缸装满。傍晚时分,各自端着一撮箕苞谷,坐在大榕树下选一个位置乘凉,麻(搓)苞谷米儿。月光透过榕树的缝隙打在石头上,星星点点,嘹亮的歌声随着凉爽的晚风传遍四方。

杨东喜欢吉他,于吉才喜欢口琴,而我则喜欢笛子。歌曲《望星空》《血染的风采》《十五的月亮》《故乡的云》《黄土高坡》,电视剧《霍元甲》《渴望》,电影《少林寺》《戴手铐的旅客》主题曲等,大家耳熟能详的曲子,我们不仅会唱,还会弹奏。

千丘塝很大,却装不下那群年轻人澎湃的心。记得我读高中二年级的那年春节,我和村里的文艺青年杨军一起,组织村里的少男少女们,在关公乡电影院和宝珠观村小学礼堂举办过两场文艺演出。杨军表演魔术和快板,杨梅唱歌,我上场表演中国功夫。观众最期待,也是最精彩的节目,就是硬气功开石。最小演员三岁的贾于唱《世上只有妈妈好》,我用口琴伴奏。演出最有意蕴的节目是李仲禄先生表演二胡。我们还诚挚地邀请在乡电影院工作的杨秀才大哥帮忙写海报,恳请他为我们的演出让场地。

三位激情少年,在榕树下讨论最多的还是前途问题,关于怎样跳出"农门",已经考上大学的陈良策家小公子——陈平,李仁贵家二少爷——李中银,成了宝珠观村有志青年学习的榜样。尤其是陈平把书本放在背篼里,趁放牛割草期间,在山林里努力学习的励志故事,激发了大家的学习兴趣和奋斗热情。

除了谈人生,我们也憧憬美好的爱情。人们常说:"上有天堂,下有苏杭。"这里不仅仅是讲苏州和杭州环境美,苏杭出美女也是有名的。那是一个美丽、浪漫、令人向往的地方。杨东的文科非常厉害,他的奋斗目标是考到浙江去读大学,希望讨到一个杭州美女媳妇;于吉才的理科十分了得,他的努力方向是去江苏上大学,期望抱回一个苏州靓丽媳妇;虽然,我也喜欢苏杭的美女,但他俩先入为主,又有各自的特长与爱好,同他们相比,我的文科不咋的,理科也不咋的,没有实力同他俩争。因为我热爱体育,我的梦想是考入成都体育学院武术系或者西南师范学院体育系。

泰戈尔说:"不要着急,最好的总会在不经意的时候出现。我们要做的就是,怀揣希望去努力,静待美好的出现。"经过一番努力之后,邻居杨东在重庆就读西南师范学院,堂兄于吉才和我同一年分别考入成都的两所高校。堂兄在成都市东郊的成都理工学院就读,我在成都市西一环内,武侯祠旁的成都体育学院学习。虽然我们仨谁也没有考到想要去的苏州和杭州,但我们仨都完成了跳出"农门"的愿望,从而走出了大巴山。

大学毕业后,邻居杨东分配到四川大学任教,做了教授,娶了一位靓丽的川妹子"静"。堂兄于吉才大学毕业后留在成都,并大胆地"跳出"固有体制,做了企业老板,成了企业家,娶了他相好的高中同学"英"。我大学毕业后,辗转到了改革开放的前沿阵地——广东中山,在一所中学任教,主管德育和教学工作,我的太太"艳"是我的大学同学,广东湛江人。虽然山里娃讨苏杭美女的初梦破灭了,但大家都有一颗浪漫而伟大的、向往美好的初心!

       2017 年 04 月 09 日 星期日 晴 初稿
       2018 年 04 月 05 日 清明节 晴 修订

拥抱阳光：我和体育的故事 >>>

千丘塝《追梦仨少年》—于吉才　　千丘塝《追梦仨少年》—杨东　　千丘塝《追梦仨少年》—于湘

FOR DREAM

 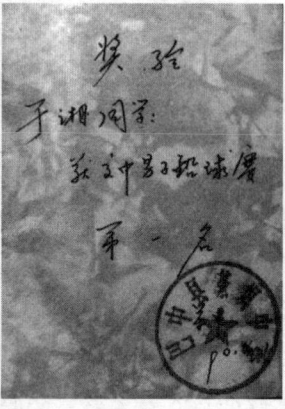

于湘在高中阶段参加体育竞技比赛获奖纪念（1990.04.01－1992.11.12）

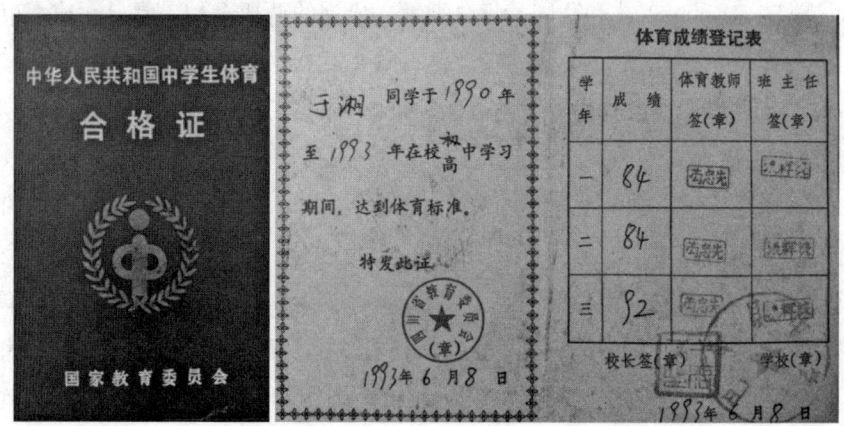

于湘在四川省巴中中学高中阶段体育成绩登记表
（体育教师：苟忠先　班主任：张辉波）1993年06月08日

32

我是体育教师

曼德拉说:"体育拥有改变世界的力量。"可是,我们没有曼德拉的胸襟、智慧、魅力和舞台,改变不了世界。但,唯一能够做的,也可以实现的,就是通过努力改变自己。

现在,社会重视体育,不代表重视体育教师职业群体。一直以来,体育教师在教育界无话语权,在日常生活中也成了别人取悦的对象。当现实生活中到处充斥着"你的语文是体育老师教的吗?你的数学是体育老师教的吗?你的英语是体育老师教的吗……"等嘲讽的话语时,体育教师的职业形象受到了严重损毁。

如今,这局势有蔓延到把所有学科问题、社会问题,都要怼给体育学科教师的迹象。最近,某电视台女主持人在评论合肥某女教师"堵高铁门"事件时,也拿体育老师"调侃""开涮",并迅速在全国各地疯传、发酵。作为体育学科教师,每当听到这些看似搞笑的段子,心中不免有些愤慨。

清静的时候,我亦会扪心自问,反省自己的职业。是道德沦丧呢?还是人文变了样?这不仅值得体育学科教师反思,也值得所有教育工作者反思。当你的观念和行动改变不了现状的时候,唯一能够做到的,就是改变自己。当自己足够强大的时候,试着去影响身边每一个愿意前行的人。

2018年1月22日,原足球运动员乔治-维阿宣誓就职利比里亚总统后,事实表明,体育人具有诸多优秀品质。像:坚定自信,不怕苦,不怕累,不怕输,不服输的拼搏精神;勇于挑战,敢想,敢说,敢闯,敢做的担当意识;讲正义,讲正气,讲规则,以理服人的规则意识;有合作能力,有学习能力,有创新能力;有团队意识,有坚韧品质,有探索精神;适应能力强,反应能力强,判断能力强。

体育,不仅改变了我的人生航向,也影响了身边的人。在本书出版以前,我在其他书报、杂志、电视、网络以及各类型讲座中,零零星星地讲述过一些关于我和体育的故事。那些故事，几乎都是以传递奥运会圣火以来的奥林匹克故事居多，这也是我有信心，能拿得出手的，为数不多的人生故事。但我认为，这还不全面，尤其是缺少了我对体育初梦和人生奋斗历程的篇章。受语文老师曹勇军的著作《语文，我和你的故事》之影响，我有了把简单的体育故事形成文字的奢望与冲动，讲述我和体育的故事。

人生路没有一帆风顺，也不可能一帆风顺，只能一步一个脚印，踏踏实实地前行。我的人生路没有捷径，同样遵循这一规律。体育教师想要出版著作，相对于其他学科教师来讲，难度要大得多，但我愿意不断尝试，挑战自我。实现心理学家马斯洛提出的"五层需要"学说的"自我实现需要"。如果能够实现夙愿，不仅可以完成自我实现需要的愿景，也为孩子们树立了一个典范，给青少年一个示范作用，为青年教师少走弯路提供一点素材。

我的人生不是一个水到渠成的体育故事，而是一个关于自信、关于勇敢、关于梦想的奋斗故事。我的体育之路坎坷曲折，在跌跌撞撞中闯出来。从农村到城市，从乡间泥泞小路跑向平坦的煤渣跑道，从煤渣跑道奔向宽广的塑胶运动场，从田径基础训练到武术专业成长，从民办小学教育到公办中学教育，从一线教育教学、体育训练到行政管理工作，体育初梦一直支撑着我、引领着我前行。体育让我体魄强健，功夫让我勇敢坚强，管理让我稳重睿智。

1993年秋天，我满怀兴奋地跨进了大学校园。在那里，我勤奋学习、刻苦训练……总之，我比一般在校大学生要用功得多。目的是，想把以前丢失的东西追回来，把曾经浪费的时间补上去，也不枉读几年大学。毕业时，我因欠下部分学费，而把最重要的毕业证、学位证扣在了学院。这事儿，在我找工作时，给我带来不少麻烦。我，在没有钱的时候，的确走了许多弯路。尤其是刚出来工作那段时间。想要找到一个满意的工作确实不易。

1997年，我带着满脑子的智慧和一身功夫融入社会，直到我辛辛苦苦地攒了足够的钱，多年以后，才返校换回我那久违的证书。当没有骄人的那纸证书时，在茫茫的人海中，我什么也不是，只有用实力证明曾经学到的知识和通过锻炼得来的功夫是真本领。可我付出巨大，耗时、耗心又费力。或许，这正是我人生必须要经历的磨炼，注定我要比一般人多付出几倍的努力。

我的工作际遇艰难困苦，从狭缝中磕磕碰碰地挤了出来。人们都说，改革开放的南方好找工作，我信了。当我辞掉老家东城派出所户籍民警工作，来到广东以后才发现，在南粤，好工作的机会多的是，但适合于我的工作机会却不多。

刚到广东时,人生地不熟,我又拿不出骄人的学历和学位证书,找工作时,百口莫辩。为了生计,我不得不从社会最底层做起。只要有事可做、不闲着,我从不挑剔工作。其实,那些时候,也容不得我有挑剔的机会。

我在南粤的石岐(中山)、莞城(东莞)和禅城(佛山)考察良久,最后选定中山谋发展,以我的体育专业(武术专项)为突破口,沉下心来搞体育做教育。在自身努力和贵人襄助下,慢慢地我融入了主流社会。一个偶然的奥林匹克圣火接力传递机会,各路记者把我这个纯粹又平凡的基层体育教师,推上了各级媒体的头版头条,山鸡羽化成了俏凤凰。

2004年夏天,一把熊熊燃烧的奥林匹克圣火,在首都北京点燃了我平淡的人生。有人说,机会是留给有准备的人,幸运的天平也倾向于我这一边。

2009年秋天,是我的人生又一个重大转折点。通过教师竞聘程序,我从民办小学跃升到公办中学。新的平台,给了我足够的展示空间。责任与困难同扛,任务与奋斗同步,担当与汗水同在,业绩与荣耀同辉。大到上千人的展演和比赛,小到几十人的讲座和分享,不敢说能够轻松拿下,至少,我可以保质保量、顺顺利利地圆满完成任务。教育教学业绩,在大伙儿的共同努力下,一年攀升一级台阶。

2013年夏天,是我的教育人生又一个重要拐点。经过教育管理干部竞岗,我从一名优秀教师走上了教育管理工作岗位。任职期间,我从德育管理做到教务管理,从抓常规安全跳跃到抓教育教研,从年级管理升格到中考考务工作……提升和修为,成了我这一段人生的主题词。诚实做人,诚信做事,用心管理,真心服务。自此,开启了我的壮年生活新篇章。

讲体育故事,如果不问初衷,就忘了初心,如此便丢了生活的意义。只有时刻牢记来时的初心,才不会迷失方向。讲体育故事,如果不谈课堂教学,就失去了主体,如此便没了主心骨。讲体育故事,如果不谈课余训练和竞技比赛,就说不上专业,也不配做体育教师。讲体育故事,如果不谈中考体育,就少了家国意识,如此便缺少了责任与担当。讲体育故事,如果没有策划和参与几个大型活动,就谈不上创新,更别说创造。讲体育故事,如果不涉及奥运圣火传递,就忘了追求,如此便少了经典。

体育人,因为各自的项目特点和分工不同,一定要作出能体现自己人生价值的业绩,一定要活出属于自己的精气神!

2018年01月23日　星期二　凌晨　于中山市翠景湾

2001年10月01日　在广东省中山市翠景东方小学留影

2009年10月01日　在广东省中山市西区中学南校门留影

02

家国篇

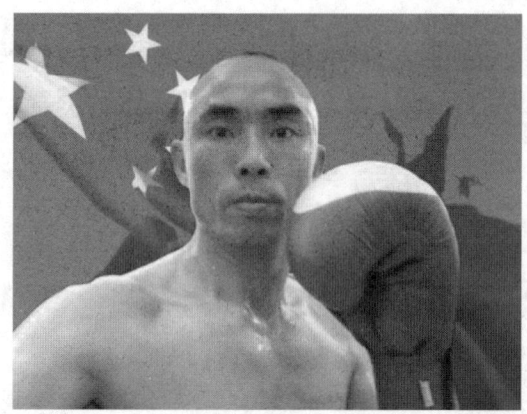

我和体育的故事

丙申猴年(2016)正月初六,《人民日报》总第24689期第8版刊登一篇卢文丽的文章,题目是《我的杭州》。文章的开篇语说:"如果你在一座城市生活了几十年,那么自然会对那座城市的脉络了若指掌,你在那里消磨的每一寸光阴,像沙子一般从你的指缝间缓缓而过。"这段话深深地触动了我这个最纯粹的山里娃,勾起了巴山娃在他乡的故事。

一

缘起。

世界那么大,为什么我偏偏选择了珠江三角洲的中山呢?在这里,我都做了些啥?

自1996年8月我在中山市威力集团公司大学实习开始涉足中山市算起,至今(2017年)整整21年。我已经把人生中最美丽最奢华的青年、干劲十足的壮年、睿智的中年岁月全都倾注在这座城市了。我从一个默默无闻的普通南下打工仔,蝶变成这座城市的主人。我的足迹虽不敢说遍布这座城市的每一个角落,但中山市的24个镇区,我是用双脚行走并丈量过的。

我在这座城市最荣幸的事儿是:由市委书记提名,作为中山市教师代表,被推荐为2010年中国广州第十六届亚洲运动会火炬手。这个荣誉,对于一名基层教师,尤其是体育教师来说,至高无上。

我在这座城市最高规格的个人礼遇是:市长携同教育局局长、体育局局长,在市政府一楼会客厅,接见了我。

因为对体育的执着,又与奥林匹克结缘,我在这座城市,参加过三次高规格的社会活动。第一次是 2004 年 6 月 11 日,我单位的上级主管部门,在富洲酒店(三星级)二楼,为我举办了一个既独特又隆重的"雅典奥运圣火接力传递胜利归来庆功宴会"。第二次是 2008 年 7 月 28 日,在富华酒店(四星级)富华宫,同市委书记、市长一起举杯同饮"北京奥运圣火接力传递"庆功酒。第三次是 2010 年 10 月 13 日,在香格里拉大酒店(五星级)二楼,同书记、代市长一起同饮"广州亚运圣火接力传递"庆功酒。人生能够连续参加这样的盛会和高规格的社会活动,实属难得。作为一名普通教师,我感到十分荣幸,特别珍惜这可遇而不可求、千载难逢的机会。

我在这座城市的主要工作是:教育教学与教育管理。在搞好教育教学以及教育管理本职工作基础上,我也积极主动地参加各级各类社会交流活动。闲暇之时,读读书、看看报、写写文章、讲讲故事。运动、健身是我在这里健康、愉悦生活的必修课。

我在这座城市的故事,曾经多次上过主流媒体:譬如电视台、广播电台,也有纸质媒介的头版头条,还有独家专访或专题视频,比如《相聚五环》《平民火炬手的故事》《养生七点半》《书适生活》等等,大家耳熟能详。

二

大山有度,人心无度。

20 世纪 70 年代初,我出生于四川省巴中市关公乡(2016 年 12 月 13 日升格为关公镇)宝珠观村一个叫千丘塝的山梁上(2013 年 1 月 18 日起隶属巴中市恩阳区)。清康熙五十一年(1712 年)有了关公场,也就是现在的关公镇,清雍正六年(1728 年)有了千丘塝。1728 年之后因千丘塝居住的于氏族人较多,所以千丘塝又叫"于家梁"。梁子上没有一条像样的路通往山外,几乎与外界隔绝。

我家房前稍远处有一座山,山的名字特别雅致,曰"云台山"(包括天良寨、五都寨)。云台山高 776 米,雨后初晴的云台山经常云遮雾绕。有时候,我木讷地面对云台山做梦:"如果我有孙悟空的腾云驾雾本领,那该有多好啊!"否则,我就可以驾着祥云,去看看山外的世界。

云台山是我站在千丘塝极目远望最高的山。但,云台山远不如我家屋后稍远的章怀山(原名"太平山")名气大,此山有 72 包 82 洞。章怀山是因唐朝被贬太子李贤在此攻书而得名。现在,我总算明白了,唐女皇武则天当年为何要把被贬太子李贤流放至四川巴州,这个闭塞的地方。我的老家距离李贤曾经读书的章怀山"太子岩"不足十公里。

生活在千丘塝的于氏族人,是清雍正六年(1728年)随"湖广填川"大军,从湖南衡阳迁徙过来的。我是于氏族人迁徙后在这里生息繁衍的第12世孙,总第102代,属"吉"字辈。

于家梁正中位置,有一座坐南朝北的三合青瓦小院。小院的正堂屋朝向远方的"笔架山",根据我的观察,笔架山更像是一尊由东向西、仰面朝天的巨型卧佛。听梁子上的老人讲:"如果谁家朝向准确,将预示这个家族里会出读书人。"

这个善意的预言或者传说,从我这一辈开始,得到应验,我成为生活在这个梁子上的于氏族人中第一个大学生。自1993年开始,截止到2017年的24年间,千丘塝于氏族人已经走出了12名大学生,而我们家就有6人。我亦真诚地期望于氏子嗣的人才培养模式,能够从我们这一代的"体力+智力+文学"模式开始,到下一代升级为"体能+智慧+研究"模式,通过一代又一代的努力,升格为"体格+智慧+哲学"相对稳定的氏族人才培养模式。

千丘塝那座三合青瓦小院是我的父母经过多年努力奋斗的杰作,此屋为40年前的状态。虽有屋,但屋内除了日常用品外,几乎没什么值得纪念的东西传承下来。如果一定要找点物质的东西留给后辈的话,那么父亲有两枚军功章可以在列:一枚是"和平万岁",另一枚是"抗美援朝"纪念勋章。父亲于召祥是新中国成立后,于氏族人从这个梁子上走出去的第一位军人,也是唯一走出国门的军人。

军功章凝聚了父亲的家国情怀,是一个普通中国公民维护世界和平的伟大见证。父亲留下的不仅仅是军功章,更有于氏族人内在赓续的精神力量!父亲那博爱和勇于献身的精神,一直影响着我,但我永远无法企及,因为我们正生活在一个伟大的和平时代。

于家梁的人,获取山外的消息,有三个途径:一是书,二是电影,三是收音机。20世纪80年代有一部电视连续剧叫《霍元甲》,有一部电影叫《少林寺》,当时风靡全国。"尚武"之风轻拂华夏大地,唤醒了沉睡的狮子。还有一种叫"五连冠"的女排精神(无私奉献、团结协作、艰苦创业、自强不息)享誉世界。疯狂的呐喊之声,随"改革开放"的春风,吹醒了每一位中华儿女。我这个少不更事的山里娃也被他们深刻地影响着、感染着,逐渐地我爱上了中国功夫。在体育精神的感召和鼓舞下,山里娃有了窥探山外精彩世界的梦想。

三

在川山之巅,眺望远方。

在于家梁,没有谁在意我的梦想,也没有谁真正懂我。当时,我连走出大巴山的机会都十分困难,更别奢望能够出人头地。初中毕业前,我走得最远、去过最热闹的地方,也就是巴中县城。

1988年中考结束后的那个暑假,我独自一人坐汽车,经关公乡、玉山区、巴中县,在广元市人生第一次乘火车到成都。在哐啷哐啷的铁轨声中,我一夜无眠。第一次出远门,当时脑子里想了些什么,现在一点印象也没有。直奔目的地:灌县(当年更名为都江堰市)青城山脚下的大舅家。

我在大舅邓学良(高级工程师)家读了不少书,其中武侠小说居多,偶尔也看名人传记或哲学类书籍。在大舅妈和表姐、表妹的陪同下,我参观了伏龙观、二王庙,荡了安澜索桥。在表姐夫张崇根的陪同下,我第一次登上了青城山。站在上清宫(蒋中正题写)旁一块巨大的岩石上,眺望成都平原,富饶的川西坝子,让我产生了无限遐想,内心对未来充满了幸福的涟漪!

我独自一人,骑着舅家的飞鸽牌自行车,从青城山前往成都制药厂李中银表哥处,我在成都待了大约两个星期。因为有自行车出行方便,所以我逛了成都的许多地方,包括天府广场、人民公园、杜甫草堂、青羊宫、武侯祠、九眼桥等;我还饶有兴趣地参观了大学校园,包括川大、电子科大、中医学院、西南财大、华西医大、气象学院、烹饪专科学校等,但我最喜欢成都体育学院。看着宽广的运动场、奢华的体育馆、碧绿的游泳池、庄严的图书馆,我的心中荡起一种莫名的冲动与喜悦。都市生活,让我开阔了眼界,增长了见识。那次经历,激发了我的求知欲望和前行动力。自那以后,我的许多行动和想法,不再是少年时的轻狂与冲动,无形中增加了理智的分析与睿智的思考。

当我信心满满地站在人生起跑线上,正集中精力奋力奔跑时,一块巨大的"陨石"从天而降,无情地击中了我这个雄心勃勃的山里少年。暑假过后不久,我的父亲因胃癌医治无效离开了我们,留下孤儿寡母。痛失父爱的悲切心情和家庭变故的阴影,以及我对那位不曾任教我的老师阻止我中考的愤懑,时常把我从睡梦中惊醒。

父亲去世之后,许多事情我不得不独立思考、慎重决策。重大事件,我不能够含糊,也容不得我有含糊的机会。本来我有一个长我 11 岁的大哥,我曾经无数次强烈地奢望他能够站在我的身前顶住、帮忙扛着。可他"倒插门"去了观音井乡的贾家,但贾家又不缺男丁,况且大哥又在外打工,基本不回家。

作为于家唯一的护家男丁,我必须坚强,不得不独立思考问题,处理各种棘手的事情。该选择的时候,必须睿智地选择;该决策的时候,必须果断地决策;该克制的时候,不仅要懂得自保,还要客观地尊重现实。如果要找两个词,描述我的青少年生活,那就是"惶恐"和"坚强"。

贫穷就要挨饿,落后就要挨打。越是苦难的日子,越需要梦想来支撑现实;越苍白沉寂的表象,越是有暗涌而热烈的思潮。我不仅感受到穷人家的孩子早当家的现实,还早早地体验了没爸的孩子,更需要有强大的内动力作为精神支撑。那些时候,我特别羡慕堂兄于吉才、邻居杨东、表哥李中银。无论他们遇到什么困难都有父亲帮忙扛着,他们可以放心地复读,直到考上大学并完成学业。

看着瘦小的母亲和读小学的妹妹,我只有两条路可以走:一是,像大多数山里孩子一样,初中毕业后,甚至不等毕业,就外出打工;二是,咬紧牙关发奋读书。经过反复的思想斗争,考量再三,并征得母亲的应允之后,我选择了后者:潜心读书、刻苦练功。

我十分喜欢法国作家莫泊桑的励志语,他说:"生活,永远不可能像我们想象的那样好,但也不会像我们想象的那么糟糕。无论是好的时候,还是糟糕的时候,都一定要坚强。"

四

在人生十字路口,寻找出路。

从宝珠观村到关公寨,从观音井乡到茶坝区,从山城巴中到省城成都,我先后拜杨永才、张天成、陈兴政、胡竣森、叶林、王国兴、周直模、习云太为师,习练田径和中国功夫。经过几年的刻苦训练与艰苦卓绝地奋斗,我走进了山里娃梦寐以求的大学校园——成都体育学院(我入学时成都体育学院是国家体育总局直属全国六大体育院校之一)。

那个年代,为了逃出曾经生我、养我的贫瘠的宝珠观村,我不曾偷懒,也不敢偷懒,更不敢不认真地学习;又因为热爱运动,所以我不敢不刻苦训练;更容不得我不可以不考上大学,除了外出打工、当兵之外,上大学成了一条我逃出宝珠观村的绝路。

上了大学,我猛然发现,人生还可以通过自身努力,能够飞得更高,飘得更远。于是,通过努力,我成了成都体育学院建院40来,第一批专升本的优秀大学生(三人之一,我排第一位),完成学业后直接拿到本科文凭、教育学学士学位。

人生有了既定目标、找准了方向,干劲也足了,图书馆成了我在课堂的延伸。除了专业训练,一有空我就往图书馆钻,终日以书为伴。那期间,除了查找专业知识书籍外,我还阅读了不少世界名著和经典文学。我写读书笔记的习惯,也是在那个时候无意中偶然养成的,至今受益,留下许多读书笔记和摘抄本。

四年大学校园生活,我在运动场挥汗如雨,在赛场上奋勇拼搏,在图书馆疯狂地阅读。在教授们的精心指导和自身努力下,我通过了国家一级运动员资格,获得了"优秀大学生干部"和"优秀大学毕业生"荣誉称号,还获得过五次一等甲级奖学金(当时院里最高级奖学金)。中国功夫,让我拥有一个矫健的体魄,我亦从尚武精神中汲取了坚韧和勇敢。

在大学期间,我不仅可以博览群书,学到丰富的专业知识,磨砺自己的人生,还可以广交朋友,扩大社交圈子,提升自己的社会阅历。我亦无偿地帮助或义务辅导多人走进大学校园,比如:帮助林登雄(林木)、李文明、苟士兵(苟小杰)、陈海东、陈平等考上大学。能够帮他们多少,我不得而知,至少他们在我的影响和鼓励下,有了自己的人生目标。

我读大学的时候,国家正实施大学生定向培养计划。我就是被定向培养的一分子。刚进大学那年,我所在的巴中县城升格为地区(1993年7月5日)。新型的城市建设需要大量的优秀人才,尤其是富有朝气的年轻人。我义无反顾地响应定向培养号召,1997年大学毕业后回到家乡,准备好好地干一番事业。却猛然发现,我曾经熟悉又无限热爱的这座城市,有我不多,无我不少。

经过多方努力,在我母亲的表弟——陈临祎(巴中师范学校附小校长)的帮助下,我获得一个在巴中市东城区派出所干户籍工作的机会。在当时,那是一个很不错的工作。但为了心中更大的梦想,两个星期后,我辞掉工作,领到380元工资,背着简易的行囊,从川陕革命根据地(中华苏维埃共和国第二大疆域,中国工农红军第四方面军根据地)——四川巴中,绕道上海,来到了伟人故里——广东中山。

人类要发展进步,家族要传承革新。正因为我们生活在这个关键时代,所以,自我调整成了人生最好的选择。俗话说"良禽择木而栖",而我选择了广东中山。

我到中山市有三个愿望:第一,奢望能见到孙中山先生的后裔;第二,希望能践行伟大的"敢为天下先"精神;第三,期望能在(为)这座城市做点什么。

五

岐水探源,五桂寻根。

滔滔岐江水,巍巍五桂峰。南海之滨,伶仃洋之畔,有一座美丽的南粤小城叫中山。岐江穿城而过,养育着两岸的黎民百姓。岐水润民身,博爱暖人心。我也被这岐水滋养、桂山润泽、博爱所感染。在中山,我有一种接了地气后的"振衣五桂峰,濯足岐江流"的冲动与感慨。

与其说中山这座城市接纳了我,不如说是中山收养了我。初到这里,人生地不熟。为了生计,我下工厂当过工人、干过安保、做过公司人事主管;从幼稚园体操教练到小学体育教师,从民办学校到公办学校,从小学到中学,从一线任课教师到行政管理工作。在不同岗位的工作,我都尽最大努力做好本职工作,寻找人生价值。

当然,没有人愿意主动选择在逆境中生活,都希望在顺境中风生水起,但真的身处逆境时,则需要勇敢地面对。有些时候,我亦扪心自问:我为什么来这里?来干什么?我热爱这座城市吗?

我到广东中山,不是因为它骄人的"联合国人居奖"的城市荣耀,也不是因为"国家历史文化名城""全国文明城市""中国和谐之城"的关系。我热爱中山是因为它有包容的胸怀和博爱的雅量,更有"敢为天下先"的精神作为我的精神支柱。

1997年秋天,我来到中山后,有两个活动:一个是全市知识竞赛,另一个是校园广播体操比赛,让我全面了解了中山,同当时的24个镇区,有了一次亲密接触的机会。

2003年8月,我同周琼、陈艳一起参加"中山市首届社区文化艺术节知识竞赛",获得银奖。那次知识竞赛让我收获不小,对"博爱之城""水乡中山"的前世今生有了全面的了解和全新的认识。

2004年12月,一个偶然的机会,我被中山市教育局抽调,担任全市中小学生广播体操比赛评委工作,同唐杰伟、孙旭、蒙妮、蔡科成、代洪波、罗雅力、苏丹娜等8名裁判,前往各镇区中小学校现场评判。那次活动,圆了我要涉足中山市每一个镇区,了解当地风土人情的奢望与梦想。

正是那次活动，让我见证和感受到了中山市西区教育、体育以及西区教师形象在大家心中的位置。当时西区的教育与体育现状是：竞技体育排全市24个镇区倒数第一（数据来源市运会和年度锦标赛）；教育可以量化排名的只有中考，西区唯一一所公办初级中学的西中，在全市48所公办初中教学质量评价排名中不是倒数第一，就是倒数第二，当时的西区和横栏镇算是一对难兄难弟，基本上是轮流坐庄"包底"。

在前往个别镇区的个别学校评判时，我感受到一种前所未有的压抑。那种压抑，不是我对他们的评判，而是我十分在意他们对西区教育、体育以及教师的蔑视。有些人的语言很直白，有些人的言语很犀利，还有一些人讲话不太中肯，甚至对西区教育和教师的评价显得尖酸刻薄。尤其是那些趾高气扬的领导们，更有那些不屑一顾的同行们，对我这个来自西区的，尤其是民办小学的体育老师（当时我还在翠景东方学校），一点情面也不留。那镜像又好似不针对我个人，而是一个群体。

无论是群体，还是个人，当技不如人、业绩又差、待遇更比别人低一大截的时候，你还能怎样呢？受一点儿冷嘲热讽，也是情理之中的事。但关键在于，你是不是一个有血性的人。

自那年冬季后，我在心中默默地立下一个誓愿：一定要让大家在某一天，有兴趣去了解西区体育，认识西区体育教师。我把那些人的有些话和不能忘却的眼神，经过过滤，回炉淬炼后，转化成了强大的奋斗力量。

当我有一点可以拿得出手的业绩时，一位直属学校的校长诚挚地邀请我加入到他们的团队。但为了心中那个坚定的誓愿，我经过深思熟虑和再三考量后，下定决心留在西区。人，一旦丢掉了誓愿就失去了信仰，迷失心中追求的既定目标和最初选定的方向，那是一件十分可怕又极其悲哀的事情。

裁判工作结束后，很长一段时间我的情绪都十分低落，被陷入在沉痛的心灵打击中而不能自拔。当时，我的心里最真实的写照，就是彭敏在《嘲梦闪闪》自序中讲的那段话："不要急于加入那些灯红酒绿、舞榭歌台。如果你还没有积蓄起足够的才华，就只能成为别人的陪衬。那样的合群，不过是在浪费时间，客串别人大片里的路人甲。"

再后来，我鼓足勇气，潜心钻研竞技体育，立志要把西区竞技体育搞上去。从选拔队员刻苦训练开始，先后组织了武术套路、散打、拳击、跆拳道等竞技队代表西区参赛。在第六届中山市运动会中，西区获得319分总成绩。而我一个教练带着队员就拿下了80分,占全区总得分四分之一还要强。那个时候,我特别奢望有人能并肩前行。如果西区的每一位体育教师,都有一颗勇于拼搏、甘于奉献的心,那该多好啊!

最近几年,无论是西区教练自己培养的队员,还是西区中学选送到高一级运动队的队员;无论是在中山市锦标赛、市运会,还是在广东省运动会,我们的队员在散打、拳击、跆拳道、田径等项目比赛中,披过金、斩过银。邓志东在中山市第六届运动会武术散打比赛中获得冠军;林海龙在中山市第七届运动会拳击比赛中获得冠军;李梦云、梁子健在湛江市举行的第十四届广东省运动会上,分别在女子跆拳道、田径4×100米接力跑中获得金牌,实力和战绩改变了西区竞技体育落后垫底的状况。

最初,只有我一个人,单打独斗,感觉势单力薄。"桃园结义"的故事告诉我,众人拾柴才能火焰高。再后来,全集了一帮有志于为西区体育事业奉献的青年体育教师一起战斗。

六

小人物,大舞台。

纳尔逊·曼德拉说:"体育拥有改变世界的力量!"可是我们没有曼德拉的胸襟和舞台,但我们可以用体育来改变人生。在那个充满幻想的年代,我被古希腊物理学家阿基米德的"给我一个支点,我将撬动地球"的伟大构想所启迪。如果你给我一个舞台,我将呈现给世界一场华丽的演出。

人们常说:机会总是留给有准备的人,我深信不疑。每一位在他乡打拼的人,都希望得到一个展示自己聪明才智的机会。我的命运转机,在一个平常日子里毫无征兆地来临。

2004年5月20日,当我在《中国体育报》总第8768期头版一篇题为"35名体育界人士成为光荣火炬手"的报道中,看到于湘的名字和刘国梁、桑兰的名字排在一起时兴奋不已,很长一段时间夜不能寐。

5月28日,资深记者罗纯以"中山人将首擎奥运火炬"为题,在广东中山地区发行量最大的《中山日报》总第3430期头版头条,报道了"于湘入选希腊雅典第二十八届奥运会全球圣火接力传递(北京站)中国火炬手"。这是我的故事在第二故乡第一次上媒体头版头条。这一天,我被媒体无限放大的同时,也被定格为"新中山人"。在漫长的人生旅途中,生命中这样的第一次实属不多,它让人热血沸腾、难以忘记。

6月5日,在"雅典2004奥运火炬传递手出征新闻发布会暨欢送仪式"上,中共中山市委宣传部、精神文明办领导莅临活动现场,市教育局局长、市体育局局长发表了热情洋溢的讲话。

临行前,时任中山市教育局局长刘传沛握住我的手说:"于湘老师,你要把中山青年教师精神面貌展示出去。"作为一名普通的基层体育教师,第一次参加那么重要又盛大的国际活动,还要肩负如此重任,我倍感压力。

奥林匹克圣火首次踏上神州大地,我将亲手高擎奥运火炬,在京城的大街上传递来自奥林匹亚的圣火,心中除了激动与兴奋之外没有别的。我认真阅读《火炬手册》,仔细研究火炬手名单。在中国北京传递希腊雅典第二十八届奥林匹克圣火的148名火炬手当中,除了17位国际友人或国际奥委会成员外,其余131名火炬手都是中国各行业的杰出代表,而小学体育教师却只有我一人。

6月8日,时任中山市人民政府秘书长的方炳焯,以"于湘老师,中山人为你壮行"为题,在中山市最有影响力的报纸上撰文,为我呐喊、助威、加油!有那么多热心的家乡人民支持并帮助我,远在北京的我倍感欣慰、信心十足。

七

圣火耀中华,奥运传精神。

1923年12月21日,孙中山先生前往岭南大学视察时,在怀士堂勉励青年学生:"立志要做大事,不可要做大官。"当然,我既没有当官的命,也没有做官的运,所以,我就极力做好,我能够做得了的,也有能力做得好的事情,并争取做得有些影响。我是人民教师,教育无小事,做好教育的每一件小事都是大事。

奥运圣火接力传递是奥林匹克文化重要的组成部分。2004年6月9日,首都北京骄阳似火,因奥运圣火接力传递而人潮涌动、热闹非凡。大家很早就等候在街道两旁,想亲眼看看奥运圣火首次在神州大地燃烧时的光辉形象。古老的东方文明与西方的奥林匹克文化,在古都北京虔诚对接。

在"敢为天下先"精神感召下,在神圣的奥林匹克圣火光环下,我在北京中关村的400米圣火接力传递,是否展示了中山青年教师丰采,我不敢妄论。但,我在京城留下的那一串串足印,绝对是我平淡人生中最重要的一段路程。

一把熊熊燃烧的奥林匹克圣火点燃了中国普通体育教师的人生。原来,我这样一个平凡得彻头彻尾、普通得像一粒沙的山里娃,也能够在奥运会大舞台拥有片刻光芒,实属幸运。我的人生,在这里转了一个我也不曾想像过的大弯,它改变了我的人生轨迹。

这是我第一次参加奥林匹克圣火传递。现场直播媒体,自然不会把焦距浪费在一个平凡的中国小学体育教师身上。唯有刚成立的北京奥组委官方网站,给我留下了两张值得永远纪念的图片。也就是四年后的第二十九届北京奥运会为运动员加油的那两个手势:一个是竖起大拇指奔跑的动作,另一个是握拳奔跑的动作。

当时,中山市广播电台、中山市电视台、中山日报社,三大主流媒体分别派出资深记者郭政、原煜海、魏礼军,随我前往首都北京,一起见证了奥林匹克圣火首次在神州大地激情传递的盛况。

参加奥林匹克圣火接力传递之后,让我亲身感受到大型活动的严密组织性、规范性以及强烈的责任感,特别是高效的服务意识。也让我明白了怎样把不可能的事变为可能,把那些平常想都不敢想的事儿变为现实。

当我小心翼翼地跨入北京国航万丽酒店二楼会议厅,看见平常只能从新闻、电影、电视或者是书、报、杂志中才能见到的各界名人、明星以及政要时;当我同彭丽媛、姜昆、田亮、刘翔、李小鹏、陈佩斯、邓亚萍、羽泉等面对面地交流后合影留念时;当我荣幸地被邀请到钓鱼台国宾馆六号楼,同白岩松、桑兰还有韩国三星总裁等一起参加庆功晚宴时,那情景和感觉宛如在良辰美景里,做了一个我一直想要的美梦一般。又恍若置身于玉皇大帝的"披香殿",参加王母娘娘的"蟠桃盛会"。

这是我,也是我们一家,第一次到首都北京。对于京城,我们怀有崇敬之情,抱着无限期待,这里有许多我们想要看的风景。但是,这一次我的任务,不是来北京城看风景。我在京城的这些日子,反而成了别人眼中的风景。在今后的岁月里,如果一想起我们在北京城传递圣火的这段日子,心中一定满是欢喜。

在北京的奥运圣火接力传递活动结束后两天,6月11日,中山市副市长李树之在市教育局局长刘传沛、市体育局局长黄有泉的陪同下,在中山市人民政府一楼的豪华会客厅接见了我。组织安排我同市长并排而坐,两位局长分别在我和市长的左右落座,众多媒体记者在我和市长的对面。人在他乡,像我这样的基层体育教育工作者被市长接见的机会不多,所以我十分珍惜,抑制不住内心的激动与兴奋。

当我受宠若惊地接过市长亲手送给我的那束偌大的鲜花时,当我和市长并排坐在一起,手把手地交流时,我满怀感激、热泪盈眶。李市长握住我的手说:"中山历来就有'敢为天下先'精神,希望你今后在岗位上作出更多、更大的成绩。"更多很好理解,更大的标准是什么,我不得而知。这句话却值得我在第二故乡努力奋斗一辈子!

市长亲手把一尊精致的小人儿握火炬奔跑的纪念品,送给我留作纪念。我战战兢兢地接过礼物,站在那里傻傻地望着它,时间仿佛就凝固在那一刻,地球也停止了心脏搏动。礼物虽小,但礼物上的落款却掷地有声——"中山市人民政府赠"。这也成了到目前为止,我在这座城市最高规格的个人礼遇。

随后,上级部门在中山市翠景文化艺术中心为我举办了一个隆重的表彰活动。那活动至今回忆起来,仍然觉得光彩、有味。表彰结束之后,我作了"圣火接力传递报告会",同在座的各位激情分享了新中山人在首都北京传递奥林匹克圣火的精彩故事。时任中共中山市委宣传部常务副部长的刘少山同志在会上说:"伟大的奥林匹克精神与'敢为天下先'精神,一定会撞击出璀璨的光芒,照亮人们前进的道路。"

随后,上级部门在中山市富洲酒店(三星级)二楼,举办了题为"弘扬圣火精神,奔向璀璨明天",雅典2004奥运火炬传递于湘老师胜利归来庆功晚宴。

媒体记者山海风,在《中山日报》总第3444期第一版撰文,说:"我们要将奥运精神发扬光大,给新时期中山人精神注入新的内容,将奥运精神化作我们前进中源源不断的动力,激励我们在各自的岗位上开拓进取,奋发创新,为把中山建设得更加美好作出应有的贡献。"

6月12日,中山日报社总编辑谭文卿,以"新起点"为题,撰文点赞并评论了本次活动。他说:"鲜花、掌声、庆功、表彰,这些都是必要的,是对上一阶段工作的肯定,是于湘老师的光荣,也是中山百万人民的光荣。表彰有利于鼓舞士气,有利于促进工作。但让我更感兴趣的,是在有表彰的同时,举行报告会。报告会就是传达一种精神、学习一种精神、贯彻一种精神的会议。"

虽然我没能够踏上奥运会赛场,为祖国赢得巨大荣誉,但我在奥林匹克圣火接力传递活动中,却尽心尽力,彰显了中山体育教师,乃至中国体育教师精神面貌,做了我能做得到的事情。我的故事,能够让我生活在这座城市的人民"光荣"一回,是我今生莫大的荣幸!这些价值,对我而言,远远超越了教育和体育本身,从而塑造了我的教育人生,丰富了我的体育故事。

八

平民火炬手,壮志他乡有。

有人把成名与着装相比:如果你是名牌,你穿什么都是名牌;如果你不是名牌,你穿什么名牌,都不是名牌。希腊雅典奥运会圣火接力传递活动,让许多人认识了我,有人调侃说:"那个家伙,运气不错啊。"也有人说:"与其说是运气好,成就了平民火炬手,倒不如说,是他对体育的执着,感动了'阿波罗'。"

有些时候,我也这么认为。但凡事都有偶然的凑巧,结果却又如宿命的必然。其实,人生总需要有那么一点点运气,只要你抓得住,便不言而喻,却又乐在其中。自那以后,我更不敢懈怠,唯有勤奋工作,以感激市长对我的美好祝愿和殷切期盼。带着憧憬与梦想,我干劲十足。

肯尼迪曾说:"不要总是问,国家为你做了什么?你要常问,自己为国家做了什么?"我也时常反省自己,在第二故乡的这些年都做了些啥。

我的人生没有捷径,我的事业也没有捷径,只身来到他乡,更没有爹可拼;唯有勤勤恳恳地做事,踏踏实实地做人;我在第二故乡的工作和生活因此变得忙碌而充实。对于教育和体育,我不是把它当成工作完成就作罢,而是把它当成自己的事业去经营。现在,我是一个有料的人,期望做一个货真价实的人。

知识成就梦想,智慧改变命运。随着时间推移,我对这座城市有了更多的体验和更深的感悟。乙丑牛年,那个令人心旷神怡的夏天,我通过了选招考核,被调入公立中山市西区中学就职。四年之后,通过教育中层干部竞岗,我又走上了教育管理工作岗位,找到了一个全心全意为大家服务的机会。

这是我的人生航向,最重要的一次调整。在中山工作和生活的这些年深刻地改变了我,让我在做事时,有一种接了地气后的直率与勇敢。

我把那些埋藏在心底,曾经的奢望与梦想,变成了具体工作和现实生活,有的归类细化,有的逐层深化。那些时候,中国功夫操、校园广播体操、大型团体操、中考体育、体育竞赛(包括省运会、市运会、市锦标赛、区运会),以及合唱比赛、知识竞赛、慈善万人行、醉龙舞、修身讲座、全国第九套广播体操推广、教师继续教育专题讲座、读书分享会等活动,成了我人生最重要的组成部分。

努力总是有回报的!我在西区中学工作期间,除了动脑筋调整大型集会队形、规范体育大课间活动组织、竞技体育项目调整、训练和比赛外。我还静下心来，认真地研究过中考体育训练方法、中考体育备考策略（包括考前动员会）与中考体育组织形式。

在学校领导的大力支持和体育学科组教师们的精诚团结下，经过几年的艰苦努力和奋勇拼搏，西区中学的中考体育成绩截止到2017年，连续多年持续上升。创造了西区中学自创建以来，学科成绩持续上升时间最长的奇迹。如果说偶尔取得一次好成绩算是有些运气或者是遇到一届好学生的话，那么西区中学中考体育连续五年持续上升的业绩，则是管理水平、训练方法、专业技术、组织形式和备考策略等综合实力的体现。

2017年西区中学学生中考体育成绩平均分达97.45分，创西区中学历年来中考体育最好业绩，为夺取中山市教学质量评价一等奖奠定了坚实基础，再次挤进中山市教学质量评价第一梯队，从而摆脱了西区中学教学质量评价在全市落后垫底的不光彩形象。我在这里，终于可以挺直腰板行路了。

中山市西区不差钱，GDP在全市24个镇区中排前四名，就缺适合西区教育快速发展的激励机制。2015年有了些许改变，但我个人认为，力度还不够。尤其是多劳多得的激励机制，形同虚设，落不到实处，许多人怨声载道。西区中学中考激励机制，尤其是中考体育学科激励机制，在我的强烈抗议和据理力争下有了突破，正因为如此，西区这几年的中考体育也保持了持续上升的发展势头，改写了中考教学质量评价历史。

诗人说，要写好诗，功夫在诗外；画家说，要画好画，功夫在画外。体育教师要教好体育功夫是否也在体育之外呢？这个问题值得商榷；但教师要教好书，功夫在书外，肯定是有道理的。教师的差异在于业余，在于学科之外。课外知识多，课内就能俯拾即是，妙趣横生。作为体育教师，在工作之余，我还积极主动地参与各种社交活动，丰富的社会知识和经验，给了我教育教学许多启发和前行动力。

社会是一座大熔炉，可以提炼出许多对教育教学有用的好材料。在那个淬炼的过程中，自己也得到了提升。依然是因为广播体操缘故，又一个偶然的机会，我被推选为全国第九套广播体操推广中山市总教练。我不仅带领西区代表队在第七届中山市运动会广播体操比赛中获得一等奖，还培训了市直机关各单位以及全市各镇区的广播体操教练员，深入市直机关各单位（去过包括市委、市政府、市人大、市政协、市委宣传部、市政法委、市财政局、市质监局、市公安局、市教体局等43家单位），下到各镇区（包括火炬开发区、小榄镇、古镇镇、横栏镇、五桂山镇等12个镇区）亲临指导，开展广播体操教学训练以及比赛和排练工作。

当各位市民每天早上7点30分打开电视机,不用换台就可以看到我为大家讲述《养生七点半》的电视专题讲座时,全市人民认识了西区体育和西区的体育教师。当《中国功夫传圣火》视频在央视体育频道、中文国际频道与全国观众见面时,所有关心奥运会和热爱体育的人们,知道了中山市有一位体育教师叫于湘。能够为我的单位,为我工作和生活的这座城市赢得荣耀,是一件十分光荣又特别有意义的事情。能够为体育和体育教师荣誉而战,一个字——"值"!

人生的价值不在于你活了多少年,而在于你走过的生命中有多少"好时光"。一个人所拥有的最好的东西是什么?不是昨天的辉煌,也不是明天的希望,而是现在。人生如白驹过隙,转瞬之间而已,抓紧现在的时间好好地做事,做一些值得自己好好回忆的事情,不要等到行将离世之时,才开始悲怨惆怅。

我十分喜欢苏联作家奥斯特洛夫斯基的名言,他说:"人,最宝贵的东西是生命,生命属于人只有一次。人的一生,应当这样度过:当他回首往事时,不因虚度年华而悔恨,也不因碌碌无为而羞耻;这样,在临死的时候,他就能够说:'我已经把整个生命和全部精力,都献给了这个世界上最壮丽的事业——为人类的解放而斗争。'"

这段话一直激励着我、影响着我。如今,人到中年,有了一些沉淀之后,再回味那段话时,我对它又有了新的注解。人生最可悲的事情,莫过于胸怀大志,却又虚度光阴。即便你有千万个美好的想法,如果想法不落地,都是空想。

教师的劳动,难以有严格的时空界限,难以准确量化和随处监督,也难以在短期内显现效益。因此,教师,尤其是体育教师,完全以良好的职业良心,坚守着职业操守,时刻不忘责任。我把人生最奢侈的青春年华留在了阳光下,留在那宽广的大地,奉献给了中国的教育和体育事业。

俗话说:人不能有傲气,但不可以没有傲骨。我在这里终于可以挺起胸膛行路、有尊严地工作、有条不紊地做事。对于精神生活,我亦有了更高的追求!我的创作欲望,在母亲河——岐江水的滋养下,在河西岸这片肥沃的土地萌芽,并得以滋养,激情和灵感奔涌而出。

奥林匹克圣火,照亮在我的案头,千古之智倾泻在眼前,源源不断地激活我的思绪和才情。通过体育这一载体,我把那些曾经经历过的事情,演绎成一些教育小故事,编撰后于2008年6月9日由香港天马出版有限公司出版发行了。时任中共中山市委常委、宣传部部长丘树宏,中山市人民政府副市长李树之,中山市文联主席胡波教授等分别给我的作品写了序以及前言。原人民日报社高级编辑、中山籍著名漫画家方成先生亦馈赠墨宝,题写了《平民火炬手》书名。中央电视台著名体育节目主持人韩乔生先生题词:"愿你手中的火炬,映红身边的每一张笑脸,温暖身旁的每一颗心,让人们感受奥林匹克激情。"

九

五环落神州,华夏有盛事。

中国是奥林匹克运动的坚定追随者。从奥林匹亚山到万里长城,圣火辉映着文明传播与沟通的征程,见证了一个古老民族融入世界潮流的步履。

2008年盛夏,奥林匹克会歌在万众瞩目中悠扬奏响,奥林匹克理想在古老的中华大地激情飞扬。77个国家领导人,204个国家以及地区的优秀运动员和官员相聚北京,参加由中国人举办的奥林匹克盛会。

6月16日,又一个偶然的机会,我幸运地成为北京第二十九届奥运会全球圣火接力传递"祥云"火炬手、和谐使者。在咱们中国人举办的奥运会上,在自家门口传递奥林匹克圣火,那种自豪感非亲身经历而无以言表。

从"东亚病夫"到体育强国,从举国体育到全民健身……想起这些,我的思想潮水,像泄了洪的闸门一般,倾泻而出,喷薄万丈。在奥运大舞台,我用人类最直观的身体语言,把内心深处最美的东西展示给了大家。在众多摄像机、照相机的镁光灯照射下,在热情似火的山城人民震耳欲聋的呐喊声中,不知所措的我,被摄进了所有用作新闻、纪录片或者是用作纪念的相片。

我的"中国功夫传圣火"视频和图片,经中国中央电视台新闻频道、奥运频道、中文国际频道,以及新华社记者邢广利、搜狐体育记者李志岩、《重庆时报》记者陈艺丰的报道后,成为北京奥运会全球圣火接力传递"十大经典"荟萃之一,正好排在第十位。

作为一名基层体育教师,我把我的专业(武术)和专业技术(中国功夫之南派拳术)通过奥运会这个舞台,演绎到了最高境界,并以艺术表现的形式,把中国功夫推向世界最大的舞台。

这是我第二次参加奥林匹克圣火传递。这一次圣火接力传递,我做了一定准备,同四年前的第二十八届雅典奥运会圣火接力传递相比,媒体对我的认同略有改变。央视体育频道(北京奥运会那段时间叫奥运频道,左上角带"五环"标志)、中文国际频道、新闻频道,给了我足足50秒的上镜时间。这是到目前为止,我在中国中央电视台,时间最长的一段影像,或许会被定格为"永远"。

央视节目主持人以为我是重庆火炬手,当他们看了我的一组中国功夫展示和屏幕上显示的火炬手简介后,更正为:"他是一个充满个性的重庆人。哦!于湘来自广东中山,他是一名小学体育教师,他还是2004雅典奥运会火炬手!"这个更正很有意义,我十分喜欢,尤其是在中央电视台的现场直播。我的名字、我的职业、我的气质以及我工作和生活的城市,因奥林匹克圣火接力传递而永远地留在了央视。

后来,那段不到一分钟的影像还被浓缩为4秒钟,成为第二十九届奥运会全球圣火接力传递420秒总回顾传递城市——重庆市的代表作。影像时间虽短,但经过各大媒体报道以及资深记者遴选后成为经典。那段影像,对于一个普通的体育教师,特别是一个山里娃来说,显得弥足珍贵,值得永久珍藏。

2010年10月13日,我作为伟人孙中山故乡——中山市教育战线的教师代表(校长代表是纪念中学贺优琳,学生代表是市一中高中部冯齐纬),在广东中山传递了广州第十六届亚运会圣火。"跪接圣火"仪式的影像被多家媒体转载,其中广东卫视体育频道,广州电视台的现场直播,以及新华社资深记者刘大伟的摄影报道,《浙江法制报》在10月14日题为"传递的力量"等报道都有很大的影响力。作为新中山人,这是我对新时期中山精神之"创新"精神和"敢为天下先"精神最好的诠释和呈现。

这是我第三次参加奥林匹克圣火传递。这一次圣火接力传递,媒体给了我足够的时间和空间。广东卫视现场直播特邀主持人冯飞,刚好是我第一次传递奥林匹克圣火时在北京的现场采访记者,他在第十六届广州亚运会圣火接力传递现场直播中,同大家分享了我传递奥林匹克圣火的许多故事。

在中山活动期间,我分别同孙中山先生的曾侄孙孙必胜博士、孙中山先生曾外孙杨海会长、中山籍著名漫画家方成先生、著名书画家李延声教授、乒乓球世界冠军江嘉良、奥运会女子举重冠军陈小敏、原国家队女排队长冯坤、香港商界和体育界杰出青年霍启刚先生等各界名流有过短暂接触和亲切交流,并向大家赠送了我的作品。圣火接力传递活动,不仅开阔了我的视野,也让我长了许多见识,更加照亮了我不断前行的道路。

在我已有的人生中,除了教育和体育本职工作外,做过最体面、最有意义、最有影响的事情,就是传递奥林匹克圣火。《火炬手手册》说:"奥林匹克圣火是奥林匹克精神的最高象征。火炬手是传递圣火,传递奥林匹克理想的使者;

火炬手以自己的人生故事为奥林匹克圣火增辉,以高举奥林匹克圣火的形象激励和鼓舞世界"。

十

慎独无为事,执着有缘人。

有人半开玩笑地说:"老于,不是每个人都可以代表这座城市的。"是啊,我自知责任重大,必须认认真真地做好自己的本职工作,不敢越雷池半步。《礼记》有云:"莫见乎隐,莫显乎微,故君子慎其独也。"

爱因斯坦曾说:"人的差异,产生于业余时间。"我也感同身受:业余时间,既能成就一个人,也能毁灭一个人。我在这座城市工作之余,有两个爱好:一个是读书,另一个是运动。博览群书能让人心灵健康,智慧无穷;运动使人身体健康,活力无限。

作为一名基层体育教师,我想尽一切办法,把一颗浮躁的心尽可能地安静下来,多读一些健康的、科学的、有益的著作。有时候,阅读到情深处,我要写读书笔记。如果写得太凌乱、太潦草,我会抄正誊清,反复琢磨,不断地积累与沉淀。有时候,实在过不了文章修辞那道坎,又突破不了禁锢,那么,我就特意请朋友帮忙,纠正、修订。

有人说,人的核心竞争力,有一半以上都来自专业以外的不急之务。马塞尔·普鲁斯特在《追忆似水年华》中说:"我们的童年时代过得最充实的日子,或许就是那些我们认为被虚度的日子,那些沉醉在心爱的书籍里的日子。"我现在的阅读,不再为升学、文凭、职称而烦恼,完全是一种兴致。当然,有心又有效的阅读,也会累积出大智慧。

诺贝尔文学奖获得者莫言说:"当你的才华还撑不起你的野心的时候,你就应该静下心来学习;当你的能力还驾驭不了你的目标时,就应该沉下心来历练。"梦想,不是浮躁,而是沉淀和积累,只有拼出来的美丽,没有等出来的辉煌。

在这个信息爆炸时代,面对那些海量信息,我们不能让自己的头脑成为别人思想的"跑马场"。在汲取他人精华的同时,也应该有自己的见解和作品。

2012年6月23日,我的第二部著作《奥林匹克圣火之旅》,由线装书局出版发行。在我诚挚地恳请下,我所在的行政区党工委书记关瑞麟,我的大学恩师、北京体育大学教授、奥林匹克研究专家易剑东博士看了我的书稿后,分别帮我写了序。

中国著名体育外交家、原国际奥委会副主席何振梁先生题词:"圣火耀五洲,博爱暖万家。"我还特别邀请北京奥运会吉祥物"福娃""福牛"设计者、清华大学博士生导师吴冠英教授,帮我画了一幅漫画,并题写"平民火炬手于湘加油!"我把那幅漫画放在《奥林匹克圣火之旅》的封面了。

2015年元旦,我的第三部著作《第二故乡》,由中国文史出版社出版发行。该书能够顺利出版,首先要感谢的,是我的知音式领导,亦师亦友的魏子华先生,他给我提出许多尖锐而且中肯的修改意见,并帮我亲笔写了序。我也从子华兄的深厚情谊中,获得了自信与坚强。资深媒体人、书画家冯伟光先生题写了书名。著名国画家、书画评论家、中国书法美术协会副主席牛金刚先生为《第二故乡》题词:"点燃人生。"

2018年夏天,我的第四部著作《拥抱阳光:我和体育的故事》由光明日报出版社出版发行。该书的顺利出版,距离我的人生梦想又近了一步。

作为人民教师,我在教书育人的同时,也尝试着写书。希望通过我的笔,记录下我对教育和体育的印象、情感与故事。最初,我只想试一试,尝试一下大多数教师不曾尝试过的著作梦。后来,我连续出版了多部作品。

中国图书网、浙江新华书店、广州购书中心、香港大书城、京东商城等分别为我的著作作了特别推介,述说我在第二故乡的平凡故事。瑞士洛桑国际奥林匹克博物馆、中国北京首都博物馆、重庆西南大学图书馆、北京体育大学图书馆、江苏省常州市图书馆、常州机电职业技术学院图书馆、安徽蚌埠学院图书馆、广西钦州学院图书馆、广东省中山市档案馆等多家国内外博物馆、档案馆、大学图书馆收藏了我的著作。

当代作家、诗人流沙河认为:"所为文明,就是指有历史记载的出现。"我们把曾经看到的、想到的、经历过的有意义的事情,用文字的方式记录下来,并形成作品。也就是说,不经意中,我们在传承文明的同时也创造了文明。

抛开那些喧嚣与纷扰,选择一本适合于你的好书,与伟大的心灵对话,让自己的精神愉悦地远行。不要等到断了翅膀才想起广阔的蓝天,不要等到退休了才想起在三尺讲台的唠唠叨叨。有故事就说出来,分享给你的伙伴们,鼓励大家一起前行。去尝试你没有尝试过的人生,去创造你不曾想象过的辉煌!

庄子说:"朝菌不知晦朔,蟪蛄不知春秋。"朝生暮死的菌类不知道月有阴晴圆缺,田间的蟪蛄不知道春天过去还有秋天,是因为它们的寿命太短,没活过那么长。所以,人不仅要有延展生命长度的信心,更要有拓展人生宽度的行动。人的眼界会决定他的胸襟,眼界越宽广,就会变得越沉默、越谦恭。

<h2 style="text-align:center">十一</h2>

成功不是击败别人,而是改变自己。

诺贝尔生理学(医学)奖获得者屠呦呦说:"不要去追一匹马,用追马的时间种草,待到春暖花开时,就会有一批骏马任你挑选;不要去刻意巴结一个人,用暂时没有朋友的时间,去提升自己的能力,待到时机成熟时,就会有一批朋友与你同行;用人情做出来的朋友只是暂时的,用人格吸引来的朋友才是长久的。所以,丰富自己比取悦他人更有力量。"

活着,你就要逢山开路,遇水架桥。在体育赛场,荣耀与拼搏同在;在教育和文化芳草地,耕耘与成果同辉。如今,能够在第二故乡健康的、阳光的,特别是要有担当地做一点儿事情实属不易;能够得到他人的认可和赏识更是难上加难。

当看到我的学生站在高高的领奖台上,胸前挂着金灿灿的奖牌时;当我们的中考体育成绩连续多年持续上升时;当我独立创编的配乐《中国功夫操》,在中山市慈善万人行、西区第三届运动会开幕式展演后,被交流到香港和澳门的学校与社区时,我的心底悦动着欢快与幸福。

当我乐此不疲地奔忙在各镇区、市直机关各单位,传授全国第九套广播体操时;当我同市委常委、宣传部部长唐颖,市委常委、组织部部长陈小娟在市委办公大楼一起做广播体操时;当我在中山教育的第一批38名"东方之子"的庞文浩、闫奕敏、应莹、阮文雅、梁楚蔚、孙咏盈等高高兴兴地跨入北京大学、中国人民大学、中国传媒大学、中山大学、厦门大学、星海音乐学院等高校深造时,我的心中是满满的祝福与幸福。

当我的读书分享会《书适生活》、健体修身节目《养生七点半》、体育专访《相聚五环》,通过广播电视台被分享到千家万户时;当我高举着第十六届广州亚运会火炬、中山市慈善万人行"博爱"火炬、"全民健身"大旗,奔跑在第二故乡的大街小巷和运动场上时,我收获的是满满的信心和丰硕的成果。

一个又一个精彩的课堂教学、严格的体育训练和丰富的社会实践活动交织在我的生命里,把我教育职业生命中每一个普通的日子擦拭得熠熠生辉、光彩夺目。在奥林匹克圣火传递手身边的教育、体育、社会实践活动不会黑暗,它是阳光的、健康的、充满正能量的。

著名学者于丹教授说:"人与城市的缘分,一定会契合在某种生活方式上。一座城市就和一个人一样,有着自己的气质。"一个人无论在社会上取得多么大的成就,做过多少事,他出生和成长的那个地域的习俗与人文环境,都从骨子里塑造了他的人格。

在中山,我见证了这座城市的成长与发展;这座城市,也为我创造了许多成长与成熟的机会。"博爱、创新、包容、和谐"城市口号的确定有我的建言献策,慈善万人行的游行队伍里,市运会的赛场上,全民健身跑,修身学堂的讲坛以及市委党校的讲台上,都留下了我的身影。在中山的纸质媒介,地方志(2014年鉴)、电台、电视台的新闻或者专访中,记录下我平凡的故事。

卞之琳说:"你站在桥上看风景,看风景的人在楼上看你。"很多时候,我们往往不知道,自己在欣赏别人的时候,也成了别人眼中的风景。人的一生,辗转千万里,莫问成败重几许,得之坦然,失之淡然。当伟大的长征精神、敢为天下先精神、不断进取的奥林匹克精神,不期而遇地交织在我生命里的时候,只希望那神圣的、熊熊燃烧的奥林匹克圣火照亮身边每一个人,温暖身旁每一颗心。

感恩体育,它让我懂得许多比赛和游戏规则,明白了生存法则。体育让我的人生鲜活起来,阳光灿烂,并把我领入一个更加宽广的世界。感谢那些曾经送给我挫折的人,是你们让我更加懂得明辨是非,让我变得睿智与坚强!

感恩那些曾经垂爱我、提携我,现在仍一如既往地关注我发展的人,是你们给了我不断前行的巨大动力!感恩孙中山先生赐予我精神力量,感恩中山人民给予我许多展示的机会和展演的舞台,感恩中山这座城市给了我无尚荣光,让我实现了人生梦想,我亦深情地爱着它,我的第二故乡——中山!

拥抱阳光：我和体育的故事 >>>

参加工作后，于湘的故事第一次刊载于《中山日报》。　资深记者黄春华　摄影报道
1998年05月27日　中山日报总第1245期《校园内外》第63期

在广东工作期间，第一次接受中山市电视台采访。
1998年05月28日　中山电视台　新闻记者郭莎　采访报道

<<< 02 家国篇

于湘的故事第一次上《中山日报》头版头条
2004年05月28日 《中山日报》 总第3430期 记者罗纯 摄影报道

《开眼界 长见识》——人生首次荣登国际大舞台
2004年06月09日 于湘在中国北京传递希腊雅典第二十八届奥运会圣火

61

北京第二十九届奥运会十大经典圣火接力传递之中国功夫传圣火

2008年06月16日　搜狐体育记者　李志岩　中国重庆摄影报道

中国广州第十六届亚运会圣火接力传递之中国式跪接圣火

2010年10月13日　新华社资深记者　刘大伟　广东中山摄影报道

<<< 02 家国篇

于湘的故事第一次刊发于《南方日报》 赵宇飞摄影报道
2008年04月24日 《南方日报》 中山观察之人物调查 C03版

于湘的故事第一次刊发于《浙江法制报》 新华社记者刘大伟摄影
2010年10月14日 《浙江法制报》 07版周记《传递的力量》

63

2015年02月18日 《第二故乡》（于湘著）首次荣登香港大书城网站

大旗手中握 责任肩上扛

2009年11月18日 于湘带队参加中山市第六届运动会开幕式

于湘高擎全民健身大旗参加中山市健身跑活动

2012 年 08 月 08 日　中山市西区分会场

于湘在中山市第七届运动会广播体操比赛中担任裁判长

2015 年 08 月 08 日　中山市兴中道体育馆

于湘参加人生第一个大型报告会（市委宣传部区办事处主办）
2004 年 06 月 11 日　广东省中山市翠景文化艺术中心

2005 年 02 月 18 日
于湘在中山市慈善万人行起步仪式传递博爱火炬

<<< 02 家国篇

2010年02月18日　　中山市兴中道
于湘组织"亚运之队"仪仗队参加中山市慈善万人行展演

传奥林匹克圣火　展体育教师风采
2008年06月16日　新华社资深记者　邢广利重庆报道

67

2009年05月19日 于湘独立创编的大型配乐《中国功夫》操在中山市西区第三届运动会开幕式展演（中山市西区中学运动场）

2012年10月19日 星期五 中山市西区中学运动场
大型团体操《活力五环》在中山市西区第四届运动会开幕式展演

在中共中山市委党校/市教师进修学院授课(2007–2018)

2012年03月20日在中山市修身学堂(烟洲书院)授课总第二十三讲

2008年03月24日广东卫视体育频道播出《平民火炬手》的故事

广东卫视体育频道直播第十六届亚运会圣火接力传递活动
2010年10月13日上午10:00 广东中山

<<< 02 家国篇

2008年08月07日多家媒体联合采访后播出专访《相聚五环》

2012年03月19日　中山广播电视台在烟洲书院录制《书适生活》

中山广播电视台每天早上 7:30 播出电视专题片《养生七点半》

中山广播电视台播出专访《书适生活》之于湘谈《四十自述》

2010年10月13日于湘同孙中山先生曾侄孙孙必胜博士
在中山市香格里拉大酒店合影留念

2004年06月11日中山市教育局局长刘传沛市体育局局长黄有泉等
陪同市长李树之在中山市人民政府一楼会客厅接见奥运会火炬手于湘

2016年11月12日在孙中山故居留影
参加孙中山先生诞辰150周年纪念活动

2018年06月中山市西区中学《大道之行》节目组演出前合影留念
前排左起：曹秋霖　肖桂喜　陈伟　于湘　涂健平　钟永明　戴立斌
后排左起：唐安　申爱玲　杨澜　邢颖　王丽红　彭芳

家风传承

清明节是我国重要的传统节日,具有缅怀先人、礼敬祖宗的重要意义。清明节期间,既要虔诚地寄托哀思,回忆先辈们的过往故事,又告诫晚辈们要常怀感恩之心。

一

在距离丙申猴年(2016)清明节还有10天的时候,于氏"召"字辈中最后一位姑娘于召兰离开了大家,去了另一个属于她的极乐世界。这让我莫名地想起,在我的老家四川巴中,流传着一个关于"家风"与"传承"的段子,"一辈亲,二辈表,三辈四辈忘却了"以及家族的往事。

在这个改革开放,享受和平与幸福,感受发达的交通和讯息互通的好时代里,许多人并不珍惜这来之不易的幸福,整天、整月、整年地忙碌着,而且闲不下来。连至亲的人,都很少真正意义上地在一起,聚一聚、聊一聊、拉拉家常,更何况那些表亲。所以,今天有许多人不是在创造幸福,恰恰是丢掉了本该有的幸福。还有一些人,尤其是年轻的一代,整天沉迷在网游之中,忘掉了传统礼制。

《颜氏家书》以文字方式谆谆教导子孙:"太平之世,则读书为学,厚德笃行;身处乱世,则天下兴亡,匹夫有责。"中华礼制源远流长、延绵不绝,是中华文明的重要内容和载体,对增强中华民族的凝聚力和向心力起到了重要作用。弘扬和传承良好的家风,可以提升家族人的道德观念,对加深相互了解、促进族人间和睦共处,无疑具有重要的现实意义。

榜样的力量是无穷的!我的奶奶、父亲、堂兄、表哥就是家族里榜样中的代表。知识分子有着传承和弘扬优秀传统文化的高度使命感和担当精神。我是于氏族人中唯一的人民教师,对"昔日的先祖古训,今日的家风传承"有不可推卸的宣传责任和弘扬的义务。

二

我的奶奶姓陈名林桂。

在我的记忆中,奶奶是一个非常模糊的概念。在我的梦里,从没有奶奶的影子,奶奶没有留下相片,连一张最基本的画像也没有。在我很小的时候,奶奶就"不要我"了。奶奶不等我长大,去孝敬她老人家,哪怕只是一次,都没有,就"狠心"地离开了这个精彩的世界。奶奶也不愿意等她的孙子、孙女们长大一点,虔诚地送她一程,她,独自一人,就这么匆匆地离去,头也不回地,走了……

今天早上,我还特意打电话询问比我大11岁的大哥,他心中奶奶的印象,大哥说:没有太深记忆。

小时候,听我的父亲讲,奶奶一生勤劳、平凡、质朴、节约,是一个坚强的女人。父亲为什么说奶奶是一个十分朴素又节约的人呢?当时我不大理解,现在我有了家室妻小之后,终于明白当时父亲讲那句话的分量。

奶奶一共育有三子四女,在20世纪三四十年代的旧中国,战争频繁、兵荒马乱,奶奶能够把那么一大家人的每日三餐准备好就已经了不起了更何况年纪轻轻的她又没了丈夫,奶奶的丈夫于太和(也就是我的爷爷)去世之时,奶奶的腹中正孕育着他们的第三个孩子(于召清)。

在那个年代的那个环境下,奶奶的确是一个极其坚强的女人,我的父亲对我的奶奶给予了很高的评价和睿智的肯定。

三

后来,奶奶生命中又一个重要的男人李兴义走进了于家,赓续香火,养育还未成年的孩子们,并无微不至地照顾我的奶奶。公公李兴义和奶奶又育有两子两女,所以,奶奶膝下儿女双全,共有三男四女,美其名曰"善男信女"。他们分别是:大儿子于召祥、二儿子于召明、三儿子于召国、大女儿于清珍、二女儿于召清、三女儿于召英、小女儿于召兰。

奶奶膝下有27个孙子(外孙)和孙女(外孙女)。他们分别是:于召祥和邓学珍养育的于吉华、于湘、于华兰；于召明和龙腾芬养育的于吉才、于吉泉、于海泉；于召国和魏泽珍养育的于海英、于海洋；于清珍和许昌敏养育的许明金、许明宝、许明芳、许秀珍、许秀英；于召清和张正平养育的张菊华、张银华、张春华；于召英和陈太东养育的陈秀英、陈菊珍、陈群英、陈良英、陈华英、陈良平、陈春华；于召兰和魏心丛养育的魏松益、魏东益、魏富益、魏祥益。

奶奶的一生是平凡的一生，也是伟大的一生。她为这个家族付出巨大却又默默无闻地离去，奶奶永远活在我们心中！奶奶不曾读过书，也不认得字，却以言传身教的方式，给我们豁达乐观、向善向上的力量，传下"勤劳、善良、诚实和干练"的家风。奶奶膝下七个儿女，在她潜移默化、涵容熏陶下，都十分争气，各自成为当地望族家庭。有的人丁兴旺、有的事业兴旺、有的财富兴旺、还有的人气兴旺……家风无言，却有着滋润心灵、培养美德的无声力量！

四

在奶奶膝下，最值得骄傲的，是她的大儿子于召祥。为了国家领土不受外国人侵犯、中华儿女不受凌辱，于召祥勇敢地端起步枪，在朝鲜战场杀向以美国为主的十六国联合国军，并最终取得伟大的"抗美援朝"胜利。于召祥那种大无畏的牺牲精神，值得每一位于氏族人点赞和弘扬！

于召祥作为家族里的大哥，是一个有担当的男人。在中国人民解放军第五十四军服役时，不仅是一名优秀的军人，更是一位久经考验的优秀共产党员。转业回到地方，成为一名优秀的地方干部，全心全意地为家乡人民服务。于召祥把在部队的375元/月俸禄（根据巴中市巴州区武装部档案室第00375号档案得知）和在地方工作时获得的待遇，如数交给我的奶奶打理。

奶奶不曾见过大世面，知识不多，却懂得理财。她把大儿子交给她的那些钱分成三份：一份用作那么一大家人的日常生活费用；另一部分用来修缮如今的那座三合院（现如今成为于家梁唯一一座完整的三合青瓦小院保留下来），把老房子分给二儿子于召明一家居住；还有最重要的一份用作教育经费，奶奶在当时的这个想法着实有远见。所以，在那个特殊的困难年代里，于家的孩子们，几乎人人都可以读一点儿书，比当地的同龄人多认识一些字儿。我的二爹于召明现在都还有读书看报的习惯，幺爹于召国不仅含蓄内敛，还写得一手好字。我的三姑于召英和幺姑于召兰都能认得一些字儿，作为那个年代的女孩子能认识字儿，实属不易！

五

在奶奶的众多孙子辈中,最有经济头脑的是于吉才。于氏家族没有物质财富能够传承给后人,但于吉才通过自身努力,艰苦奋斗,成为家族中最富有的(物质类)人之一。在这个和平年代里,于吉才是所有族人学习的榜样!

在奶奶的众多外孙辈中,许明宝(我奶奶大女儿于清珍的二儿子)是一位最有孝心的人。常年服侍在双目失明的母亲身边端茶送饭、洗身换衣,从无怨言,即便是在外打工,也要抽出一定时间回家照顾母亲,他的故事足以参评央视的道德模范人物!

家族中还有许多像于召祥、于吉才、许明宝的各类优秀人物和经典故事,今后慢慢地同大家分享!

六

于氏族人在四川赓续嫡系谱。

于斯佑(第90代湖南衡阳1728年以前)→于世杰(第91代清雍正六年1728年随"湖广填川"大军迁徙四川巴州生息繁衍)→于大碧(第92代)→于仁衍(第93代)→于科美(第94代)→于甲韬(第95代)→于绍华(第96代)→于庚书(第97代)→于正堂(第98代)→于家让(第99代)→于太和(第100代)→于召祥(第101代)→于湘(第102代)→于小湘(第103代)→……

2016年03月25日　星期五　雨转晴　初稿
2018年01月20日　星期六　阴　天　修订

大爱无疆

从我记事起,每年清明节父亲都要举行虔诚的祭祀先祖的仪式。特别是2008年清明节成为法定假日后,我们就不用专门请假参加祭祖活动了。

爷爷是我最崇敬的人,可我从未见过爷爷。听父亲讲,爷爷在他读高一那年(1988.10.14旧历)秋天,因胃癌医治无效驾鹤西归了,终年58岁。父亲常常给我们讲爷爷在"抗美援朝"的故事,教导我们要珍惜这来之不易的和平。爷爷那勤劳勇敢,不怕苦、不怕累、不畏强敌的牺牲精神正激励我们自信、自强、自立。

一个有希望的民族不能没有英雄,一个有希望的家庭不能没有英雄。爷爷是新中国成立后,老家于氏族人中第一位军人,也是我们家族里第一个,为维护世界和平而跨国作战的民族英雄。爷爷不仅是我们家族的骄傲,也是中国人民的骄傲。从此,一位抗美援朝老兵的形象,在我的脑海被定格。

一

爱无国界。

爷爷的爱不局限于家庭式、家族式,爷爷的爱称得上大爱、博爱。1953年2月,我的爷爷于召祥随中国人民志愿军第五十四军奔赴朝鲜作战,被编入步兵135师补训56营5连。爷爷所在的部队在朝鲜战争中,参加了1953年反登陆作战准备和夏季反击战役以及金城战役。

爷爷与战友合作,奋勇杀敌,迫使"联合国军"于1953年7月27日在板门店签订《朝鲜停战协定》,最终战胜了以美国为主的16国联合国军,史称"抗美援朝"。

当世界秩序紊乱,国家有难,人民的生命受到屠戮的时候,必须有人勇敢地站出来，我的爷爷就是无数勇敢站出来的中国人其中一员。当爷爷所在的第五十四军135师某排从前线下来，剩下仅仅7名战士时，我的爷爷是7名幸存者之一，他们用勇敢、坚强、坚守、忍耐、智慧和大无畏的牺牲精神赢得了伟大的胜利。

用生命换来的和平无比珍贵，难道还有比把生命置之度外，去维护世界和平的爱更珍贵吗？战后的朝鲜断垣残壁、惨不忍睹，爷爷所在第五十四军405团，义无反顾地响应祖国号召，留下来参加朝鲜的基础建设和经济恢复，维护停战协定。

爷爷在朝期间，分别于1953年2月在中国人民志愿军第五十四军步兵135师补训56营5连任士兵，1953年8月在步兵135师405团2营4连任中士（军衔），1953年11月在405团2营8连任班长，1955年6月在军直属炮兵指挥连任正班长，1956年3月在军直属独立通信营轻便架设连任正班长。爷爷所在部队的首长是周传铎，参谋长是肖剑飞。1953年7月27日，在板门店签下"朝鲜战争"停战协定。

爱没有国界，爷爷是我们家族的骄傲，是中国人民的骄傲。爷爷那无国界的大爱精神我们无法复制，因为我们正生活在一个伟大的和平时代。爷爷是我们学习的榜样，永远活在我们的心中。爷爷曾经战斗的对手最高统帅——麦克阿瑟将军说："老兵不死，他们只是渐渐远去。"

二

爱是奉献。

1957年夏天，爷爷从朝鲜战场转业回到地方，成为一名地方基层干部。爷爷分别在南江铁厂和地方武装部、民兵连、大队等工作过，做过指导员，当过主任。自从我们老家增加4间新屋后不久，家里就多了一对老人。他们是李长金和陈国珍夫妇，两位老人膝下没儿没女，也无住处，十分可怜，当地人称这样的老人叫"五保户"。那时的农村，根本没有敬老院。为群众排忧解难、帮扶孤寡老人是地方基层干部应尽的职责和义务，我的爷爷号召大家这样做，他自己就是这样带头做的。

我爷爷征得奶奶应允之后，把两位老人接到我们家，并为他们腾出最好的两间屋居住，一间做卧室，另一间做厨房和餐厅。每年冬天，爷爷总是要到山上去砍一些干柴，打成一捆一捆的，送到老人的灶膛；每当逢年过节的时候，家中有些好吃的，爷爷总要安排奶奶多准备两份，做好之后特意让小孩子们送给两位老人。

现在，我们终于明白了爷爷当时的用意：第一，如果大人送吃的给他们，可能会伤了老人的自尊心,小孩送过去,两位老人是不好拒绝的;第二,这种方式还可以培养孩子们的孝敬心、博爱情,正所谓"言教不如身教"。

两位老人在我们老家住了多少年,我父亲也不记得了,但爷爷对两位老人无微不至的关爱和悉心的照顾,以及无偿的援助却一直印在我们的脑海里。爷爷的爱是博大的,一直在引领着我们不断前行。

三

爱是包容。

20世纪六七十年代,"文革"期间,爷爷被迫"下楼":关黑屋、作检讨、戴高帽子。爷爷的弟弟还有一帮社会青年,夸下海口:要多破费几轧草纸,也要把于召祥给"拿下"。爷爷的其中一个胞弟,自认为掌握了他大哥的翔实资料,忙前忙后地同一帮人得意扬扬地跑得老快老快、跳得老高老高。

寒冷的冬天,他们不让我爷爷休息,白天干活,夜里还要挑灯写检查材料,不准穿棉衣,甚至连穿厚一点儿的衣服也不行。聪明的奶奶偷偷地把爷爷曾经同他一起战斗过的军大衣,用长长的竹竿,挑着军大衣,从高高的窗子上塞进去。

那帮"小兵们"从我爷爷的嘴里和"检查材料"中,实在得不到一点儿他们想要的东西,于是,就胆大妄为地攻击爷爷的党员身份。这下子可激怒了我的爷爷:"老子这个党员,是在战场上冒着生命危险,一枪一炮拼出来的,经得起党组织的考验,由不得你们这些'毛孩儿'在这里撒野。"雄狮觉醒,自有三分威。

"文革"之后,正式场合里,我的父亲从未见过我爷爷的弟弟们向爷爷表示过歉意,也从未听到爷爷埋怨过曾经伤害过他的人,包括他的胞弟们。爷爷的包容之心和人格魅力,我们永远无法企及。

有时,仰望星空,辽远而寂静。在安然中总会看见一颗特别明亮的星星,我想,那就是我亲爱的爷爷吧!

2014年12月05日(旧历十月十四日)星期五　晴　初稿
初稿写于广东省佛山市禅城区祖庙铂顿城U度假公寓
2017年03月　因读高一的女儿讲《身边的历史故事》修订成现在的版本

拥抱阳光：我和体育的故事　>>>

于召祥同志生前唯一戎装像以及"和平万岁"勋章和"抗美援朝"纪念勋章

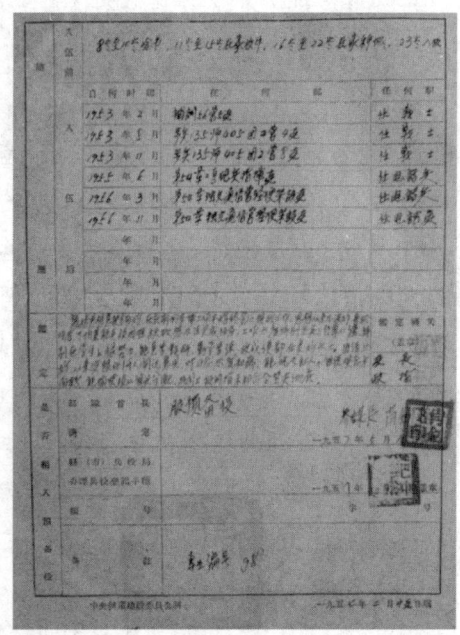

中国人民志愿军第五十四军司令部
志字第 054442 号于召祥同志《复原建设军人登记表》

82

母亲八十

关于母亲的故事听得不少,关于母亲的文章也读得不少。当提笔要写写自己母亲的故事时,我却犯了难——不知从何讲起……

我的母亲姓邓名学珍,1938年05月23日(旧历)生,是独柏树梁子上邓家长女。于、邓两家本是世交,亦是远房亲戚。邓家长女学珍娇小秀美,端庄贤淑,未满十八岁嫁入于家。母亲比父亲小了整整八岁,三年之后才生了我的大哥。父亲和母亲共同度过了三十二年美好人生,母亲生了不少孩子,但养育成人的子女却只有仨(大哥、我和小妹)。

母亲虽未读过书,却为人耿直、生性聪慧,说话办事从不含糊。母亲一生最骄傲的事情莫过于向大家传授种桑养蚕技术(当地养蚕高手,曾在县里做过报告),上世纪七十年代中后期在千丘塝修了一片了不起的瓦房。父亲去世之后第五年,母亲省吃俭用把我送进了大学校园,同时把小妹嫁入张家。

自我工作以后,母亲基本随我们在南方生活,偶尔也随妹妹小住。时至今年,我的母亲已经八十岁。耄耋老人该是享受晚年生活好时节。老家有种惯常的说法"皇帝爱长子,百姓爱幺儿"。作为母亲的小儿子,我当孝顺之。孝顺在《现代汉语词典》中的解释是:尽心奉养父母,顺从父母的意志。

陪伴是最好的孝顺。今年春节,我试探性地问母亲,将为其举办八十寿宴。母亲没有反对,算是默许。春节之后,我亲自驾车把母亲从巴中老家接到中山奉养。用一句流行的网络语表述就是"您养育我长大,我陪您慢慢变老。"

2018喜逢改革开放四十周年,母亲八十周岁,马克思诞辰二百周年,于家于国于天下,政通人和,乐享太平。7月6日(旧历五月二十三日),在广东中山为母亲举办了一个低调又内涵的八十大寿。长三角、珠三角、成都平原的好友以及老家亲人(亦包括南粤的雷州半岛亲戚)齐聚中山,为老人祝寿。座上宾多是思想开明、心怀忧患的高蹈之士。母亲满怀喜悦。我亦衷心祝福母亲:生日快乐,健康长寿!

2018 年 07 月 18 日　星期三　初稿

祝学珍老人　生日快乐　健康长寿
2018 年 **07** 月 **06** 日(旧历五月二十三)留影广东中山

从左至右:于华兰　邓学珍　于吉华　于湘

中山故事

——纪念孙中山先生诞辰150周年

今天(11月12日)是一个特别的日子,是伟大的民主革命先行者孙中山先生诞辰150周年纪念日。自1996年夏天,我涉足这片土地至今整整20年,我在中山工作和生活的这些年,深深地被一种精神所震撼,并受到鼓舞。孙中山先生是我最敬仰的伟人之一,对先生最好的纪念,就是学习和继承他的宝贵精神。

今天我怀着激动的心情,以特殊的方式纪念先生:分别前往孙中山先生故居纪念馆参加先生诞辰150周年纪念活动,去孙文纪念公园、孙中山纪念堂铜像前缅怀先生。虽然我去过孙中山故居无数次,但今天的感受和体验完全不一样。

因为今天是周六,我怕早上睡过了,6:50闹钟把我从甜甜的睡梦中唤醒。我特意穿了一套正装,系上蝴蝶结。驾车从中山一路经中山三路,转兴中道往南,直抵孙文纪念公园。时间还不到8点,但已经有五名记者在孙文纪念公园牌坊前录制节目了,我没来得及细看是哪家媒体,请一位记者帮我留影一张。

然后驾车经博爱路上京珠高速,在翠亨站下高速。往孙中山故居方向的道路两旁干净整洁,骑楼式外墙统一着色,熙熙攘攘的人群向翠亨村方向缓缓前进。翠亨村热闹非凡,孙中山故居庄严肃穆,孙中山画像焕然一新、和蔼可亲,广场的紫金花开得正艳,孙中山故居纪念馆一派节日氛围。

普通游客要排队领卡,9点进馆,参加活动的领导、嘉宾、记者可持证提前入场。从大门口到故居门前至纪念馆前广场一带,用警戒线围着,有警察和工作人员把守,不得随意进入。

受孙中山故居纪念馆馆长黎胜昔的邀请,我从一名众多的普通参观者一跃成为嘉宾,得以进入内场。见证了中山市首个5A级景区揭牌仪式,活动由中山市副市长吴月霞女士主持,焦兰生市长致辞。

随后举行孙中山诞辰150周年纪念邮票发行仪式。仪式结束之后,我有幸站在孙中山故居前的红地毯上,与中共中山市委常委、组织部长陈小娟女士合影留念。很高兴陈常委还记得,我曾经给市委组织部当广播体操教练的事儿。

在活动内场,我还第一个获得吴冠英教授(清华大学教授,北京奥运会吉祥物福娃、福牛设计者,孙中山诞辰150周年纪念邮票设计者)为纪念邮票签名的机会。

在翠亨村,孙中山诞辰150周年活动主会场,热闹而有序。十分荣幸,我亲临现场,感受了浓浓的庆祝活动。这是一次虔诚的精神洗礼,激励我继续做好本职工作,砥砺前行,为实现中华民族伟大复兴而努力奋斗!

在孙中山故居参加完活动,我继续转场。从翠亨村经京珠高速下博爱路转兴中道,绕民族东路转民生路到城区孙中山纪念堂,在纪念堂瞻仰孙中山铜像之后,经民权路过岐江河回到西区。

我们要学习孙中山先生热爱祖国、现身祖国的崇高风范,学习孙中山先生追求真理、与时俱进的优秀品质,学习孙中山先生天下为公、心系民众的博大情怀,学习孙中山坚韧不拔、百折不挠的奋斗精神。

在伟大的"敢为天下先"精神感召与鼓舞下,高举爱国主义旗帜,弘扬博爱精神。让手中熊熊燃烧的圣火照亮身边每一个人,温暖身旁每一颗心。

2016年11月12日　星期六　深夜初稿

2016年11月12日于湘在孙中山故居
同中共中山市委常委、组织部长陈小娟女士合影留念

<<< 02 家国篇

清华大学教授吴冠英亲笔签名的纪念孙中山诞辰150周年纪念邮票

2016年11月12日 星期六 于湘在翠亨村孙中山故居留影

拥抱阳光:我和体育的故事　>>>

2016年11月12日　星期六　在中山市孙文纪念公园牌坊前留影

2016年11月12日　星期六　在中山市孙中山纪念堂公园牌坊前留影

家国事

丙申猴年(2016年)11月11日(星期五),是我的岳母64岁生日。11月12日(星期六),是伟大的民主革命先行者孙中山先生诞辰150周年纪念日。11月13日(星期天),是我的父亲(抗美援朝志愿兵)仙逝28周年祭日。家也好,国也好,丙申猴年的这连续三天,对我来讲是比较特殊的。

一

孙中山先生被尊称为"国父",他的事儿当属国事。海内外,尤其是全国上下举办"孙中山诞辰150周年纪念活动"具有特殊意义。各个时期的国家领导人都十分重视中山先生的纪念活动。

孙中山先生诞辰90周年之际,毛泽东主席在人民日报撰文:"孙先生是一个谦虚的人。我听过他多次讲演,感到他有一种宏伟的气魄。他全心全意地为了改造中国而耗费了毕生的精力,真是鞠躬尽瘁,死而后已。"

孙中山先生诞辰150周年之际,习近平主席在人民日报撰文:"孙中山先生是伟大的民族英雄,伟大的爱国主义者,中国民主革命的伟大先驱,一生以革命为己任,立志救国救民,为中华民族作出了彪炳史册的贡献。"

中国共产党人是孙中山先生革命事业最坚定的支持者、最忠实的合作者、最忠实的继承者。孙中山先生为中国人民和中华民族作出了杰出贡献,在中国人民心中有崇高的威望,受到全体中华儿女景仰。

对孙中山先生最好的纪念,就是学习和继承他的宝贵精神。我们要学习孙中山先生热爱祖国、现身祖国的崇高风范,学习孙中山先生追求真理、与时俱进的优秀品质,学习孙中山先生天下为公、心系民众的博大情怀,学习孙中山坚韧不拔、百折不挠的奋斗精神。

  2017年11月12日,我起得特别早,着一身正装,前往孙中山故居参加纪念活动,还分别到孙文纪念公园、孙中山纪念堂铜像前瞻仰,以示我对先生的景仰。在"敢为天下先"精神的感召与鼓舞下,我将砥砺前行,勇往直前。

二

  家是国的最小组成单位。我认识太太之后一年,顺理成章地认了岳母。岳母是太太娘家在孩子教育方面最大的功臣,岳母的职业收入也是家庭经济最重要又唯一的来源。岳父单位(雷州市木材公司)效益不好,很早就待在家中,缺了经济来源。岳母单靠一个水果摊的收入养活了一大家人,分别培养了两名大学生,一个中专生,"引进"一名研究生和两名本科生。

  我知道岳母的生意一波三折,从最初的肩挑背扛,走街串巷叫卖,到游动摊位,再到固定摊位摆卖水果。正当岳母的生意做得风生水起之时,岁月又不饶人了。随我们的生活日已好转,几年前岳母从粤西的雷州半岛来到珠三角的中山,享受带孙子的幸福生活。

  岳母从没有闲过,好像每天都有事儿做。家里收拾得干干净净、整整齐齐,偶尔也帮我们家收拾收拾。每到逢年过节、生日等活动,我们都会给岳母一些零花钱,但她总是把那些费用投入到日常生活之中,大家享用。虽然岳母没读几天书,但她待人真诚,从不偏心。无论是内孙还是外孙,一视同仁,也不偏袒,所以岳母在家族中的威望甚高,算得上德高望重。我十分敬重我的岳母。

三

  虽然父亲离开我们至今已经28年了,但我从没有停止过对父亲的思念……自从我们在广东中山有了固定住所以后,每年父亲的祭日,我们都会举行祭祀仪式,从不间断。我的孩子们每次参与,都会虔诚地祈祷。其中2014年12月5日(旧历十月十四日),我因参加中山市首届骨干教师培训(封闭式)而没有举行仪式,当晚我在佛山市禅城区以写文章纪念的方式进行悼念。

  父亲不仅上得了战场与敌人拼死搏斗,也下得了厨房做得一手好菜。我亲耳听过父亲讲他在战场的故事,至今难忘;我亲口尝过父亲做的馍,还有手工擀面,通过面的韧劲,我能体味父亲的卓越与坚强。

2009年寒假,我借送母亲回老家过春节的机会,亲自到巴中市巴州区武装部去核实过父亲的档案材料。他在中国人民志愿军第54军135师402团的表现,是我们永远学习的榜样,他在部队的感人事迹,是我们一生的骄傲。

在教育方面,父亲从未大声训斥过我们,更别说动手教训了。我们兄妹仨从不做违背大人约定的事情。听母亲说,父亲特别宠我,我刚满月,父亲外出开会都会带上我,谁有奶水谁就是我临时的妈。现在看来那个信息不假,我的身体也比其他兄妹身体结实了许多,几乎没生过病,或许这跟吃许多奶妈的奶水有关。

父亲离开我们那年,我刚读完初中上高一。我和父亲度过他人生最后一个周末的夜晚,至今让我难忘。那晚父亲讲话特别多,根本就不像生病(胃癌)的人,好似他平常主持会议一样,滔滔不绝。他对我的二叔于召明、小叔于召国、堂叔于召云说,你们要像我的父亲(我的爷爷于太和在我的父亲三岁左右牺牲了)那样勇敢、不怕牺牲。如果我走了,最放心不下的就是"秀华"(作者乳名)了。

那个年代,我们兄妹的生存不容乐观,医疗条件差、生活困难的主观原因和大人们为了生产、家里的孩子无人看护的客观原因都有。孩子能健康成长,生存下来实属不易,成活率不到百分之五十。我知道的哥哥、姐姐和弟弟(芝兰、玲华、凯华)或因病或因祸早早地夭折了。留下来并成人的每一个人的乳名中都有一个"华"字(吉华、秀华、华兰)。父亲是抗美援朝军人,他给我们兄妹取名的初衷或许有寄语大家"振兴中华、传承中华美德"之意。父亲走后,作为唯一护家男孩,我立志做一个让父亲放心的人,做一个对社会有用的人,做像父亲那样对家国有贡献的人。

金苍在《新湘评论》中的一段话,正是我想要表达的。他说:"志士昔日短,勇者常为新。奋进在前进的路上,时间总是过得太快。然而,光阴飞逝,唯有奋斗者才能够留下深深的印记。"

2016年11月13日　星期日　晴朗　初稿
2018年01月31日　星期三　阴冷　修订

心中如此美好的您

一个偶然的机会,看到孩子初一时的一篇随笔。根据时间推算,孩子是在我生日的前一天,写下这篇文章的。但她没有告诉大家,却用自己独特的方式,默默地书写着她心中的父亲。

文章如下:

父亲,这根家中的顶梁柱,不管在精神上还是物质上,你都是我们背后的加油站。

父亲的爱绵长而深邃,比海还要阔,可以容纳万千事物。

父亲在我们心中的位置永远比山高、比海深。

父亲是一位真正的男子汉,是男人中的战斗机。你用宽容的心包容我们,多少个日夜,你为我们奔波在外。

父亲是一位人民教师。在学校里,我不觉得校长的职位比你高,而你更是至高无上:因为你出过书,而且不是一本两本的事儿,他出过吗?你当过奥运火炬手,而且是几届火炬手,他当过吗?他可能参加过市长接见,而你被市长亲自接见;他参加过新闻发布会,而你却是新闻发布会的主角儿;他可能上过媒体,而你却多次登顶。你做过老师,他可能也做过;你当过主任,他可能也当过;而我更多地看到,你在为这个学校播撒希望的种子。

我的父亲表面看起来严肃、端庄,但是他为这个家真的付出了,谢谢您为我们所做的一切。您就像最旺的那把焰火,点亮整个世界!

2014 年 11 月 27 日

房前屋后

因去年有闰月,所以羊年(2015)春节姗姗来迟。

今年春节,我们一家在中山过还是回四川老家过,经家庭会议商量决定,2015年春节我们继续回四川巴中老家过年。2014年春节我们一家人回老家祭祖(孩子们第一次回老家),却少了些玩耍,还因道路维修原因,车进得了村却出不来,耽搁了许多时间,有些亲戚和朋友没来得及拜访,所以今年春节除了继续走亲访友之外,还有顺道旅行计划。

2月8日我们一家从中山出发,晚上住湖南洞口,9日经湘西吉首过矮寨大桥和重庆绕城高速,再经达州转达巴高速,晚上住巴中,10号上午回到关公老家。我们先后去了关公宝珠观、成都武侯祠、曾经的南郊公园、母校(成都体院)、钻宽窄巷子、逛人民公园、烫火锅、品小吃、划游船,登青城山、游上清宫,下都江堰、过南桥、上宝瓶口、站飞沙堰、荡索桥、上二王庙、穿玉垒关古道,在巴中登南龛坡、观唐代摩崖造像、瞻仰将帅碑林、敬红军魂、留影飞霞阁、过章怀山风景区。22日(正月初三)启程回第二故乡中山,晚上住吉首,初四傍晚回到家。在老家15天的春节里,有4天在高速路上行驶,4天在家团聚,7天走亲访友兼旅行。这个春节充实并快乐着。

乙未年春节四川行,让我对故乡又多了些眷恋和新认识,特别是对房前屋后所延伸出去的故事。

一

房前有个塘。

屋前这个塘是40年前我父亲的杰作,此塘给了我们童年无尽的乐趣。春天小荷露出尖尖芽,夏天荷花朵朵飘香四溢,小鱼在荷枝间穿梭,青蛙跳上如伞的荷叶,露珠从荷叶滑落水中,荡起一圈圈水晕,秋天莲米颗颗饱满,冬天是莲藕收获季节。最有趣的是,一帮童年伙伴站在塘边用碎瓦片打水漂,用自制的钓鱼钩钓鱼,挽起裤脚下塘捉泥鳅、抓黄鳝。

二

塘前一个塝。

塘前这个塝叫千丘塝。千丘塝虽贫瘠,但人才辈出,有军人代表:于召祥(新中国成立后,千丘塝第一位中国军人,中国人民志愿军第54军独立通信营轻便连电话兵,中士军衔,电话班正班长),还有于明和、杨秀吉、于吉祥、于勇、李中华等;有大学生代表:李中银(千丘塝第一个生物学类大学生,1990年7月南京农业专科学院毕业)、杨东(千丘塝第一个师范类大学生,1993年7月西南师范学院毕业)、于吉才(千丘塝第一个地质类大学生,1997年7月成都理工学院毕业)、于湘(千丘塝第一个体育类大学生,1997年7月成都体育学院毕业)、于伟(千丘塝第一个艺术类大学生)、杨永红(千丘塝第一个环保类大学生)、杨阳(千丘塝第一个营销类大学生)、于冬梅(千丘塝第一个医药类大学生)、于贾于、于弘(千丘塝第一个财经类大学生);有商人代表:于吉才、于召福、秦国成、于伟、杨梅、秦军;有文化人代表:杨秀才、杨军。

三

塝前有个观。

塝前这个观叫宝珠观。该观毁在"文革"时期,何时建设该观,因何而建无从考证,有关该观的影像和图片无从查找。据说2014年在众香客和村委会的帮助和支持下建了一座小庙:一间正殿、一个带灶台的偏房。如今的宝珠观四周草木茂盛,初现威严,只是少了一位住持。

四

观外有座山。

宝珠观外有座云台山,高745米,是我站在房前看到的最高的山。很早以前,透过宝珠观,我时常望着云台山发呆,想着山外有山,人外有人,我能翻越那座山吗?其实,至今我也没有登上过云台山,但自1988年离开关公时算起,我不知征服过多少比这更远、更险、更高的山峰。如今,我特别期待云台山上有座庙,那该多好啊!山的北边有一块平地,此处正在修建巴中飞机场,这是一条飞出巴中,走向世界的快速通道,巴中人必将做得更强、飞得更高、走得更远。

五

屋后有小山。

屋后有座小山,山不高亦无名。实在算不得山,于是大家都叫它"梁包包",梁包包上有三棵榕树,那是退伍军人于召祥同志的杰作。树下有一方平坦的石头,每年夏秋季节,我、杨东、于吉才都会来此唱我们喜欢的歌、吹口琴、伴笛子、弹吉他、拉小提琴,也时常聊天,望着繁星点点的夜空谈各自的梦想。我坚信山里面一定住着神仙,否则千丘塝不可能飞出那么多"金凤凰"。

六

山南有个寨。

山南边那个寨叫关公寨。关公寨亦叫鸦鹊(喜鹊)庙,寨腰有几棵大榕树,树上有鸦鹊子嬉戏、喳喳叫,因此而得名。关公寨相传因三国关羽在此守关得名,寨子上还有一些曾经的山寨门和军营的痕迹,山因寨而名,寨因人而显。

七

寨外有个寺。

寨外有座山叫章怀山,山里有座寺叫章怀寺。寺因人而名,唐李治皇帝的二儿子李贤因故被贬,流放巴州,在章怀山攻书,该山最著名的风景区是太子岩,也就是太子曾经读书的地方。

章怀山最高峰678米,有72包(山),82洞。如今的章怀山是秦巴地区最重要的旅游地之一。

2015年02月28日

拥抱阳光:我和体育的故事　>>>

故乡的雪　2016年春节　妹妹于华兰摄

春天,母亲在南方生活!　2018年03月12日　于湘摄

<<< 02 家国篇

母亲（邓学珍）八十大寿 2018年07月06日（旧历五月二十三）留影广东中山

2018 年 02 月 16 日 在四川省巴中市章怀山太子攻书像前留影

新年旧事

戊戌狗年春节的前一天是除夕,上午上坟,祭拜先祖。中午吃过午饭,我们在千丘塝的新农村广场聊天,堂弟于海洋倡议到对面的庙儿梁(宝珠观一带)去看看。我当即举手赞同,大哥于吉华和邻居杨军共四人一同前往。走路去庙儿梁也没有多远,但堂弟执意要开面包车去,恭敬不如从命。其实,一路上我十分忐忑。为什么呢?因为中午大家都喝了不少的酒,看着堂弟娴熟的驾车技术,我也放心不少。

我们四人去庙儿梁各怀心思,堂弟和杨军是想去对比庙儿梁的新农村建设与千丘塝的新农村面貌有何差异(宝珠观村两处新农村聚居点),大哥算是随大流,而我,此去则有两个目的:第一,我同他们的想法没有两样,期待新农村新面貌;第二,本次前往庙儿梁,是去求证我曾经在一篇文章中提到的"掩映在苍松翠柏之中的宝珠观小庙"真实性,因为图片中只看到小庙的周围有柏树,或许是因为拍摄的角度不同,看不到松树,所以想去现场求证庙儿梁是否有松树。

千丘塝距离庙儿梁不足两公里路。现场考察庙儿梁新农村建设之后,大家一致认为,还是千丘塝的新农村建设一流。随后,我们四人爬山上宝珠观。宝珠观的山不高,小山上的植被茂密,小庙的确掩映在苍松翠柏之中。小庙周围柏树居多,松树次之。这让我不自觉地想起唐朝刘禹锡在《陋室铭》里的佳句"山不在高,有仙则名"。在庙里,我们共同祈求各路神仙护佑这方百姓,风调雨顺,保大家平安。

在山下的邓学述舅舅家院坝里,我们遇到村里的"包工头"姚文。包工头只是惯常的叫法,姚文算是一个货真价实的老板。听说庙儿梁那片新农村建筑都是他那个团队的杰作,在镇里,他还有一个家具门市部,据说生意兴隆,还很火爆。

同姚文偶遇算是缘分。他的直率和幽默跟30年前相比,有了较大差异。如今的他,粗中带细,刚中显柔,嘻哈兼备。他的眼神凸显智慧,他的话语里处处彰显生活哲理。最让我感动的是:姚文讲述他家与我父亲生前的一段往事。这是我的父亲离世30年后,仍然还有人记得他,作为于氏后人,我感到十分欣慰和自豪。

在"文革"那个特殊的年代,连自身都难保的情况下,我的父亲居然站出来关怀和帮助杨家沟的姚家,尤其是姚文的母亲。在于(姚)安芳受到不公正的对待时,姚文说我的父亲是作为当时唯一的领导干部敢出来帮忙说话的人,让姚文的母亲于安芳躲过了一劫。从姚文的话语、眼神和表情里,我读到他对我的父亲怀有感激之情。现场听故事的大哥于吉华、堂弟于海洋、邻居杨军、亲戚邓学述等都十分感动。这是我的父亲离开我们30年后,我第一次亲耳聆听别人讲他生前的励志故事。

作为领导干部,就应该替老百姓讲真话、办实事。父亲是一个有胆识讲原则的人,上过朝鲜战场,干过联合国军,转业之后当过基层领导干部。当然,良好的家风也不可小视。作为人民教师,我更应该像父亲那样,做一个受人尊敬的人,做一个受人敬重的基层干部。

习近平总书记指出,家庭是社会的细胞。家庭和睦社会安定,家庭幸福社会祥和,家庭文明则社会文明。家庭是人生的第一课堂,父母是孩子第一任老师。家庭教育最重要的是品德教育,是如何做人的教育。家风是社会风气的重要组成部分。家风好,就能家道兴盛、和顺美满;家风差,难免殃及子孙、贻害社会。广大家庭都要弘扬优良家风,以千千万万家庭的好家风支撑起全社会的好风气。

于湘、杨军、于吉华和于海洋在庙儿梁合影　　站在"寨梁上"北望"梁包包"

拥抱阳光:我和体育的故事 >>>

关公镇宝珠观村千丘塝新农村广场一角　2018 年 02 月 16 日　摄

戊戌狗年(2018)正月初二　在千丘塝新农村广场合影

再谈故乡

故乡是一个不老的话题,好似永远都有讲不完的故事。而且不同时期,又有不同的感悟和思念。

一个人不应该只有一个故乡。

我十分赞同著名作家梁晓声先生的说法,他说:"人应该有两个故乡,一个是现实的地理的故乡,另一个是精神上的故乡。"2015年4月1日当我在凤凰网看到这段话时,我的第三本著作《第二故乡》已经正式出版发行了90天。

一个人在一个地方生活时间长了,那个地方自然就成了你的故乡。一个人在一个地方生活多长时间,才能够算作故乡呢?没有定论。

商务印书馆出版发行的《现代汉语词典》(第5版)对故乡的定义是:"出生或长期居住过的地方。"出生很好理解,但"长期"到底是多长,没有具体的数字量化标准,只有自己去衡量。

我对故乡的定义是:在一个地方至少连续居住3至5年以上,那个地方给你留下了深刻的印象,或者说你在那个地方创造了让人终生难忘的故事。

如果按照以上推理及说法,到目前为止,我应该有三个故乡。

第一故乡,是我出生的地方——巴中。在上大学以前,我一直生活在四川巴中。我在那里度过了愉快的童年及青少年时期。

巴中,是我梦开始的地方!

我的第二故乡应该是成都。我在那里求学四年有余,它给我留下了人生最甜蜜的回忆,在那里我既完成了大学学业又收获了爱情。目标明确、有定力让我读书恋爱两不误。

宽敞热闹的运动场,安静舒适的图书馆,淳朴温馨的校园生活,还有那围墙外典雅肃穆的武侯祠,幽静芳香的南郊公园,霓虹闪烁的街市,飘香清心的盖碗儿茶,给了我无尽的成都记忆。

成都,是我逐梦的地方!

我的第三故乡是中山。广东中山距离我的老家四川巴中有1900公里(按高速里程计算)。我选择到中山发展、生活,是基于孙中山先生的"敢为天下先"精神。正因为我有了这种精神支撑(动力),所以,我在这里创造了一个又一个人生经典与奇迹。尤其是那一把源于奥林匹亚的圣火,烧旺了我平淡的人生。

中山,是我成就梦想的地方!

2017年07月01日　星期六　晴有短时小雨　初稿

千丘塝的三合青瓦小院是父母多年的杰作 2009年01月17日　作者　摄

家有诗书气自华

虽然,有些人不曾到过我家,但,他们的经典作品却让我家蓬荜生辉。有些作品我是见证者,有些作品是我偶然所得,还有些作品是我虔诚地真心求得。

虽然有些人我们未曾蒙面,但他们的故事却让我获得了正能量,激励着我砥砺前行。

有些人的名字对我来说如雷贯耳,有些人的故事耳熟能详。能够同他们面对面地交流,算是我的福分。像何振梁先生、吴冠英教授、方成先生、都本基先生、范曾先生、牛金刚主席、易剑东教授、李延声教授、程大力教授、彭丽媛女士、霍启刚先生、白岩松先生、韩乔生先生、姜昆先生、陈佩斯先生、余世存教授、黄衍增先生,还有奥运会冠军、世界冠军获得者,像田亮、刘翔、李小鹏、王义夫、陈小敏、孙福明、冯坤、邓亚萍……这些人和事就是这样。

与虎狼同行,只能蜗居丛林洞穴;与鲲鹏比翼,将翱翔蓝天!

2017年05月15日　星期一　暴雨　初稿

见证历史

见证历史,不能没有体育。讲好中国故事,从身边事儿说起。今天(10月18日)是一个好日子,又是一个特殊的日子,十九大在首都北京召开。

在现行的政治体制下,特别是改革开放以来,人民的物质生活水平提高了,人民的精神生活丰富了,老百姓的获得感比以往任何时候都要强。作为人民教师,我感同身受。我在关注中国共产党第十九次全国代表大会新闻的同时,无意中在中山市人民政府官方网站看到了"西区之最"。

中山市"西区之最"的信息,内容丰富,涉及面广,有60个方面的事件;这些信息,时间跨度长,出现最早的时间数字是1817年(清嘉庆二十二年),最晚的时间数字是2008年,前后共191年。中山市在近三个世纪以来,60个"西区之最"的信息中,其中,第四十三个信息,是于湘2004年6月9日在中国北京传递希腊雅典第二十八届奥林匹克圣火的故事(如图)。该信息是中山市人民政府于2014年10月31日在其官方网站发布的。

于湘传递第二十八届雅典奥林匹克圣火的故事,被列入"西区之最"的同时,又分别被编入《中山年鉴》(2004版、2008版、2010版),还被市地方志办、市档案局录入中山市地情信息库。除此之外,2007年8月28日,在《中山日报》创刊十五周年之际,该报特别遴选了十五个经典新闻事件,"于湘传递圣火 分享奥运激情"荣耀上榜,以图文方式讲述平民火炬手的故事。我的事迹和奥运藏品还于2008第二十九届北京奥运会期间,在中山市博物馆进行为期一个月的展出,免费向市民开放。虽然,传递圣火的事儿已经过去多年,但细读之后,仍然觉得兴奋。

2018年是我国改革开放40周年。按照中共中山市委工作部署,拟在年内举办庆祝改革开放40周年中山市发展成就展暨藏品展。最近(2018年5月),市里向西区征集了五个(事件/人物)作品参展,其中有三个属于重点作品,需要我提供的作品就是那三个带五角星标识中的第二个。为了配合市委组织的庆祝活动,我亦做好了充分准备。成就展暨藏品展是一个十分重要的平台,它让体育教师的人生再次焕发光彩。

国家富强了,人民的物质文化生活丰富了,中国成为世界舞台的主人。作为一名中国基层教师,尤其是新中山人,能够在世界舞台亮个相,已属不易,多次荣登主流媒体,更是难上加难。我的故事,能够被列为中山市(西区)之最,现如今又被列为庆祝改革开放40周年中山市发展成就展暨藏品展的重要作品,我深感荣幸。感恩这个美好的时代,感恩中山人民,感恩中山精神。

2017 年 10 月 18 日　星期三　初稿
2018 年 05 月 16 日　星期三　修订

2004 年 06 月 09 日于湘在北京传递雅典第二十八届奥运会圣火
图片来源:北京第二十九届奥运会官方网站(初级网站)

2008年06月16日在重庆传递北京第二十九届奥运会圣火

新华社资深记者邢广利摄影报道

2010年10月13日 于湘在广东中山传递广州第十六届亚运会圣火

新华社资深记者 刘大伟摄影报道

03

遇见篇

两位"忘年交"朋友

追忆人生闪光的瞬间,激发生活热情与灵动。

在南粤,我有两位自称是小学文化而又了不起的"忘年交"朋友,我与二位都是因体育而结缘。一位叫陈林,广东东莞人,曾经的宏远集团公司总裁;另一位叫黄乃衔,广东中山人,曾经的长洲集团公司总裁。

这两位朋友,虽然学历都不高,但他们的组织能力、社会阅历、人格魅力以及号召力,在行业里属于佼佼者。在陈先生的旗下,有汽车、酒店、房地产、影剧院,还有大家耳熟能详的足球、篮球产业等,他把一个个企业做得风生水起,享誉亚洲。在黄先生的旗下,有房地产、酒店、车队、物业管理、文化艺术中心等,他把一个小小的村庄,推向改革开放的风口浪尖,从而闻名全国。

千禧龙年正月,因为教育和体育结缘陈林先生,在罗雪贞等人引荐与陪同下,在东莞宏远酒店贵宾厅同陈先生饮酒,人生第一次喝到家乡美酒五粮液(浓香型500mL 39% V/V 一帆风顺版)。我不是一个贪杯者,而是一个爱好收藏的人,留下了那支十分考究的酒瓶。留下它纯粹是为了纪念,一则人生第一次喝高档白酒,二则在他乡喝到故乡的美酒倍感亲切与舒适。那酒的确好喝,但给我安排事儿也不是那么容易就办得好的。

甲申猴年仲夏,同样是因为教育和体育,在中山市富洲酒店二楼贵宾室,在时任长洲集团公司六位经理级领导陪同下,黄乃衔先生宴请我品尝鱼翅,这是我第一次在中山品尝鱼翅宴。同时,还举办了一个隆重的庆功晚宴(如图),着实让我幸福了好一阵子。宴会有规格上档次,当然,活动的影响力也是与之相对应的。

在茫茫的宇宙,大大的地球上,我只能算作一粒尘埃。一切相遇都是缘分,能够出现在我生命里的人都不是偶然。有的是来欣赏我,有的是来帮助我,有的是来修炼我……两位都是有恩于我的贵人,他们不但不嫌弃我这个山里娃,还给我人生动力,催我奋进,砥砺前行。正因为有了像他们这样的忘年之交,我的人生才有了乐趣、有了自信、有了华丽。

2016 年 09 月 20 日　星期二　初稿
2017 年 06 月 23 日　星期六　修订

昨日豪饮庆功酒　今朝教体写春秋
2004 年 06 月 11 日与朋友在广东省中山市富洲酒店(三星级)二楼欢聚

永远的何老

当10月的阳光洒向神州大地,我们迎来了中华人民共和国的67岁华诞。今天,我莫名地想起一些曾经对祖国的发展和繁荣有过特殊贡献的人物。我是搞教育和体育的,自然想起那些与体育有关的人和事,何振梁先生就是其中一位。

我对何振梁先生的认识和知晓是真正意义上的"未见其人,先闻其声"式的。对于他在国际奥委会的工作和对奥林匹克文化的传播,他算是一头牛,孜孜不倦地耕耘。对于中国的奥林匹克事业,他有卓越的贡献。尤其是在中国重返奥林匹克运动大家庭,2008北京奥运会的申办过程中,他的执着与睿智,大家有目共睹,世界认同,他有一个雅号——"中国奥林匹克之父"。

我同何老有过一面之缘。那一面让我终生难忘,亦收获颇丰。距离2008北京夏季奥运会开幕还有13天的7月25日,北京奥组委有一个"奥林匹克文化中国行——《神州圣火传递图》《神州圣火传递颂》全国巡展(中山站)"在市文化艺术中心隆重举行,何老亲自带队参与此次活动。

在活动现场,我同何老有一个短暂的面对面的交流机会。我们一见面,就好似旧年的朋友,体育让我们没有任何沟通障碍。在时任市委副书记彭建文,市委常委、宣传部长丘树宏,副市长郝一峰的见证下,何老在中山日报社迎接北京奥运会倒计时一周年纪念特刊签名留念。

著名收藏家、书法家、北京夏季奥运会入场式各国(地区)代表队国名(地区名)中文名书写者都本基先生现场挥毫,送给中山人民祝福。我亦是受惠者之一,有幸得到都本基先生的墨宝一幅。

中午,我又获得一个与何老在恒心酒楼二楼贵宾厅共进午餐的机会。我同时任孙中山故居纪念馆副馆长黎胜昔、市一中教师李涛一起,向何老及夫人梁丽娟阿姨敬酒,祝福他们健康长寿。

席间,在市委常委、宣传部长丘树宏的引荐下,我把我的处女作——《平民火炬手》赠送给了何老。何老也在我特意准备的北京奥运会文化纪念衫上,留下了永远的纪念——"圣火耀五洲,博爱暖万家"。

2015年1月4日下午,何老完成了他一直热爱的奥林匹克运动和奥林匹克文化事业,他的一生是光辉的一生。再重的文字都是轻的,沉甸甸的历史摆在那里,我们永远怀念他!

2016年10月01日　星期六　初稿

2008年07月25日同何振梁先生在广东中山合影留念

同何老亲切交流

何振梁（右二）、彭建文（左二）、郝一峰（右一）、于湘（左一）

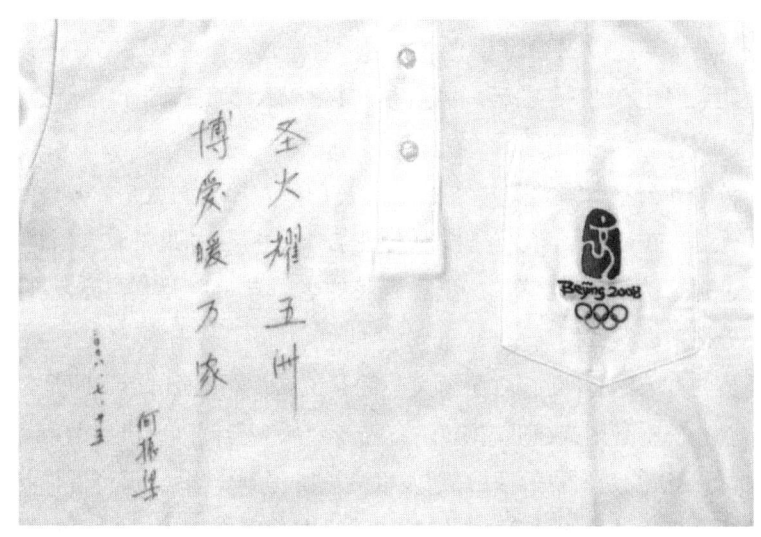

何振梁先生题写"圣火耀五洲　博爱暖万家"

渡 江

我有一位知音式的领导,在2016年中山市镇区领导干部换届调整中,被市委组织部调整到西江出海口东岸的横栏镇,升任党委委员,主管农业、水利及其他工作。华委员在新的岗位上任后第二天,我就收到他的调任信息。

华委员是我的好兄弟。虽然,我们萍水相逢,但他给了我许多机会和帮助,鼓励我教好书、育好人、办好事、出好作品。认识子华兄算是缘份。所谓生命中的贵人,莫过于我俩的相识相知。他是我生命中的一盏明灯,照亮了我的灵魂和黑暗,使我的生存多了些许光泽与绚丽。

自从他离开西区之后,我很想念他。我主动发信息征求他的意见,想去拜访他。事有凑巧,这一天,刚好他有一位从福建过来的朋友,改道深圳过来中山拜访他。这位朋友了不起,9月份将赴北京大学读哲学博士。我负责帮他在东区空港接车这位北大博士,中午在东区一酒店稍作休整后,下午我开车上博爱路转105国道,经沙古公路直奔目的地。

华委员的办公室在镇党委办公楼一层,进门转左第三间就是。办公室外面有一个小厅,厅里有一位中年女秘书样的人把守整个一层,如果没有人领路或引荐,一定要先过她这一关,才能够在这里见到我的老领导。今天华委员亲自出门,在镇党委办公楼前迎接我俩。

华委员的办公室有两间,前面稍大一间是接待室,里面稍小一间是带办公桌的工作室。办公室是用普通玻璃隔开的,隔音效果一般。隔壁讲话的声音稍大一点,我们听得一清二楚。我们谈话,别人也应该听得到。当然,那得看你是有心还是有意的。这是我见过的最简陋又纯粹的委员办公室。

晚餐时间到了。华委员请北大博士和我到西江对面的石板沙去吃河鲜,石板沙在江门的新会市大鳌镇。想要品尝到石板沙的美食不是那么容易,不仅要开车,还要摆渡过了西江才行。

我在中山工作生活了20年,这是我第一次横渡西江,从西江东岸来回石板沙要渡江四次。华委员调侃道:你很幸运,品尝一次河鲜,完成了20年的渡江任务,划算啊!

是的。如果没有人陪伴和指引,不知要等到猴年马月,我才有渡江的信心和决心。江外不仅有美食,还有最靓丽的风景。一轮红日映入江中,心随景转,人也醉了!大家不仅是在品尝美食,更像是在品味人生!我们不仅是在渡江,更像是在渡人生!

2016 年 08 月 23 日　晴　初稿
2017 年 04 月 03 日　晴　修订

红霞醉西江:在西江渡船上自拍照

于湘(左)向魏子华先生(右)赠送《平民火炬手》

向方成先生求字

2008年恰逢第二十九届奥林匹克运动会在中国举办。作为中国的体育教师，曾经的奥林匹克圣火传递者，我除了兴奋之外，心中总有一些东西想要借此宣泄、表达。为奥林匹克圣火在中国传递，奥林匹克文化在华夏大地传播，尽一份中国体育教师绵薄之力。出版一部作品，是一个不错的选择。

我是搞体育的，虽是粗人，但并不粗鲁。熬夜积攒下一点点零零碎碎的文字，自己拿捏不准，拿出来怕别人笑话。于是，恳求相好的友人帮忙斧证。

出版著作通常要请名人题写书名，以装点门面。我见识不多，又不善言辞，在这里人缘不广。对写作心中缺乏底气，所以总是不好意思把书稿呈给别人。我能够找谁呢？

2007年暑假的一天，我去市委宣传部办事，偶然得知中山籍漫画家方成先生回到中山，我喜出望外。方成可不得了啊！中国著名的漫画家、人民日报社高级编辑。如何找到方老，怎样向他表达我的意愿，我却犯了难。

我千方百计地找到时任市委宣传部出版科李卓文科长，向他表达了我的想法：第一，邀请方老为我们中山日报举办的"2008奥运一周年倒计时启动仪式"签名；第二，请方老帮我的处女作题写书名。

在李卓文科长的热心帮助与支持下，8月13日晚上，我获得一个与方老见面的机会，地点在中山市长江怡景酒店。在酒店大堂，我看到许多曾经采访过我的记者。时任市委常委、宣传部部长丘树宏也来了，我向他问了好，丘常委点头给了我示意。不一会儿，时任市委副书记彭建文也来到酒店，彭书记直奔房间。

不知过了多久，我被市委领导召见。房间很大，席开两围，我同记者朋友们坐在一桌。

在丘常委的引荐下，我得以与方老握手并面对面地交流。方老虽是耄耋之人,但掌力很大,笑容灿烂。很感谢方老为我这个无名小辈签名并题写书名。有人说,方老的画更好。当然,我也知道,但人不可以贪得无厌,否则,会失去本真。

完成向中山籍著名漫画家方成先生求字的夙愿之后,我总感觉惭愧,我的故事配不上方老的字。唯一能够补救的措施,就是多做事,多读书,丰富自己,坚持多写一些好文章,争取出一点好作品,以感激方老对平民火炬手的垂爱。方成(孙顺潮)与华君武、丁聪并称为"漫画界三老"。2018年8月22日上午,方老先生完成了他的漫画工作,去了一个极乐世界,享年一百岁。方老先生一路走好!

2016 年 08 月 01 日　星期一　初稿
2018 年 08 月 22 日　星期三　修订

中共中山市委常委、宣传部长丘树宏(中)把于湘(左)介绍给方成先生(右)

中共中山市委常委、宣传部长丘树宏向方老介绍于湘的作品
方成（右）、丘树宏（中）、于湘（左）

在我面前的方老，不像身居画坛高位的大师，
也不像非高价请不动的名流，他就这么乐呵呵地平易近人

<<< 03 遇见篇

2007年08月13日　方成先生题写《平民火炬手》书名

同是广州第十六届亚运会火炬手
于湘手捧着由方老亲笔题写的《平民火炬手》与其合影留念
2010年10月12日晚　中山市香格里拉酒店（五星级）

拥抱阳光：我和体育的故事　>>>

2007年08月13日人民日报社高级编辑　著名漫画家方成先生题写的《平民火炬手》书名

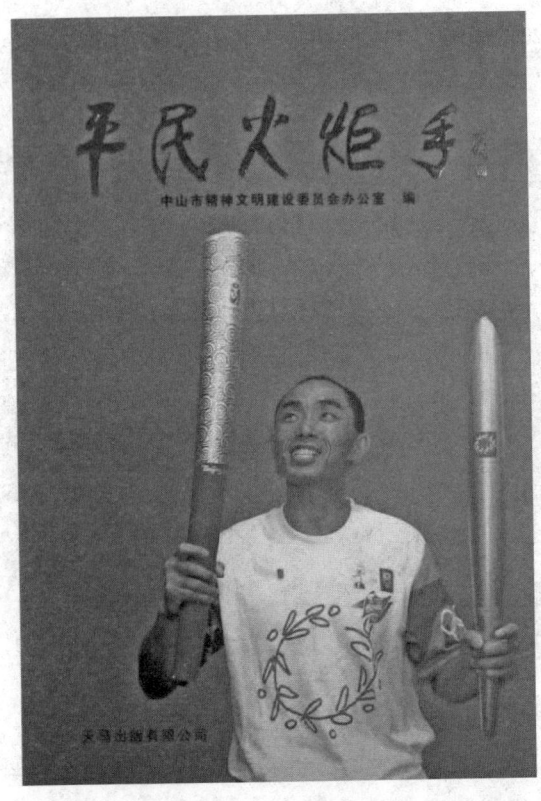

特邀著名漫画家方成先生题写《平民火炬手》书名

向吴冠英教授求画

吴冠英教授是中山籍著名艺术家。他的画,尤其是漫画,十分了得,首先,他是清华大学美术学院信息艺术设计系教授;其次,他是北京奥运会吉祥物"福娃"设计者之一,北京残奥会吉祥物"福牛"设计者。

我有幸同吴冠英教授见过四次面,在四次见面中,我都收获满满。第一次见面是2008年5月1日,在中山市兴中体育馆。我们共同出席一个全民健身活动。作为嘉宾,我们在体育馆西边最大一间贵宾室相遇,初次见面难免有些拘谨。奥林匹克文化,打开了我们的话匣子,氛围活跃了不少,十分融洽。我也不失时机地拿出早已准备好的北京奥运会圣火接力传递纪念品让吴教授签名留念,并与北京奥运会田径裁判员王朝霞,时任市委宣传部副部长、中山日报社总编辑方炳焯合影留念。

我同吴冠英教授第二次见面,是在2008年7月20日,在中山市博物馆。由市委宣传部主办,中山日报社、市博物馆等承办的奥林匹克藏品展览。我有十几件珍品在该活动中参展。开幕式后,举办了系列迎北京奥运会宣传活动,艺术家们与观众互动算是精彩的一部分。我也没有落入俗套,站在队伍里,虔诚地排队等候,向吴冠英教授求画。我亦分别向吴冠英教授、中国"史努比"之父——马乐山先生赠送了我的作品《平民火炬手》。

当吴教授得知我是连续两届奥运会火炬手后,在中山市博物馆大厅现场挥毫,赠送一幅传递圣火的漫画与我,并题写"平民火炬手于湘加油"!我如获至宝,把那幅漫画镶嵌在我的第二部著作《奥林匹克圣火之旅》的封面了。

我同吴冠英教授第三次见面,是在孙中山纪念堂。聆听吴教授的"吉祥物之旅"专题讲座,这一次收获是精神层面的。

我同吴冠英教授第四次见面,是在翠亨村孙中山故居,参加孙中山诞辰150

周年纪念活动,并得到吴冠英教授设计的孙中山诞辰150周年纪念邮票首发现场签名。

2016年08月08日　星期一　初稿
2016年12月18日　星期日　修订

吴冠英(右二)、方炳焯(左一)、王朝霞(左二)、于湘(右一)

<<< 03 遇见篇

2008年07月20日吴冠英先生绘亲笔吉祥物——福娃

点燃激情 传递梦想
吴冠英教授签名的北京奥运会圣火接力传递纪念品

123

向黄衍增先生求墨宝

在中山市艺术界,尤其是书法(画)界,讲到黄衍增的大名,恐怕无人不知,无人不晓。这座城里到处都是他的作品,机关单位也是如此。

我和黄衍增先生相识于2002年元旦节。当天,在长洲黄氏大宗祠举办了一个迎新即席挥毫比赛,我是本次活动的主持人,中山市书法家协会主席黄衍增和秘书长伍志强等是本次活动嘉宾兼评委。衍增先生的儒雅气质,给我留下了深刻印象。

2004年6月9日,我在首都北京因接力传递奥林匹克圣火"一举成名"之后,首先想到黄衍增先生,希望求到他的墨宝,粉墨装饰我这个"平民火炬手"。

黄先生太给面了。出乎我的意料,他不仅题写了"传送圣火,弘扬奥林匹克精神"横幅,而且装裱也十分考究,还专门派人送来。这幅字成为我家最宝贵的财富之一,挂在于家大厅,蓬荜生辉!

只要我向黄先生求字,他从不含糊,总会应允,满足我这个粗人的虚荣心。我家珍藏有黄先生的"奥运魂 博爱情""奥林匹克圣火之旅"等字画。

我同黄先生有一次深度合作。广州亚运会前,在中山市人民政府西区办事处魏子华副主任的支持下,我们策划了一个体育与书法完美结合的合作项目——"迎亚运体育名人名言书法比赛",活动十分成功,影响甚广。

<<< 03 遇见篇

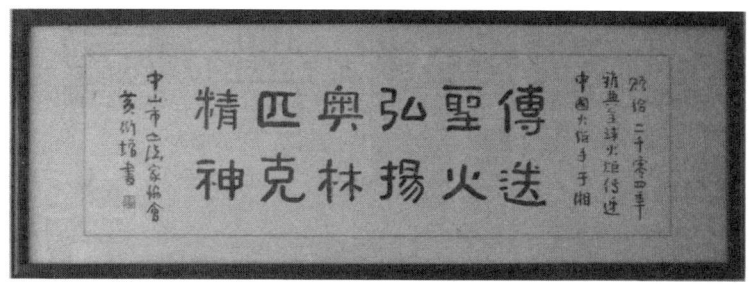

传送圣火　弘扬奥林匹克精神
2004年06月18日　黄衍增先生题

黄衍增先生题写:奥林匹克圣火之旅
2013年03月03日　在衍增先生书房

《老人与海》成就了我的梦想

上午,我到单位的一楼体艺办公室,无意中看到一位老师的办公桌上放着一本杂志,杂志的名字叫《特别关注》(总第182期2015年第2期),这本杂志隶属于湖北日报传媒集团(属于文摘类)。记忆中我是第一次看到这类型杂志,于是,就随意翻了翻,目录中一篇题为《打破海明威家族魔咒》的文章(页14)引起我的注意。

这篇文章摘录于《海外哲理故事中的人生智慧》(龙门书局)。该文的作者是1954年诺贝尔文学奖获得者欧内斯特·海明威的孙女玛丽尔·海明威。她不仅向世人分享了她的家族史,也在亲力亲为地演绎并传承着家族的事业。

这篇文章为何会引起我的特别关注呢?因为它勾起了我出版著作的往事:首先,它与我和孩子的阅读习惯有着千丝万缕的联系。前年寒假,晓聪在网上买了一本125×165毫米开本的硬皮封面外国名著——《老人与海》,无意中我在孩子的书架上看到这本装帧十分考究的名著。当我手捧这本袖珍式名著时,对它转了又转、摸了再摸、翻了又翻,有一种爱不释手的感觉。

看着这本著作,我的心中有了一个十分美好的想法,梦想着也要拥有一本这样精致的,属于自己的袖珍作品,那该多好啊!于是,为了这个梦想,我默默地、默默地、努力着、努力着……

2014年3月,我在中山广播电视台教育频道《书适生活》栏目,两次同大家分享读书感受之后,促成了我要再出版一部袖珍版著作梦想的底气和勇气。于是,我就把平日里积攒的稿子修订后,汇编成册投寄给了出版社。在北京中联学林的推荐和支持下,在中山市有关部门和挚友的垂爱与大力襄助下,2015年1月中国文史出版社圆了我的梦想,出版发行了我的第三部著作《第二故乡》。根据出版社出版发行要求,《第二故乡》开本为145×210毫米。虽然《第二故乡》的出版开本和装帧与我期待的袖珍作品有些差距,但它激发了我的创作欲望和实现梦想的愿景。

人生的确需要机遇,但更需要平时的努力,要为机遇的出现做好准备,就是这个道理。

2015 年 01 月 25 日　星期日　晴有短时小雨

《第二故乡》于湘著　中国文史出版社 2015 年 01 月北京第 1 版

寒流之痒

1月31日(星期六)下午在三楼阶梯教室召开全校教职工大会,会议之后也就标志着本学期结束,对教师来说,愉快的寒假开始了。

晚上我约了青年教师小施聊天,小施预约我好几次了,想要来拜访,都因学校期末工作较忙未能成行,所以推到今日。

小施2013年大学毕业,竞聘到我市一个镇的初级中学任职,工作一年就坐上备课组组长位置,一年半的工作时间里我们曾有过三次接触和交流。第一次是2013年中山市第五期体育教师基本功培训,第二次是2014年10月他参加我在市委党校(教师进修学院)举办的专题讲座,第三次是我们一起参加中山市首期体育骨干教师培训。

通过几次接触,小施给我留下很深印象,他是一个求知欲很强的青年人。他听我的讲座,我不知道能给他留下什么?或者能激发他哪方面的热情?31日晚我们聊得很开心,从晚上8:30到凌晨1点,4个半小时交流,我们从教育谈到体育,从工作聊到生活,从梦想讲到人生追求,从学习到实践,从常规教学到体育训练,从带队参赛到体育中考,从教师职业到道德修养,我们无所不谈,无话不说。同年轻人连续聊天超过3小时的,小施是第二人,记得2013年12月我在广州参加国家级社会体育指导员培训班时,曾经同青年教师李建华(中山市沙溪镇某学校)也有过一次长谈,大约从晚上8:30聊到深夜两点。

与志同道合的人聊天,那是人生的快乐。那晚的聊天不禁让我想起这个寒假我读的第一本书——《论语心读》,子曰:"学而时习之,不亦说乎?有朋自远方来,不亦乐乎?人不知而不愠,不亦君子乎?"

我十分赞同广州市天河区教育局局长柳恩铭博士对此解读,他说:"孔子讲了人生要做的三件事:学习实践、学习交流、道德修养。一个普通人,如能做好这三件事,可期待成为人格健全的人;能一以贯之地坚持一辈子,可期待成为卓有成就的杰出人物。"

一名教师,能够长期坚持学习最新的教育理论、思想、方法、技能,并不断付诸实践,以此指导自己的教育教学改革,这种人岂不快乐!坚持与志同道合者道义相勖,交流学术,取长补短,促进彼此学养的提升,增进彼此的友谊,这样的交流岂不快乐!坚持自己的教育思想、教育理想、教育理念,十年磨一剑,历尽艰辛,不计名利,无怨无悔,这样的境界岂不高尚!

人生不过百年,几十年如一日"学而时习之",做到了不容易;几十年如一日与远方的朋友交流学术,做到了会很成功;而最难的是几十年如一日"人不知而不愠",做到了不是圣人也近乎伟人!

无论是年轻人,还是尝遍人间冷暖的四十不惑、五十知天命者,大多渴望被认识、渴望被了解、渴望被赏识、渴望被尊重。能够做到被人误解,甚至诽谤中伤而不怨天尤人者,鲜有其人。在学业中、在学术中、在事业中,十年"人不知而不愠",心无旁骛,有所追求,不成功才怪!

2015 年 02 月 04 日(农历腊月初十六)　立春

2015 年 08 月 08 日　兴中道体育馆
中山市第七届运动会广播体操比赛(机关/镇区)裁判组合影留念
前排左起:于湘　潘国丹　陈华艳
后排左起:施南华　钟国兵　肖桂喜　傅华锋　林灿开　范超　许耀秋

我的体育老师

闫奕敏　中国人民大学国际关系学院

我依然记得初中三年级下学期每个体能训练的下午。

初中的时候,我的体育成绩最多只到过70分(百分制),200米跑步成绩也常常在及格线边缘。我无法放弃体育,因为它占中考成绩的60分(总分810),但无论我怎么学都学不好,也因此我害怕它,更多的时候我只能选择逃避。每天完成学校的常规训练后,我从来都不会主动想着加练,能考多少分就多少分吧,那个时候的我常常这样想。但是,于湘老师却让我打消了这样的想法。

自从于老师接手我们班以来,每天下午放学后带着班里体育较弱的同学进行加练。其实这并不是学校布置给他的任务,他只是自愿这样做而已,就像他经常跟我说的,不能就这样放弃。从开始体能训练的那个下午开始,我就知道,逃避的日子终于结束了,因为于老师的"魔鬼训练"迫使我不得不和自己的"惰性"说再见。于老师的训练,每天都有不同的安排,每个阶段也都有不同的安排。像长跑、变速跑、变向跑、折返跑、蛙跳、单脚跳、台阶跳、障碍跑、俯卧支撑……各种各样的训练方法都出现在了我们的体能训练当中,我一直不知道原来体育训练还有这么多的"花样"。有时候,伴随着一个多小时训练的,常常是第二天的肌肉酸疼,有时候下楼梯甚至都要靠同学扶。但正如于老师常常跟我们说的,要相信他的方法,更要相信我们自己。我想再多的酸痛,最终都会换来值得的结果。

除了在身体训练方面的指导外,他还经常叮嘱我们的家长该如何搭配孩子的饮食。当时我没有意识到于老师的叮嘱背后还有一套运动训练体系,但现在想来,当时我们可以在较短时间内取得进步的原因,的确和于老师的科学训练分不开。当你真正感觉到身体的变化时,你就会发现,这一切都是值得的。从以前的及格线到后来的接近满分,体育不再是我的短板。我想克服体育训练的这一过程,也让我的自信心慢慢地重建。相信自己,不再只是一个自我安慰的标语。

我还记得中考体育那一天,我奔跑在第八道,耳边的风呼啸而过,快接近终点的那一刻,我听到了于老师大声地呼喊:"闫奕敏,再快一点!"我不能说这一声鼓励有超凡的魔力,它没有让我突然脚下生风,但是它却让我想起了每一个下午训练的时候老师的鼓励。在中考体育的时候每个人的体能都快到达极限了,但是那一声鼓励告诉我,我必须坚持,那一刻我也真正感受到了对终点的渴望,也真的明白了我到底是在为什么而拼搏。跑步结束之后,我想我当时应该去和老师道一声谢的,也许不知怎么开口,只记得高兴地跑过去和老师击掌庆祝。

其实我和于老师的相识始于小学,机缘巧合之下,他又成了我的初中体育老师。小学的时候,我就一直觉得于老师对我们很关心,而且,他也真的很不一样。他是我们知道的第一个"火炬手",他常常和我们分享有趣的经历。班里的同学都特别地喜欢他,每次见到他,大家都会很开心地喊一句"于老师好!"在初中的时候,于老师有时候会和全班的同学分享自己遇到的有趣的有意义的故事,他的体育课常常不单单是枯燥的体育训练,还有丰富的人生故事,我想这也是同学们最喜欢他上课的原因。

初中毕业以后,我和于老师的联系渐渐少了,到异地上大学之后,更是很久没有见到他。现在常常没有时间去锻炼,有些时候也找不到合适的方法,但我一直很怀念曾经训练的日子,那个时候再苦再累我都不会放弃,我相信老师,也相信自己,但现在似乎很少有那个时候的动力了。

我很怀念曾经的时光,也很感激于老师教会我一切,不论是体育训练方面还是为人方面。我想我还欠老师一句正式的道谢,从那个体育考场走出来之后我就应该告诉他的,在这里,我对于老师说一声:谢谢您,于老师,谢谢您对我的关心,也谢谢您没有让我放弃。我很幸运能够成为您的学生,也许以后我再也不会上体育课了,但是您永远是我的老师,我也永远是您的学生。

2018年04月19日　北京　中国人民大学

闫奕敏:2016年被中国人民大学国际关系学院国际政治专业录取。她是于湘老师在广东中山教育时间最长的学生也是最优秀的学生之一。闫奕敏是中山市西区中学毕业生中在中国人民大学就读第一人。

拥抱阳光：我和体育的故事 >>>

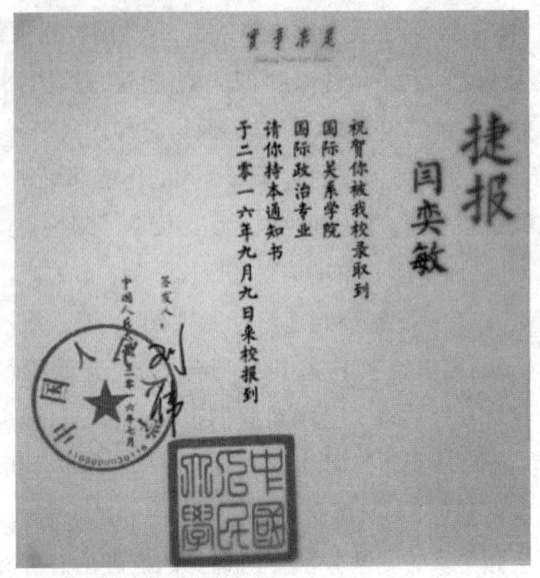

作者在中山市教育时间最长的学生——闫奕敏
2016年秋入读中国人民大学国际关系学院国际政治专业

闫奕敏和于湘老师在一起

132

04
当讲篇

体育是人类情感最直接的表达和体验

近日,读著名作家王蒙先生的《八十自述》之后,给了我很大启发。他在书中讲述了许多亲身经历的、有意义的事儿,这也勾起了我对各界名流和英雄们的念想。在他们的励志故事里,寻找我的人生新思考、新动力、新做法、新教法。

作为一名普通体育教师,能够借举办奥运会之际,同平常只能在电视、电影、新闻或者书报中,才能见到的各界政要、名人、明星坐在一起,聊聊天,留张影,甚至一起参加活动,一起赴宴,实属不易。他们为我平淡的人生留下了一段佳话。

像何振梁、彭丽媛、姜昆、陈佩斯、霍启刚、白岩松、韩乔生、方成、吴冠英、都本基、牛金刚、范曾、李延声、孙必胜、羽-泉等。有些人题字予我,点燃人生;有些人赐画予我,诗意生活;有些人给我力量,砥砺前行;有些人给我良言,鞭策自己。他们为我平凡的人生增添了一个又一个亮点。

做梦也不曾想到,人生还有这等活法,一个偶然的机会,梦想真的就变成了现实。我的幸福看得见也摸得着,得好好珍惜这来之不易的生活。如果允许,好想向天再借一千年,活他个潇潇洒洒、真真切切、明明白白、轰轰烈烈。

作为曾经的运动员,现在的体育教师,我不追星,但我十分敬重那些为体育事业做出过重大贡献的人。尤其是那些体育精英们,什么单项比赛冠军、亚运会冠军、世界杯冠军、奥运会冠军都有。像刘翔、田亮、邓亚萍、王义夫、李小鹏、孙福明、冯坤、陈小敏、江嘉良、孙勋昌等,都是我心中的民族英雄,偶像级人物。今生能与大家有一面之缘,都是生命中的贵人,可遇不可求。

郁达夫在纪念鲁迅的大会上说:"一个没有英雄的民族是不幸的,一个有英雄却不知敬重爱惜的民族是不可救药的,有了伟大的人物,而不知拥护、爱戴、崇仰的国家,是没有希望的奴隶之邦。"

在我以前的作品中,也曾提到过这些政要、名人、明星以及英雄人物。多年以后，专门讲我和体育的故事时，为何又把他们的励志故事搬出来呢？是因为他们的故事，无时无刻不在激励着我，堂堂正正做人，干干净净做事，兢兢业业工作，踏踏实实生活。

体育是人类情感最直接的表达和体验。我的人生因为与体育结缘，而有了一个体面的工作；一个偶然的机会，又因为传递奥林匹克圣火得名，而多了许多丰富的社会活动。感恩这个好时代，因为国家富强了，中华大地成了世界舞台，所以人民的幸福生活指数提升了，从而有了获得感、成就感、自豪感。

我是一个平凡的人，与这些不平凡的人在一起，好像我也变得自信、威武、雄壮起来。他们的励志故事，为我的教育和体育事业平添了许多靓丽的色彩。体育逐梦，"不驰于空想，不骛于虚声"，要一如既往地干好本职工作，回馈社会，影响年轻人。

2018 年 01 月 07 日　星期日　小雨　初稿

2004 年 06 月 09 日　第二十八届雅典奥运会圣火北京接力传递后
三星火炬手在钓鱼台国宾馆六号楼参加庆功晚宴后合影留念

<<< 04 当讲篇

2008年07月23日 第二十九届北京奥运会圣火接力传递后
中山籍火炬手在富华酒店(四星级)参加庆功晚宴后合影留念

2010年10月13日 第十六届广州亚运会圣火中山接力传递后
中山籍火炬手在香格里拉酒店(五星级)参加庆功午宴后合影留念

健全人格　首在体育

——在2016年体育艺术节暨第十五届校运会闭幕式上的讲话

尊敬的各位运动员、裁判员、工作人员，下午好！

大约半小时前，我接到校长的通知，让我准备本届校运会总结发言。我策划、组织、主持过许多不同层面、不同形式的活动，作总结发言却不多，在西区中学这是第一次，而且来得有些突然。感谢学校领导给我在全校师生以及家长面前激情演讲的机会。

这个总结我准备不充分，想到什么就讲什么，讲得不好、说得不到位，请大家原谅、给予批评指正。借蔡元培先生一句名言"健全人格，首在体育"作为我今天讲话的开场白。

西区中学2016年体育艺术节暨第十五届运动会在上级教育主管部门领导的关心和支持下，在各位运动员奋勇拼搏下，在裁判员公开、公正、公平的裁决下，在所有台前幕后的工作人员通力合作下，体育艺术节开得圆满、成功！

今年的体育艺术节隆重、热烈、精彩、安全，留下了许多精彩的瞬间。运动员展示了自己最强健、最精彩的一面。初三级的大哥哥、大姐姐们为初二级、初一级的小弟弟、小妹妹们树立了榜样，传递了正能量，这是我们最宝贵的财富。运动会不仅展示了你们的合作能力、运动技能、靓丽的身姿，更是力量与智慧的完美结合。

今年体育艺术节的开幕式十分出彩，尤其是初一年级各班的入场式各有特色、各有亮点。初二级、初一级的亲子趣味比赛高潮迭起，不仅拉近了家校距离，更有效地促进了家庭和睦、和谐。

两天四场的比赛，运动场成了欢乐的海洋，赛场成了运动员的福地，运动会纪录在你们的努力下，一次又一次被刷新。这得益于班主任的有效组织、教练员的用心训练、运动员的努力拼搏，你们辛苦啦。我代表学校向你们祝贺！流畅的比赛离不开高效的裁判团队，裁判员的职业素养高、责任心强，你们辛苦啦。我代表学校向你们表示感谢!

体育艺术节期间,家委会十分给力,为体育艺术节增色不少啊!家委会代表队入场队伍整齐,个个靓丽、帅气,亲子趣味比赛快乐、好玩。比赛期间,我看到许多家长为班级送来饮料、食品,为运动员们补充能量,你们送来的不仅仅是物质,还有热情和温馨,这个时候精神比物质更重要。我们特别邀请家委会代表在主席台就座,现在,我隆重地邀请校长为家委会颁发"优秀组织奖"。

体育艺术节期间,涌现出一大批态度诚恳、坚守岗位、工作认真、协调及时的优秀工作团队和个人:以傅华锋老师为代表的检录团队,以刘清波、张振瑜为代表的终点记录团队,以钟国兵为主的发令团队,以徐增广为主的跳远和跳绳团队,以张伟光为主的跳高和实心球团队,以张向怀、陆聪灵为代表的成绩公告团队,以王志光为主的安全保障团队,以欧大新为主的后勤保障团队,以许耀秋为主的团委、学生会干部团队。医务组的李金霞老师、蹲点组的吴丽珍老师,奖状填写组的张秀萍老师,团委、学生会的干部纪检等自始至终都坚守在自己的岗位。特别感谢行政代表工会主席杨增强同志,杨主席在完成他负责的比赛项目之后,一直在运动场巡视,并及时补位,您为行政团队树立了榜样、传递了正能量。

本届运动会获得开幕入场式"最具创意奖"的班级有:七(9)班、七(6)班、七(8)班、七(3)班、九(2)班。

获得"精神文明奖"的班级有:七(7)班、七(10)班、七(3)班、七(5)班、七(6)班;八(9)班、八(7)班、八(8)班、八(2)班、八(3)班、八(6)班、八(10)班、八(11)班;九(4)班、九(1)班、九(2)班、九(3)班、九(5)班、九(7)班、九(8)班、九(9)班、九(10)班。

各年级团体总分前八名班级名单

名次	班级	总分	班级	总分	班级	总分
第一名	九(04)	320.5	八(09)	187	七(03)	255.5
第二名	九(03)	192	八(03)	178.5	七(02)	174.5
第三名	九(02)	161.5	八(04)	156	七(01)	153
第四名	九(01)	150	八(07)	146	七(07)	146
第五名	九(09)	147.5	八(05)	144.5	七(09)	136
第六名	九(08)	110	八(02)	141	七(06)	131
第七名	九(10)	99	八(06)	132	七(05)	111
第八名	九(05)	92.5	八(01)	131.5	七(04)	108

活动反思:1.体育节横幅可以不用开幕式或闭幕式三个字,如果要就必须做两条横幅(一条开幕式用,一条闭幕式用)。2.个别班在开幕式上没有达到预期展示的效果。3.个别人员的工作安排需要做一些微调。4.秩序册还可以做得更加考究一些。

活动感悟:作为人民教师,讲话的机会有很多,但是,要在上千人面前激情演讲的机会却不多。每一次偶然都是对自己一个大大的考验,你的人生阅历就在这一个又一个的机遇面前成长、提升、丰富。

2016年11月29日　星期五　现场初稿
2018年01月06日　星期六　凌晨修订

中山市西区中学2016年体育艺术节暨第十五届校运会开幕式

西区中学第十六届校运会开幕式表演者　刘心雨　梁靖　李佳殷

2017年11月23日　参加西区中学家长志愿者服务队成立大会

2016年11月29日　于湘在主持运动会开幕式

中山市西区中学2016年体育艺术节暨第十五届运动会颁奖仪式

超值省培

——在2017年广东省体育学科骨干教师培训班
结业典礼上的发言

尊敬的曾胜昌书记、王伟老师、陈杰龙助理、各位学员，晚上好！

我是学习委员于湘，来自伟人故里——中山市。很高兴，大家给我这个发言的机会。今天，我同大家分享的题目是"超值省培"，关键词有：感恩、收获、快乐、传承。

广东省2017年中小学教师省级研修培训项目体育学科骨干教师培训班（47人），于2017年11月05日至19日（面授）在华南师范大学（大学城）体育科学学院举行。15天的面授"省培"是人生最重要的一趟永不返程号列车，已经到站。

我是中山市选派参加本次"省培"的四名学员之一（其余三位是市一中黄飞、石岐中学李佳良、东区中学欧阳昌彪）。这是我第三次走进华南师范大学参加培训。这一次15天的"省培"选择在华南师范大学（大学城）体育科学学院学习，我觉得是一次超值的"省培"。为什么说超值呢？

首先，感恩华南师大体育科学学院周到又精致的服务和安排，尤其是授课的专家团队（八位博士生导师），有书记参加结业典礼，有院长亲自授课，还有海归专家、华南地区第一位篮球专业的博士生导师，也有地市级的教研员以及仍然奋战在教学一线的体育高级教师、特级教师等。

这一次"省培"，是我自工作以来到目前为止，参加（体育）学科培训时间最长、收获最多、感悟最深的一次。15天28次课，天天充实，课课精彩。专家、教授们的讲座逻辑缜密、条理清晰、语言幽默、气氛活跃，学员们身受感染、触动深刻。

这一次"省培"，是我历次培训以来听过最多教授授课的一次培训。陆作生教授、刘飞振教授、刘晋教授、庄弼教授、黄宽柔教授、崔颖波教授、肖建忠教授、郭永波教授、杨忠伟副院长、邓星华副院长、周爱光院长给学员们留下了深刻的印象。

尤其是黄宽柔老师在教学楼5栋203多媒体室的那堂课,黄老师不仅课上的好,在做人方面也值得我们学习。

据我了解,黄老师是这次"省培"给我们上课年龄最长的教授,她的课堂掌声不断,她在课室一站就是三个小时,即便是下课了,学员们也舍不得她离开课室,希望多聆听一会儿她的教导,大家不自觉地连续多次长时间的掌声就是最好的证明。黄老师在203室给大家那一个深深的鞠躬,我会永远记在心中最重要的位置。一个大大的、掷地有声的"德"字,在我的教育生涯中有了远大目标和准确定位。

崔颖波老师是我见过的最有个性的博士生导师(不是之一),他讲课字正腔圆、语言风趣幽默,时而示范、时而互动,课堂笑声不断。他120公斤的体重,做示范动作还依然那么灵活。身着短衣短裤,脚蹬一双凉鞋走进"省培"课堂,仿佛他与体育教师之间的距离又近了许多。

记得刚来的时候,大家在一起学习还显得有些腼腆,自从第二天上午的"破冰"训练之后,学习和交流氛围有了明显的变化。自主研修课凝聚了班委成员的智慧,群策群力地拿出可行的、大家都喜欢的活动方案。学员们在研修中体验快乐,在快乐中感受友好、进取。球场上团结拼搏,赢球时相互祝贺,鼓劲加油;输球时互相补位,从不埋怨;在佛山市石门实验中学观摩"广东省首届青年教师教学能力大赛"时,也不忘为我们的同班学员李佳良老师呐喊助威。

班长黄飞为班里的工作尽心尽责,实现了他在竞选班长时的承诺,每天都把课堂实录准时发布在微信群里,与学员们共享学习心得。他每天早上准时站在走廊吆喝大家:注意安全,不要迟到,提醒大家记得带好学习用具。

班主任助理陈杰龙老师协助班主任王伟老师,把这个班管理得井然有序。他为了服务好大家,总是早出晚归,从无怨言。晚上还抽空到学员宿舍走访,嘘寒问暖。大伙儿总是见到他乐呵呵的,快乐是可以感染的。

当然,骨干教师就要有骨干的精神和魅力。在座的各位,都是各地市级的体育骨干教师,要充分发挥好骨干教师应有的作用。我们参加"省培"的学习目的和动机就是,把学到的新思想、新观念、好做法、好教法带到基层,落实下去、传扬出去,把教育工作做得更加扎实,做人民满意的教育。

2017年11月19日　星期日　凌晨　初稿

附:演讲结束之后,手机美篇(配乐《梁祝》)同步上线,分享。

拥抱阳光:我和体育的故事　>>>

同华南师范大学体育科学学院院长周爱光教授、博士生导师合影留念

同华南师范大学体育科学学院党委书记曾胜昌教授合影留念

同华南师范大学体育科学学院副院长杨忠伟教授、博士生导师合影留念

同华南师范大学体育科学学院副院长邓星华教授、博士生导师合影留念

同华南师范大学体育科学学院
黄宽柔教授、博士生导师合影留念

同华南师范大学体育科学学院
崔颖波教授、博士生导师合影留念

同华南师范大学体育科学学院刘飞振
教授、博士生导师（足球）合影留念

同华南师范大学体育科学学院郭永波
教授、博士生导师（篮球）合影留念

拥抱阳光：我和体育的故事 >>>

同省培班主任王伟老师合影留念

同原省体育教研员庄弼教授合影留念

全体学员同华南师范大学体育科学学院院长周爱光教授合影留念

同省体育教研员肖建忠教授等人合影留念

同王世勋老师(正高级)等人合影留念

勇闯中考关　跨越成功门

——在中山市西区中学2018届中考"百日誓师大会"上的讲话

各位领导、老师、家长、同学,下午好!

今天,我们在这里隆重举行中考倒计时一百天誓师大会,目的是振奋精神、鼓舞士气、再接再厉、誓夺2018年中考新胜利。

今天,距离中考还有一百天(实为九十九天)。因此,从现在开始就要满怀信心投入竞争中,以充足的精力搞好学习,以坚强的意志投入决战。同学们,奋战一百天,让你的青春无悔;决战六月,为母校增辉,为家族争光,为自己长志气!

各位同学、各位家长、各位老师,《战国策》中有一句话:"行百里者半于九十。"此话是说"末路之艰难"。在一百里的路程中,从九十到一百,看起来只差十里路,但能够坚持下来的人却只有一半,甚至不到一半。是因为这个时候,人的体能已消耗殆尽,如果意志薄弱的话,会导致前功尽弃,半途而废。我们目前的形势,何尝不是如此呢!初中三年1095天,如今,距离中考就只有一百天啦。所以,越靠近终点越需要恒心和毅力,最后时刻要打起精神,坚持到底!

人生是多彩的,但现实是残酷的。我知道在座的每一位同学的心中,都有一个梦想,都有一个心中理想的学校。要立足于现实,千万不可好高骛远。别只是把奋斗目标挂在嘴边,藏在你的心底,要在拼搏中靠近它,要在忍耐中坚持到底,去完成既定的目标。

我在这里用两个典故,一个送给目前各方面表现还不错,但还有些傲气的同学提个醒;另一个故事送给目前还不在状态,但已经积蓄了不少能量的同学。

故事一:著名表演艺术家英若诚生长在一个大家庭中,每次吃饭,都是几十个人坐在大餐厅中一起吃。有一次,他突发奇想,决定跟大家开个玩笑。吃饭前,他把自己藏在饭厅内一个不被注意的柜子中,想等到大家遍寻不着时再跳出来。尴尬的是,大家丝毫没有注意到他的缺席,酒足饭饱,大家离去,他才蔫蔫地走出来吃了些残汤剩菜。从那以后,他就告诉自己:永远不要把自己看得太重要,否则就会大失所望。

故事二:最近,一首300年来籍籍无名的小诗被一名贵州支教老师吟火啦。此刻,请允许我读给在座的所有西区中学初三级的学子们。它,就是清代大才子袁枚的《苔》:"白日不到处,青春恰自来。苔花如米小,也学牡丹开。"苔藓终日生活在潮湿阴暗的地方,就算没有阳光的照射,也要拥有属于自己的一片绿色!苔花如米粒般渺小,但它,却要像花中之王的牡丹那样盛放。即使,我们在世人眼中卑微得不值一提,依然也要凭着自己的力量,活出一株牡丹的尊贵,活出生命的骄傲!

同学们:我们聆听了领导、老师、家长和同学的精彩发言;面对领导、老师、家长,我们也发出了各自的誓言。面对关注的目光,听到助威的呐喊,使我们充满了力量,坚定了中考的必胜信心,我们已经没有丝毫的紧张、怯懦、动摇和疲惫。

同学们:要好好珍惜初中阶段,最后这一百天,让飞翔的梦想在六月张开翅膀;奋斗一百天,让青春的智慧在六月发出光芒;拼搏一百天,让父母和恩师,在六月畅想期望。

同学们:中考是你的人生中一件承前启后、继往开来的大事,它对你翻开人生新的一页,有着不可估量的作用,考上理想的学校,让你的人生如诗如歌,让你的梦想成为现实,让你登上一座众人仰慕、风光无限的巅峰。

同学们:寒冬已经过去,春暖定会花开,我们盼望春天,是因为春天给我们带来希望;我们更盼望今年的六月,那是一个金色的六月。我相信,有领导的关怀,家长的支持,有认真负责的老师,有勤奋刻苦的你,我们一定会迎来一个丰收的六月!

今天的大会,是一个奋进的大会,是一个鼓舞人心的大会,它必将激励同学们走向新的胜利!走向新的辉煌!

最后,祝各位领导、老师、家长:身体健康!工作顺利!祝同学们:学习进步!梦想成真!

2018年03月12日　星期一

附:活动程序

暖场图片回眸+A图片集——配乐《童年》

1. 奏唱《国歌》——全体起立!行注目礼

2. 学校行政代表讲话——驻级行政刘军生主任

3. 学生代表发言——三(9)班刘心雨同学

4. 家长代表发言——三(6)班王泽梵、王泽唯家长高丽

5. 教师代表发言——陈雪梅老师、张惠明老师

6. 学生宣誓——按照班级顺序,依次进行

7. 教师宣誓——许耀秋副主任领誓

8. 百日誓师大会祝福接龙(视频)

9. 齐唱《真心英雄》+配B图片集

10. 家长送给孩子的一封信(小礼物)——配乐《感恩的心》

中山市西区中学2018届中考百日誓师大会

勇闯中考关　跨越成功门

2018年03月12日　张向怀摄影

学无止境　教无际涯

——记广东省第十五届运动会学校体育暨广东省第四届中小学体育教师教学技能大赛中山代表队（集训）选拔赛

2018年4月2日，中山市体育教师参加广东省第四届中小学体育教师教学技能大赛选拔赛在市一中高中部体育馆举行。通过自愿报名、镇区推荐的方式，我参加了这次选拔赛。

一

该奋斗的年龄，不能选择安逸。

这种活动省里每三年举办一次，今年是第四届了。我在这里工作二十余年，还是第一次参赛。一百多名参赛选手的资料显示，我是这次选拔赛年龄最长的选手，不是之一。年龄难不到有心人，态度决定一切。只要对教育教学有益的、新鲜的事儿，我都愿意尝试。选拔赛分小学、初中、高中三个组，我参加初中组的选拔。对我来说，这个机会虽然来得有些迟，但我还是鼓足勇气，把想做的事儿付诸行动了。

我参赛的最初动力，源于去年参加体育教师"省培"时，在佛山亲眼看到广东省首届35岁以下青年教师技能大赛。尤其是中山代表李佳良老师的精彩展演，激发了我的展示欲望。第一轮海选，青年教师略占优势，动作舒展、技术娴熟、精力充沛。我的展示基本靠平常的积累，算是吃老本。为了不输得难堪，我亦稍稍做了准备，用两三天时间，复习了基本教学技术和专业技能。比赛前一天晚上，独自一人在学校运动场练习到子夜。

二

在学习中进步。

选拔赛的四个环节中,我分别展示了:第一,全国第九套广播体操。第二,队列、口令与动作。第三,才艺展示(自选长拳、自选棍术、太极拳)。第四,教学设计与技能讲解:1.田径:立定三级跳。2.体操:侧手翻。3.武术:《英雄少年》之开合运动。4.足球:脚背内侧传、接弧线球。5.篮球:后转身变向运球。6.排球:背向垫球。

这种强度的选拔赛,不是我这个年龄的人消耗得起的,第一轮选拔赛后,我的腰酸痛了好几天。虽然累了一点、苦了一点,但我的内心却十分愉悦,一个字"值"。为什么呢?因为我的教育生涯又多了一次教学技能历练!正所谓"活到老,学到老"。清朝刘开在《问说》中有言:"理无专在,而学无止境也,然则问可少耶?"

三

在实践中成长。

十分庆幸,能够得到教练组的肯定和赏识,我成为第二轮集训二十八人名单中的一员。4月12至14日的集训,时间紧、任务重、内容多、速度快、强度大,队员们不仅需要体力、智力、现场应变能力,更需要有坚强的意志力和拼搏精神。这种拼搏不是同对手竞争,只需要战胜自己,你就赢啦,胜利啦!

在训练中,队员们互相学习、你追我赶、相互欣赏、深入研讨、共同进步。大家在一起,不像是竞争对手,更像是战友,三天集训,让我记忆深刻,终生难忘。根据图表上大家已经掌握的教材内容看,毫不夸张地说,高效的集训,足以让我们在今后的体育教学中享用多年。无论是体育教学、专业展示,还是评课,又或者是指导青年教师教学,都有益处。所有参与集训的队员,无论你有没有被选中代表中山市参加省的比赛,都是赢家。因为每一位参赛选手已经掌握了最新体育教学动态,了解了近几年体育教育发展方向。

四

在反思中提升。

两轮选拔赛(集训)下来,我已超额完成了想要报名参赛时的既定目标和任务:第一,检验了这些年来我在教育教学工作方面,没有闭门造车,而是与时俱进。第二,从赛场上的才艺展示环节对比看,我的心态并没滞后,如果是高级,我有可能直接晋级省赛。第三,加强了同青年教师的沟通与交流,认识了更多体育精英;第四,为我的最新著作找些新鲜素材……每一位体育教师都应该经历一次这样的才艺展示和教学技能大赛,这样的话,个人在业务上将会成长得更快,你的教育人生也会变得更加丰富多彩。

感谢选拔赛教练团队的精心组织与辛勤付出,祝福代表中山市参赛的十位选手,祝大家在七月的省赛中,超水平发挥,为中山人民争光!为体育教师长志气!中山市两千余名体育教师为你们鼓劲加油!

2018 年 04 月 14 日　星期六　深夜初稿

广东省第十五届运动会学校体育暨广东省第四届中小学体育教师教学技能大赛组织教学与示范讲解教材内容

初中组

序号	田径	体操	武术	足球	篮球	排球
1	后蹬跑	鱼跃前翻	武术健身操：《英雄少年》预备节	推球-拉球-运球过人	原地跳起单手肩上投篮	正面上手发球
2	车轮跑	团身后滚翻	武术健身操：《英雄少年》伸拉运动	扣球-拉球-运球过人	双手传反弹球	原地跳起扣球
3	蹲踞式跳运	侧手翻	武术健身操：《英雄少年》开合运动	脚背内侧传/接弧线球	后转身变向运球	原地跳起单人拦网
4	俯卧式跳高	前滚翻直腿坐-肩肘倒立	武术健身操：《英雄少年》踢腿运动	原地侧向前额头顶球	行进间单手低手上篮	跑运垫球
5	原地正面投掷实心球	燕式平衡-前滚翻	武术健身操：《英雄少年》侧展运动	脚背正面踢凌空球	行进间高手上篮	跑动传球
6	短跑：弯道路	跪跳起-鱼跃前滚翻	少年拳第二套：马步横打并步楼手-弓步推掌	脚背内侧变向运球射门	传切配合	背向传球
7	耐久跑	头手倒立	少年棍：弓步劈棍-弓步拨架-交叉劈棍	接球转身-运球虚晃过人-传球/射门	运球突破-急停跳投-冲抢篮板-接应传球-运球投篮	背向垫球
8	立定三级跳远	横箱：分腿腾跃(箱高120cm)	剑术组合1：虚步交剑-歇步下刺	脚背侧接空中球-运球过人-传球/射门	三角传球-突破分球-接应跳投	两人合作垫-传过网
9	原地背向推铅球	双杠分腿坐挺身前进(杠高130cm)	剑术组合2：插步平斩-翻身下刺	脚背正面接空中球-运球过人-传球/射门	后撤步防守	隔网传-垫比赛
10	短跑：途中跑	双杠滚杠(杠高130cm)	剑术组合3：提膝侧点-并步直刺	二过一	抢断	单臂垫球

初中组体育教师要掌握的六十组教学与示范讲解教材内容

2018 年 04 月 14 日　星期六　在中山市东区朗晴小学体育馆合影留念

2018年04月02日　于湘在中山市体育教师教学技能大赛中现场讲述

2018年04月02日　在市一中高中部参加中山市体育教师教学技能大赛后合影留念

世界因分享而精彩

世界再大,也只是人与人之间的距离。说得更贴切一点,就是你我之间的距离。人与人的每一次邂逅都是缘。要好好珍惜身边的人,每一个人与你相遇的都是缘分。要认认真真地干好现在的事业,好好珍惜现在的每一天、每一刻、每一次。要感恩对你生活、工作有激励作用的贵人,更不用说那些曾经无私地帮助过你的人,哪怕只是说了一句鼓励的话。司马迁留给后人一部重要文献叫《史记》,130 篇文章中有 112 篇是写人物、谈人物的,由此可见它的重要性。

人只有今生。有没有来世,我不敢妄论,宗长自有论断,没有什么比活着更好。活着就是最灿烂的辉煌,因为只有活着才有欢笑,才有幸福,才有灵动,才有感动和辉煌。2015 年伊始,网络流行"一张纸"的故事:"出生一张纸,开始一辈子;毕业一张纸,奋斗一辈子;婚姻一张纸,折磨一辈子;做官一张纸,斗争一辈子;荣誉一张纸,虚名一辈子;看病一张纸,痛苦一辈子;悼词一张纸,了结一辈子;淡化这些纸,明白一辈子;忘了这些纸,快乐一辈子。"

有些人开始是个笑话,后来却成了神话。

俞敏洪连续考了三年大学,不干农活也不出去打工,村里人谁见了都笑话,最关键的是,他在第三次努力的时候,仍然不知道自己是否考得上。

那一年,郭德纲实在饿得受不了,用自己最心爱的 BB 机换了两个馒头吃。

当韩寒去学校办公室办理退学手续时,老师们问他:"你不读书了,将来靠什么生活。"年少的韩寒天真地说:"靠我的稿费啊!"那一刻大家都笑了。

身高只有 1 米 83 的艾弗森第一次走进职业篮球场的时候,那些人告诉他:"你最终的目标就是每场得 10 分和 5 个助攻,因为你太矮了,永远无法主宰这里。"

林书豪曾在 NBA 四处流浪,连续被几家俱乐部横扫出门,甚至睡在朋友家的客厅。

李安毕业后六年没有活干,靠老婆赚钱养着。他曾一度想放弃电影,因现实生活所迫,报了一个电脑班,想学一点技术,打工赚钱补贴家用。他老婆知道后,告诉他:"全世界懂电脑的人那么多,不差你李安一个,你该去做你应该做的事。"后来,李安拍出了只有李安能拍出的电影。

一个人的能力是有限的,但他传递出去的能量却是无限的。每一个华美的躯体都将溶入大地化作尘土,唯有精神可以留下。他们都是万里挑一的人,如果你足够幸运,你会遇见他们。他们的特点就是一直在努力,梦想听起来不切实际,他们之前过的日子都比我们现在差,也没有人知道他们这辈子能否成功,最关键的一条,他们受尽非议却毫不动摇,一如既往地做着自己应该做的、也有能力做得好的事情。

生活不是战场,无须一较高下。人与人之间,多一份理解就少一些误会;心与心之间,多一份包容就少一些纷争。不要以自己的眼光和认知去评论一个人或者判断一件事的对与错。不要苛求别人的观点与你相同,不要期望别人能完全理解你,每个人都有自己的性格和观点。简单的事想深了就复杂了,复杂的事看淡了就简单了。有些事儿笑一笑就过去了,还有些事儿过一阵子就能让你哈哈大笑。

事事不能太精,太精则无路;做人不能太苛,太苛则无友。懂得退让,方显大气;知道包容,方显大度。得意时莫炫耀,失意时不气馁。花无百日红,人无百日衰,三分靠运,七分靠己,努力过就好,尽心就行,结果不是最终的目的,过程的体会才是最真的感悟。凡事不求十分,只求尽心;万事不讲圆满,只求尽力,当然竭尽全力最好。莫言在《檀香刑》中有一段文字:"世界上的事情最忌讳的就是十全十美,你看那天上的月亮,一旦圆满了,马上就要亏厌;树上的果子一旦熟了,马上就要坠落。凡事总要稍留欠缺,才能持恒。"

易中天说:"人生是什么?人生就是体验,它是任何人都不可替代的。我只做了我想做的,该做的,能做的事而已。不问收获,只管耕耘。"

宝岛台湾有座山,名曰"佛光山"。山上有个和尚叫星云,他是那里的开山宗长。2014年5月28日星云大师在湖南长沙开讲,他说:"不管你是什么人,生长在什么环境里,都应该追求真善美。真善美不仅可以成就个人,也可以成就家庭,成就社会。如果我们每个人都做到了真善美,那么我们生活的这个世界就会无限美好!"有些事儿还真有些巧合,这一年星云大师在三湘大地讲真善美之前,2012年3月我被上级教育主管部门聘为修身志愿者——美其名曰"求真"使者。2014年4

月我的第三部作品《第二故乡》在星云大师开讲前已经截稿,作品里也涉及到真善美的内容,我用了三个篇章谈"求真""向善""尚美"。如果世间真是有"缘"或者"心有灵犀"之说,那么巧缘地与宗长在这一年的不同地域宣讲"真""善""美",亦算是今生的造化。

　　人生辗转只为心中坚定的信念和梦想。你的行为不仅影响了自己,也给身边的人传递了正能量。别人的故事虽然不能够复制,但他们的人生态度或许会带给你启迪。

初稿写于中山市东区朗晴学校朗言报告厅
2015 年 01 月 10 日　星期六　晴　心理学 A 证培训第九日

**2016 年 03 月 18 日晚　在东区朗晴学校三楼
参加中山市体育教师第三次读书分享会**

证书与聘书

2016年8月29-30日，中山市西区公民办中小学行政管理干部研修班在市委党校、教师进修学院开班。两天的学习安排十分紧凑，有法律法规学习、压力管理、校园突发事件预防与应急处理、高效团队打造等研讨和体验式课程。西区新任主管教育领导冯能兴委员，分别参加了开班仪式和结业典礼。领导的重视，为研修班的学员注入了学习动力。

对市委党校、教师进修学院的课堂，我十分娴熟，是这里的常客。在课堂里，有时候我是学员身份，有时候我是教师身份。最初，我是课堂里的学员，坐在下面认真地听讲、学习；后来，我成了课堂的讲师，站在讲台上为学员们授课。

自2007年9月，我被中山市教师进修学院聘为客座讲师至今整整十年。客座讲师一年一聘，在这十年里，我分别以奥林匹克文化、中华体育精神、竞技体育、中考体育、校园文化等专业或专题与大家分享。有时候一个学期讲一个专题，有时候一个学年讲四个专题。随着时间推移，阅历增加，我的讲座日臻完善，授课费用在十年间翻了五倍。一分耕耘一分收获，人生也在这一次又一次的分享中得到淬炼和提升。感恩走进我课堂的每一个人。

十年磨一剑啊！看着那十分考究的大红聘书，我对教师这个职业充满了敬畏。大红聘书给了我这个基层教师莫大的荣耀和无限荣光，人生自信九万里。在教育这条大道上，我孜孜以求，学习、提升、释放，再学习、再提升、再释放。教育，不再是简单的重复。人生没有几个十年，能让你在市委党校、教师进修学院的课堂里"遨游""驰骋"。无论是基层教师，还是教育管理干部，我知足、我快乐、我幸福。

人生中我获得过许多证书。有些证书是自动生成的，譬如出生证、身份证等；有些证书则需要通过自身努力才能够获得，譬如资格证书、获奖证书、荣誉证书。

但我的聘书到目前为止,却只有三个:一个是2007年9月,市委党校、教师进修学院颁发的客座讲师聘书(如图),证明我的专业和专项是被组织认同的。第二个是2012年3月,中山市人民政府西区办事处颁发的修身学堂授课讲师聘书(如图),证明我的业绩和故事是被官方认同的。还有一个是2016年8月,民间组织为我颁发的地级市体育俱乐部顾问聘书,证明我的为人和处事,或者说影响力是被社会认同的。

证书和聘书是有区别的。《现代汉语词典》第五版对证书和聘书的解释是:证书,名词,由机关、学校、团体等发的证明资格或权利等的文件;聘书,名词,请某人承担工作或担任职务的文书。证书属于文件,而聘书则属于文书。

证书为人生增添亮度,聘书为人生增加厚度。如果证书和聘书可以选择的话,以前我会要证书,如今我会毫不犹豫地选择聘书。证书也好,聘书也罢,容不得你选择,只能通过努力一个一个去争取。

2016年08月30日　星期二　晴　初稿
2018年01月05日　星期五　阴　修订

2016年8月28日　在中共中山市委党校学习后留影

中山市教师进修学院于2007年颁发的客座讲师聘书

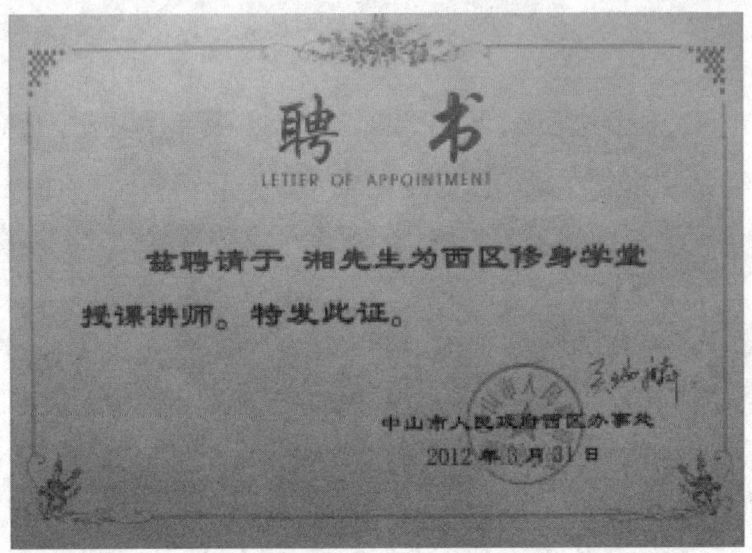

中山市人民政府于2012年颁发的修身学堂授课讲师聘书

讲学逸事

前几天,我在《人民日报》总第24811期无意中又读到对《语文,我和你的故事》一书的推介。这是我今年在《人民日报》第二次读到对曹勇军著作的介绍,可见该书的影响力。我在报纸第23版读罢孙建强的《一个独特的教育文本》之后,再次手捧该书细细品读。曹先生在重庆西南大学(原西南师范学院校区)讲学的经历,勾起了我2016年的讲学逸事。

自2月21日在西区中学全体教师大会上分享我的教育和体育故事后,2016年上半年,我先后在中山市三乡镇、东区、石岐区、西区、市委党校(教师进修学院)等单位或学校举办过五次讲学。作为一名体育教师,我的讲学算不得"讲学",或许讲座也说不上,充其量就是同大家分享我的教育和体育故事而已。

2016年上半年,我的几次讲学,记忆最深刻的是在中山市特殊教育学校(以下简称特校)。

3月22日下午,应特校汤剑文校长(中山市名校长)之邀,我为该校全体教师举办一个"教师专业发展"的专题讲座。

很早我就知道中山有一个特殊教育学校。但我在这座城市工作、生活了近20年,还从未走进过特校。22日下午,在蒙蒙细雨中,我开车缓缓进入特校。下午2点15分,在普通学校,应该是上课时间了,但在特殊教育学校还是午休。我在安静的校园里走走看看,看看走走,在一尊雕塑前停下脚步,驻足凝望……

负责接待的蒋建强老师陪同我参观了校园,介绍各功能室器材使用情况,并第一次体验该校即将启用的室内高尔夫训练球馆,219米是我首次打室内高尔夫球的最好数据。

听讲座的,除了特校的住家领导和教师外,还有两位特殊的嘉宾,一位是河北邯郸师范学院的郭海英主任,另一位是广东省湛江市霞山区特殊教育学校张世明校长。

  我的讲学不存在任何隐遁，列举的每一个故事都是我亲力亲为的。有一位年轻靓丽的女粉丝迟迟不肯离开会场，一定要同我留一张合影，说要把我的故事分享给孩子。合影留念总是一件开心的事儿，恭敬不如从命。还有一位高大威猛的男教师说，我的故事讲出了他的心里话，也有他在这座城市里奋斗的影子。如果我的故事能够引起一些人的共识，哪怕只是一个感动，我的心中便会涌起些许安慰。

  讲座结束之后，我在校长办公室同汤校长作了长时间的沟通与交流，汤校长送一本他的亲笔签名《缺残也能成仙》予我，而且是我到他办公室之前就已经签好名了。汤校长是一位特别有心又十分注重细节的人，亲自帮我留下了珍贵的讲座影像。晚宴还特别邀请他的好友——中山市西区主管教育的领导魏子华主任赴宴，同两省三市的教育精英们共谋教育发展大计。

  特校的精细管理和高效服务意识，以及学校里的两尊雕塑（《神仙也有缺残》《孙中山手捧'兴中会成立宣言'》汉白玉雕塑）和三个人物（孙中山、方成、马乐山）给我留下深刻印象，浓浓的地域特色在我的脑海中烙下了深深的印记。

  正如汤校长所言："机体的残缺影响了生命完美的篇章，但健全的人格和美丽的梦想，会修缮身体的缺憾。铁拐李虽跛脚挂拐，但他坚持不懈、潜心修炼，同样得道成仙。"

2016 年 06 月 16 日

2016年03月22日"教师专业发展"讲座在中山市特殊教育学校开讲

2016年03月22日下午在中山市特殊教育学校讲座结束后
作者同中山市西区办事处副主任魏子华(中)汤剑文校长(左)合影留念

丙申猴年第一讲

2月21日上午,我在中山市西区中学修身学堂三楼阶梯室,为全体教师奉献了一场主题为"让读书与分享成为人生乐趣"的讲座。这是我在丙申猴年举办的第一场讲座。

接到这个任务后,我做了认真又充分的准备。在三天两夜里,我反复修改了一万两千多字的讲稿,从一万多张图片库中,筛选出与讲稿内容相匹配的270幅图片,三个经典视频。其中,19日晚上改稿至凌晨三点,虽然有点辛苦,但我一直很兴奋,因为在我的教育生涯中,这是我第一次在自己的单位,面向全体教师分享我的教育故事。

这是校领导班子对我的信任。西区中学自创建以来,还没有哪位教师在新年后的开工大会上举办过这样的讲座,我是第一人。这样的机会不多,恐怕也不会多。我的讲座在教师中产生了一些影响,有没有达到领导要举办这次讲座的目的,我不得而知。

一位资深的历史老师对我说:老于,你作为一名体育教师,能在这个年龄段还坚持读那么多书,能在全校教师大会上,分享那么精彩又有内涵的故事,难能可贵啊!

也有人说:你在第二故乡不断地适应新环境、学习新知识、拓展新思维、思考新问题、着眼于未来,而我们很大一部分老师却还在原地踏步,守护历史,尤其是理科的教师们。我特别欣赏你讲的:"用人情做出来的朋友只是暂时的,用人格吸引来的朋友才是长久的。"我说:这不是我的原话,我只是把诺贝尔奖获得者屠呦呦的话结合我的故事,进行娴熟借鉴而稍作拓展罢了。

一位语文高级教师说:老于,你的讲座内容很丰富,故事也是大家耳熟能详的,用词严谨,激发了大家的教育热情。其实,我也有很多想法,积累了许多东西,相对于你的讲座,我的文字只能算作碎片,没有像你那样结集出版,形成作品,一个字"懒"啊!我有一事不明白,你参加那么多活动,不仅把自己的工作搞得风生水起,作为体育教师,你还能够静心读书,潜心写作,怎么做到的?我说:没有诀窍,我只是把自己想做又能做到的事儿,付诸行动并努力地完成而已。

李嘉诚说:"读书,虽然不能给我们带来更多财富,但它可以给我们带来更多机会。"我是一个基层体育教师,虽读书不多,但读书所积累的知识,却给了我许多展示的机会。我的故事虽然普通,但随我读书数量的递增,故事变得越来越有内涵,有血有肉、活灵活现而丰富多彩。一个人通过艰苦卓绝地努力后,在成就伟大事业的同时,也造就了自己完美的人格。

体育教师要养成锻炼、读书和思考习惯。兹心说:"读书,虽然不能确保你登上顶峰,却能让大多数人免于跌落谷底。你读过的书,总会在不经意的时刻,给你意想不到的回馈。"

2016 年 02 月 21 日　星期日　晴

丙申猴年第一讲(总第二十八讲)　中山市西区中学三楼阶梯室

开场白

　　一个好的开场白对于一个栏目的质量至关重要,对于个人来讲,不可多得。最近,央视著名节目主持人董卿主持的《朗读者》十分火,尤其是那些打动人心的开场白。

　　第一场《遇见》的开场白引人入胜:古往今来,有太多太多的文字,在描写着各种各样的遇见。"蒹葭苍苍,白露为霜,所谓伊人,在水一方。"这是撩动心弦的遇见;"这位妹妹,我曾经见过。"这是宝玉和黛玉之间,初次见面时欢喜的遇见;"幸会,今晚你好吗?"这是《罗马假日》里,安妮公主糊里糊涂的遇见;"遇到你之前,我没有想过结婚,遇到你之后,我结婚没有想过和别的人。"这是钱钟书和杨绛之间,决定一生的遇见。

　　这样的"遇见",让我想起媒体对我的两个专访栏目的"开场白"。2008年北京奥运会前的3月24日,广东卫视体育频道播出了我的首个卫视专辑《平民火炬手的故事》。

　　2004年6月9日,奥林匹克圣火第一次光耀中华大地。中国人首次在自己的国家,亲眼看到了盛大的、神圣的奥林匹克圣火和火炬接力传递。

　　看着橄榄叶状的雅典奥运会火炬在北京街头穿越,谁都有一种冲动,想去触摸一下,当一回火炬手,感觉奥运热情。而能够实现这个愿望的,只有少数人。雅典奥运会全球圣火接力传递北京站,只有131位中国火炬传递手参加,在火炬手当中,有一个人,来自广东中山,他的名字叫——于湘……

　　我在媒体的另一个重要开场白是2012年初夏,中山市人民政府西区办事处与中山广播电视台联合制作的一档读书分享栏目,媒体特邀我参加了两次录制,录制地点选在有着百年历史的烟洲书院,《书适生活》首期和第三期分别播出了我的读书分享专辑。

4月5日,主持人石林说:为响应我市全民修身活动开展,我频道与西区办事处联合制作的一档别开生面、智慧人生的分享读书快乐的栏目——《书适生活》。首期,我们邀请了有着"平民火炬手"之称的于湘老师做客本栏目。

男人30而立,40不惑。对于40岁的于老师来说,人的一生总会遇到许多转折点,有的十分顺利,得心应手,一蹴而就;有的即便是千般努力,万般刻苦,结果也是徒劳无功;还有的则需要机遇和缘分,坎坷和棱角随着时间的推移与发展总会被磨平,而在他40年的经历中,就极其幸运地遇到了胡适先生的这本《四十自述》,这到底遇到了怎样的一个共鸣呢……

4月19日,中山广播电视台播出了《书适生活》第三期。主持人石林说:幸福啊,在今天似乎变成了比成功更奢侈的一件事儿,很多成功者费尽心机拥有了财富、名誉、权势,却蓦然发现自己恰恰丢掉了幸福,缺少一个闲情的生活方式,往往会让我们在忙碌中失去自己的心灵。

今天,我们究竟应该以什么样的方式生活呢?于湘老师将结合自身情况与大家一起分享这本《趣品人生》一书,一同找回生命本真,找回幸福的感觉……

2017 年 04 月 09 日　星期日　晴　初稿
2017 年 06 月 04 日　星期日　晴　修订

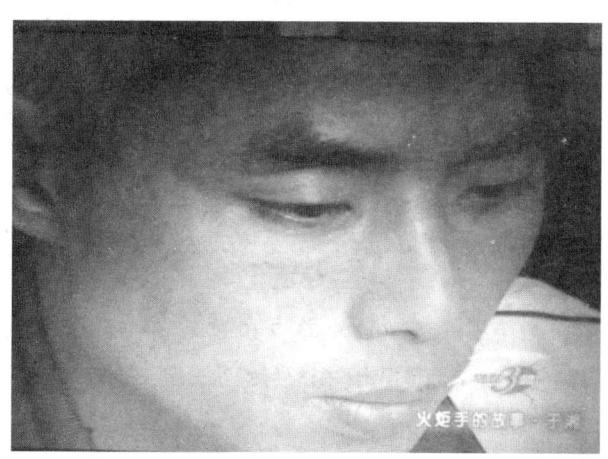

2008 年 03 月 24 日
广东卫视体育频道　体坛三棱镜播出人物专访《平民火炬手的故事》

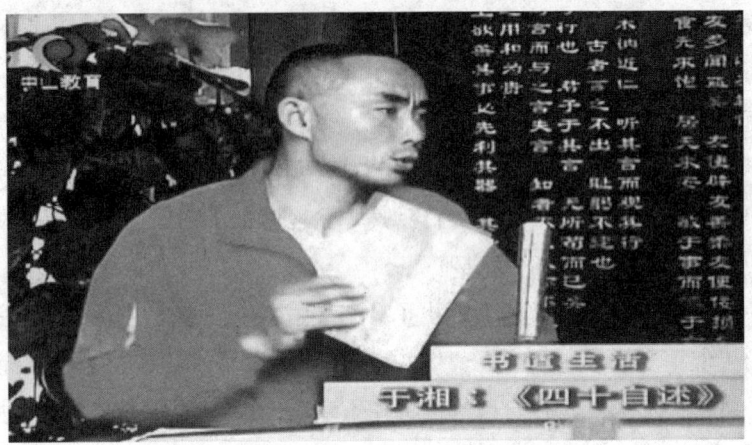

2012 年 04 月 05 日

中山广播电视台教育频道播出《书适生活》第一期　于湘谈《四十自述》

2012 年 04 月 19 日

中山广播电视台教育频道播出《书适生活》第三期　于湘谈《趣品人生》

又见孔子

凡是庙堂或厅堂里有牌位的,一定有"天地君亲师";凡是书院或有规模的师范院校里有雕像的,一定有孔像。湖南岳麓书院、广东华南师范大学当属其中。作为教育行政管理干部,"师"在我心中,具有重要的位置,它不仅仅包含教与化、学与问、仿与效,还有管理、疏导、榜样的作用。

一

在南粤大地,我见过最大的孔像是在华南师范大学(广州市校本部)。该雕像是李汉仪先生于千禧年教师节创作并落成的,雕像的名称叫"孔子和他的弟子"。这组仨人雕像让我想起去年9月我在岳麓书院里见到的"孔子行教像"。

岳麓书院的"孔子行教像"是单体的雕像,而华师大的"孔子和他的弟子"雕像算是群雕。记得几年前,我在华师大第一次参加培训时,就对该雕像产生过浓厚的兴趣。尤其是2012年3月20日,我在中山烟洲书院参加修身讲座时最为强烈。自那以后,每当遇见孔像,我都会虔诚地驻足凝望,表达心中的敬意。

最近,我随中山市西区中小学行政管理干部能力提升研修班87名学员一起,赴华南师范大学学习。再次站在孔像前,更增添了我对他的敬重与亲切感。看到华师大校园里的孔像,直觉让人想起"三人行,必有我师焉"。这组雕像应该还有更深意蕴。可我强烈地想知道,站在孔子左右的两位贤士到底是谁。孔子有弟子三千,贤弟子七十二人,能够站在老师左右的学生,决非一般贤士,一定是所有贤弟子中最棒的。他们到底是谁呢?

我在雕像前,问一对路过此地的退休模样的老教授,这组雕像群中孔子左右两位贤士分别叫什么?男的说:这组雕像分别是孔子、孟子和荀子,说完他们就走了。我觉得不对,孔子的时代是公元前551年至公元前479年,孟子的时代是公元前372年至公元前289年,而荀子的时代是公元前313年至公元前238年。

在否定那对老教授的答案之后,我去了陶园饭堂的教师打饭窗口,问了几位正排队打饭的老教师。有的人说不知道,有的人说记不得了,还有的人帮我出点子,让我去问文学院的教授……无奈,我回到培训班,问上课的林晓凡博士,还有担任我们培训班的班主任王俊晖老师,他们也记不清,还在网上帮我查询,也没有找到标准答案。

第二天上午课间,我又问了上课的陈殿青副研究员。他可以肯定,孔子左右绝对不是孟子和荀子,而是仲由和颜回。下午,给我们上《经典国学智慧与领导力提升》课的老师,正好是中华孔子学会会员于林平博士。他在课上也讲到孔子七十二贤士中子路和子渊的故事。课间休息时,我拿出用手机拍的雕像,请教于博士。于博士不仅肯定了孔子左右不是孟子和荀子外,还滔滔不绝地讲到孔子左边持弓背剑的仲由(子路)和孔子右边手捧竹简的颜回(子渊)许多故事,让我大开眼界,茅塞顿开。同教授们面对面的交流,让我长了不少见识。

二

在学习中,掌握知识很重要,比知识更重要的是学习能力,比学习能力更重要的当属学习动机。8月下旬,我们在华南师范大学4天4夜的研修学习,目标明确,动机纯正,针对性强。白天听讲座、参观,晚上要静心阅读并根据自己的见解,对《中山市西区教育事业发展五年规划》(2017年)提出修改意见。

西区文体教育局局长尹春华女士,在培训班开班仪式上的动员会,慷慨激昂,同时,也给大家提出了学习目标和工作要求。专家、学者们的课有针对性,深入浅出,引经据典,堂堂精彩。但我认为广州市华硕外国语学校校长马新女士的《常规管理:学校管理的生命线》讲座最接地气。她以自己真实的教育管理案例,同大家交流、沟通。马校长硬是把一所观念陈旧、硬件落后、软件更弱的企业子弟学校,改造成了一所广州市十分前卫的九年制义务教育示范学校。马新校长是"学而优则仕"的杰出代表,是在座的所有西区教育行政干部学习的榜样。

华师大党校办副主任陈殿青博士的《领导干部职业生涯规划与人生追求》讲座,中国科学院博士于林平副研究员的《经典国学智慧与领导力提升》讲座,让我开阔了视野,拓展了思维,增长了国学(儒释道)见识。教授们的讲座为我在日后的教育教学管理、著作、科研等打开了一扇窗。

三

北宋大儒张横梁有言:"为天地立心,为生民立命,为往圣继绝学,为万世开太平"。西区办事处党工委委员冯能兴同志,在西区中小学行政管理干部能力提升研修班结业典礼上提出的"三要",为在座的学员指明了方向,注入了活力,对今后的管理工作提出了新希望、高标准、严要求。

作为中山教育的有心人,我对冯委员在结业典礼的讲话,进行了细致的整理、学习,真的有一种紧迫感和强烈的责任感。如果不紧跟西区教育前进的步伐,终将被滚滚前行的教育车轮甩在后面。西区教育已经步入高速轨道,时刻准备提速。

1.要提高认识水平,认清形势需要,增强发展西区教育紧迫感。

在座的各位都是西区教育骨干、核心力量。教师不只是看几本书,只看到你的校门,那个太窄了,远远不够。教育要融入时代,才能把你的思维拓展开。希望大家把眼光放在大湾区时代发展的角度看问题。

教育能不能为经济发展提供一些贡献呢？就看我们的教育质量和办学水平。提起教育,一些人都跑到东区、石岐区去了,直属学校就更不用说了。告诉大家,在不久的将来,这个格局会在西区发生巨大改变,而且是必然的。

这个格局真的变了,这是在顶层设计,还没有给你们放出来。我们很快就要放出相关的具体措施。所以,像这个格局、这个形式是必然的。如果你不努力就要被淘汰,即使不淘汰,也要被边缘化。如果我们没有这种紧迫感,你也跟不上。

不要说那么远,就说教育内部。假如你现在转变过来,还来得及;假如你转变不过来,或者是转慢一点点,你也被淘汰。就这么简单,最多给一年过渡期,从今年9月1号开始,到明年8月份截止。到时你就会看到,今天冯委员说的内涵在哪里,而且经常会看到新的变化在里面,所以,这个就要依靠我们在座的各位行政干部,靠你们去拉动、靠你们去带动,政府去支持这个事。

2.要以目标为引领,以创新为动力,提高三支队伍的精气神。

我们的办学目的是什么？怎么样发展教育？与我们在座的每一位西区教育行政干部密切相关。因为大家是主人,是核心力量。你必须明白,西区要办什么样的教育？怎么样办这个教育？谁去落实？目标必须明确。

评价一所学校办得好不好，离不开两个维度：一个是规范管理。《广东省义务教育规范办学标准》已经出来了，估计很多人还没有看过，也不知道。现在，我们很多学校的管理，真的很不规范。所以，希望大家回去之后，把它规范起来，这是最基础的。

第二个就是评价发展的新目标，其中有一个核心维度，就是"创新发展"。创新发展就靠大家。这里有三支队伍：第一支队伍是教育主管部门行政队伍，包括文体教育局、教育事务指导中心；第二支队伍是在座的行政队伍；第三支队伍是专任教师队伍。我们对全区除幼儿园之外的934位老师的情况摸了一个透，进行一个系统分析，知道我们整支队伍的情况，分析到每一个人，包括公民办学校。所以，这三支队伍一做起来，精神就上来了，我们的学校肯定越来越好，西区的教育一定能上去，而且是指日可待。

3. 要注重能力建设，强化作风改进，深入推进教育综合改革。

今天的培训，就是一个能力建设的具体实践课题。但内容可以更丰富、更全面，还有更多精准咨询。提高能力不仅仅是培训，还有你的学校管理、部门管理、学科管理等等。希望大家在这个版块中间，要有一个提升过程。大家都有这个责任心，我也相信，大家会做得好的，也对西区教育发展有一种归属感。

回去之后，你们是西区教育改革的主人，马上拉开一系列的序幕。特别是在西区建立市级的教培人基地的时候，希望有你的一席之地。利用更多的市级资源，全力倾斜在西区，马上跟大家对接，你的身边还有许多专家在等着你。

最后，希望这次培训之后，在座的各位同志，也包括没有来的一些行政干部，要以更加饱满的热情，更加昂扬的斗志，更加务实的态度，拼搏实干。在学校规范管理方面，创新发展方面做些事，要做得好、做出特色，这个是对大家有期待。所以，你们在具体的岗位，具体的学校，有一个广阔的舞台。

我也相信大家，在区党工委、办事处新的教育发展规划底下，找到自己的位置，这个过程有待我们一起努力。期待西区教育同仁，在未来的日子里，不仅仅是事业进步，更加期待大家身体越来越健康，心情越来越好，不仅仅是办好教育，还要办好学校体育。

2017年08月24日　星期四　深夜初稿

广东华南师大孔子和他的弟子像　湖南岳麓书院　孔子行教像

中山市西区中小学行政管理干部能力提升研修班学员合影留念 2017.8.24

在绿茵场遇见诗人

9月29日(星期五)下午,中山市一年一度的"市长杯"教师足球联赛A组(本赛季共7组28支队伍)首场比赛,在石歧中学足球场响哨。去年教师足球联赛亚军——石歧区教师代表队坐镇主场,迎接西区教师足球代表队挑战。

西区教师足球代表队曾挺进市比赛十六强,也打进过八强,实力不可小觑。今年西区又吸收了几名年轻的新队员,队伍实力更强了。尤其是中场有了张石浩的灵活盘带和适时穿插,让前锋队员钟国兵、陈锋有了更多的突破机会和射门次数,给对手制造了许多麻烦。上半场第十八分钟左右,左前锋钟国兵接队友妙传,用自己惯常的速度优势,撕破对方防线,凌空抽射,皮球在秋季的烈日下划出一道金色的弧线,还没有等守门员反应过来,球应声入网。

西区代表队以一比零的比分暂时领先。虽然后面的比赛西区代表队一直压着对手打,其中也有几次危险的射门,但皮球不是击中门柱或横梁,就是擦着球门边网飞走了,至少丧失了六个进球机会,包括陈锋的两个单刀。正所谓"得势却不进球"。最终,西区代表队以一比零的优势,保持到主裁判的终场哨响。西区代表队在2017-2018年度中山市"市长杯"教师足球联赛中取得了开门红。

比赛间隙,我在主场遇见了旧友温绍明兄。温兄给我分享了他在石歧中学德育处的几个好做法,像正在课外活动开展的年级足球联赛已经举办两届了,而且时间跨度达一百天左右。这项活动不仅提升了班级凝聚力,学生的学习压力也得到了有效释放。实践证明,适时的课外体育活动,不仅不会影响学生的学习,反而会有效地促进孩子们的学习,石歧中学连年的优秀教学质量就是最好的印证。

同是体育人,我和温兄有许多见面的机会。他不像一般的体育人,很容易就被别人读透的那一类。每次见到温兄,他总能给人一种温文尔雅又睿智的感觉。

在学校,体育教师走上领导岗位的人不多,而温绍明兄却比较特殊。据我所知,他不仅做过总务管理工作,也做过德育管理工作,有较强的组织和管理能力。他在繁忙的行政工作之余,还有诗作结集出版,实属难能可贵!这出乎我的意料,他是我学习的榜样,也是许多有梦想的体育教师学习的榜样!

若是把体育人和诗人联系在一起,在中山第一个我就会想起他——我的旧友温绍明(中山市作家协会会员,中山诗社会员)。从他手中接过那本亲笔签名的《山松之风》诗集之后,我感觉沉甸甸的,我的心中对他又多了一份敬意。他能动能静,动之山呼海啸,静则诗意翩跹;他能文能武,武之能胜,文则成名。

2017 年 10 月 01 日　星期日　晴有短时阵雨

2017-2018 年度中山市教师足球联赛西区代表队合影

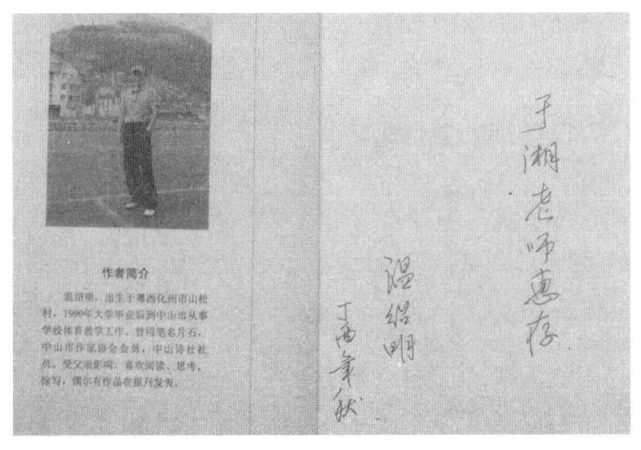

好友温绍明兄亲笔签名的《山松之风》诗集　2017 年 09 月 29 日　星期五

加强学科建设　提高教学质量

感谢书记、校长、工会主席、主管教学领导,亲临我主持的第一个教务与教研工作会议。我的工作有你们的支持和监督,一定会有条不紊地进行。

会议之前,先给大家看几张,是正在湖南长沙学习的西区中学主管教学副校长前几日发回的几张图片。第一张图片是10月11日长沙市长郡雨花外国语学校教务处对学生作业抽查的通知,另外三张图片是教师手写教学计划和备课情况。

在座的21位学科组长都是学有所长、术业有专攻的学科精英。我在这里讲教学常规、谈学科建设,算是班门弄斧了。现在,我还不敢涉猎除体育外的其他学科专业,因为我对这些学科还没有足够的调研,今天的教务与教研会议从分享故事说起。

一

生命之短,要抓紧时间创造性地工作。

我曾经做过体育、音乐、美术、电脑、思想品德等综合学科教研组长,少先队辅导员,团支部书记,德育管理干部,现在又负责教务管理工作。东边一晃几年过去了,西边一晃又几年过去了,感觉人生过得很快。有一首俄罗斯小诗叫《短》,道出了我的心声:一天很短,短得来不及拥抱清晨,就已经手握黄昏。一年很短,短得来不及细品初春殷红窦绿,就要打点素裹秋霜。一生很短,短得来不及享用美好年华,就已经深处迟暮。我们总是经过得太快,领悟得太晚,所以要学会珍惜。珍惜人生路上的亲情、友情、爱情、同学情、朋友情,尤其是同事情。因为一旦擦肩而过,也许永不邂逅。这首小诗还让我想起季羡林先生在《牛棚杂忆》中的一段话:

"人吃饭是为了活着,但活着绝不是为了吃饭。人的一生是短暂的,决不能白白地把生命浪费掉。"

摩西奶奶说:"人生永远没有太晚的开始。"人生就像培育种子,你投入的每一分努力,都会在未来的某一天得到回馈。而你所要做的,就是每一天多努力一点。只要你坚持努力,时间都会给你。

二

热心工作是对教育最大的贡献。

2009 年 8 月,我调入西区中学工作。在这里,我时刻不忘初心,为什么来?来干什么?四年一线教学,三年德育管理工作让我找到家的感觉。9 月 18 日上午,在防空警报声中,校长找我谈话,教务处急需管理干部。经过一个星期的调整,26 日我到教务处工作,至今 14 个工作日。

根据个人成长在学科中的作用,我谈三个字四个词。三个字是:阅读的"阅",虐待的"虐",喜悦的"悦";四个关键词分别是:影响、传递、专业、常规。为什么我要讲这三个字和四个词呢?

从个人习惯到学科知识的丰富。在电脑还没有普及的时候,我就经常跑图书馆阅读。作为教师,我想以这种方式影响我的学生和孩子,让他们明白,你看,我都做老师了,还在挤时间阅读、认真学习、努力提升,那么年轻人是不是更应该养成良好的阅读习惯呢?我在身体力行地践行着"言传不如身教"这个道理。

当电脑普及的时候,许多人迷上了到农场种菜,甚至深夜里还忙着到对方农场去偷菜而乐此不疲时,而我也在熬夜,因为从阅读中我有了感悟,有了自己的见解和想法,并把那些想法和感悟在夜深人静的时候形成了文字。在单位,干完手边的活儿,当办公室太热闹时,我就戴着耳塞,尽可能地静下心来阅读;回到家中,怕影响孩子学习、影响太太看韩剧,我把自己关起来,算是虐待自己,有时候看看写写就到了凌晨。后来就出版了一些作品。当看到我的著作被部分大学图书馆、省市级图书馆收藏时,我的心底跃动着喜悦。

从对专业的热爱到热心学科建设。这几年西区中学的教学业绩,在校长的带领下,一步一个脚印,终于有了一些起色,摆脱了教学质量在全市落后垫底的状况,2015 年还跻身中山市教学质量评价一等奖行列。如果要保持这种状态和势头,教学常规就显得弥足珍贵,在座的每一位学科组长都非常重要。就西中的教学常规来讲,我还没有认真作过全面调研,所以我不敢多言。其他学科我不敢提及,因为我不了解,但在体育学科方面,我有一些个人见解同大家共享,算是商榷。因为爱好和热心,我对中学体育作过深入的研究,对于义务教育阶段的中学体育,能够客观地评价和肯定的就是中考体育业绩了。

中考体育业绩图表看似简单,但它背后却有许多精彩的故事和感人情结。当我们的体育老师得不到大家的肯定和尊重时,当我们的集会队形总是被学校领导批评的时候,当我们的中考体育成绩老是过不了 90 的平均分时,当我们的竞技体育项目单调、竞赛水平老是上不去的时候,作为西区中学体育学科教师的一份子,我只想把老师和学生往正确的方向引领、传递正能量,想方设法地改变它、改善它,从而提高西中体育业务水平,提振大家的士气,凝心聚力地去创造西区中学体育辉煌!

三

从专业爱好到学科推广。

除了搞好西区中学中考体育成绩外,在体育竞赛、体育文化、体育精神方面,我们也做了最大努力的宣传和推广。

当我有幸以中山市教师代表身份参加广州第 16 届亚运会圣火传递时,我也把我们的学生带到圣火接力传递活动现场,感受那浓浓的圣火热情与激情。

当我有幸传递中山市慈善万人行博爱火炬时,我亦培训并组织了一支 60 人的市级仪仗队参加万人行。中山连续坚持了二十多年的慈善万人行活动,如果西中人不参与一次的话,怎么可以算得上真正的新中山人呢?

西区第四届运动会开幕式上,西中组织了一个 500 余人的《活力五环》大型文艺节目,向全区人民展示了西中人的团队精神、拼搏精神、奋斗精神。

当我成为中山市"全国第九套广播体操"总教练时,我亦带领西区代表队在中山市"农信杯"广播体操比赛和第七届中山市运动会广播体操比赛中获得两个特等奖和优秀组织奖。

作为学校的成员,特别是在座的各位学科带头人,要有"校荣我荣,校衰我耻"的荣辱之心,不可有"事不关己,高高挂起"的冷面姿态,要热心你的专业,忧心你的职业。激励你的学科团队,在搞好教育教学本职工作基础上,向外拓展"疆土",分享你在这里的教学心得和教育故事,展示西中人,能干事、干大事、干有影响的事。

四

专业成长离不开热心与规划。

就体育学科建设,我有以下四点体会。

1. 体育常规的规范性。集会队形和方阵队跑是展示学校和班级风貌的窗口。集会队形展学校风采,方阵队跑主要目的是推着体育后进生前进。

2. 技术动作的正确性和准确率。西区中学曾经在中考体育技术动作上面闹过笑话,至今我心有余悸,希望已成历史。学科组的每一位成员都要吃透考纲,尤其是中考体育规则,包括熟悉器材、熟悉场地、掌握动作技术要领等等。

3. 以考代练的促进作用。上学期三次考(一次摸底考、两次模拟考),每考完一次学科老师要给学生确定一个近期能够完成的目标;下学期三次考,争取每考一次都有所突破,至少要稳定在一定的距离或者时间内。

4. 中考体育前动员会的煽动性。目的是告诉学生,中考体育的注意事项和如何应对中考体育,调动考生的热情,激励他们集中精力,超常发挥。

2011—2014年西中体育学科组先后去了板芙中学、南头中学、民众中学取经,回来之后把我们的体育课堂教学和课后训练作了及时调整,效果明显,成绩显著。当我们的中考体育成绩突破90分大关之后,我亦主动邀请板芙中学体育科组长金艳祥老师来我校,共同分享我们的快乐。不仅让他感受到我们的决心和信心,也让他感受到我们西中人的热情好客。虽然我不是体育科组长,但我把提高西区中学中考体育成绩当成自己的事儿,俗话说"大家好才是真的好"。最近几年的中考体育学年规划、考前动员会、考场总负责人均由我担当。

五

教学常规与教学常规基本要素。

回到教学常规主题。什么叫教学常规?教学常规有哪些基本要素?教学常规是教学规律体现,是对教学过程的最基本要求,为优化教学过程,提高教学质量。教学常规基本要素包括:

(一)制定计划。教学计划主要包括学校教学工作计划、教研组工作计划、备课组工作计划、个人教学计划等。

(二)备课。备课是上好课、提高课堂教学质量的前提和基础,因此必须坚持集体备课和个人备课相结合,坚决禁止不备课进课堂的现象出现。

1. 教案的内容要求。

1.1 教学目标,必须考虑知识与技能、过程与方法、情感态度价值观三个维度。

1.2 重点、难点。

1.3 课型、教学时数。

1.4 教学准备,如课前活动安排、媒体的选用(如实验仪器、音像材料、挂图、实物、模型、投影、多媒体课件等)。

1.5 教学实施过程,教师活动和学生活动的主要内容,要有相应教学内容及教与学的程序,不能把教案写成单纯的知识提纲讲稿。

1.6 板书设计。

1.7 作业布置。

1.8 教学反思或后记,总结本课或本单元教学的得失。

2. 撰写教案。

教案要分课时、按上述八方面的要求撰写。有条件的教师可用电脑打印教案,但必须纸质文本与电子文档并存。教案不能过于简单,教学程序在150字以内的不算教案,不许用旧教案,不能以在课本、资料上写评注圈点为由而不写教案。复习课、练习课、习题讲评课都要有教案。

3. 课件。

课件作为教学辅助手段,不能滥用,应根据实际需要,特别是要在充分考虑学生对信息的处理能力基础上使用。不能用课件代替教案,在教案中要有课件运用的说明。对网络课件或其他音像资料要结合教学实际,通过处理后才能使用。

4. 教案检查。

学校要完善教案检查制度,教案检查采取定期普查或不定期抽查两种方式,检查结果要实行定性评价,查后在末一节处注明检查结果,并盖教导处专用章。教案的质量主要看一堂课的教学目标是否明确以及目标是否达成,教学设计是否恰当,重点、难点是否突出,是否讲练结合,精讲精练。

5. 备课。

备课的程序为:个人钻研—集体讨论—修改教案。

(三)课堂要求。

上课是完成教学目标,保证教学质量的核心环节。教师上课的基本要求:

1. 严格按课表上课,未经教导处同意,不得随意调课,更不准随便缺课。上课不得迟到早退,不得中途离开教室,不得拖堂。

2. 教师在预备铃响时应站在教室门口,目视学生做好上课准备,同时清点学生人数,弄清学生缺席情况,对非正常缺席学生应及时报告学校教务处。上课开始和结束,师生应相互问候致礼。

3. 教学过程中,教学内容应紧扣教学目标,教学活动要面向全体学生,对不同学习基础的学生,在教学目标和教学内容上应尽可能体现不同的层次要求,采用不同的教学方法,以适应他们的学习需求。

4. 坚持探究式、合作式和讨论式教学,加强对学生学习方法的指导,特别要注重培养学生良好的学习习惯,提高教学实效。对学生的学习活动要及时反馈、及时补偿,尽力使绝大多数学生通过教学活动都能实现不同层次的教学目标并获得成功感,尽可能减少学生在知识和技能上的缺漏。

5. 课堂练习设计要典型精当,有利增强学生对主干知识的运用掌握,既要防止题海战术,盲目地多练,又要防止老师包办,缺少学生的自主练习与实际体验,真正做到精讲精练。

6. 教师上课要讲普通话,语言要精练、准确、生动、富有启发性和吸引力,声音要响亮;板书要清楚,布局结构合理,能体现出讲课重点,字迹工整,大小适当,用字规范,不写错别字;教师要举止文明,教态亲切、自然、大方,衣着得体,不准穿透明装、吊带裙、露脐装、短裤、背心、拖鞋进入教室,不化浓妆,不准在教室内抽烟。体育教师必须穿运动服、运动鞋上课。严禁酒后上课,上课时必须关闭手机。

7. 教师应尊重学生的人格,严禁体罚和变相体罚、羞辱学生。上课时教师不得把学生赶出教室。同时应严格要求学生遵守课堂规则,课堂内发生的问题不能及时处理的,应由任课教师负责在课后处理。

8. 重视教育卫生,注意纠正学生坐、写姿势,随堂教师要负责督促学生认真做好眼保健操。

9. 活动课要纳入课堂教学,其课程和教学内容的选择要符合西中的实际,并相对稳定,形成特色;活动形式要灵活多样,符合以学生为主,教、学、做相结合的原则。

10. 检查教师上课情况是学校教学管理的一项重要工作,学校每学期都必须有详细听课计划与课堂教学检查评估方案,以切实提高课堂教学的有效性。相关检查形式有:学校领导随堂听课检查;教导处定期普查或不定期抽查;各班《班级日志》详细登记,教导处每周查阅核实《班级日志》;教研组有目的地集中听课,学校组织学生座谈会和问卷调查等等。特别要落实好行政"推门课"。

（四）批改作业。

布置和检查作业是课堂教学的继续,是教学活动不可缺少的有机组成部分,是学生巩固所学知识和教师反馈教学信息、改进教学的重要手段。

教研组每月检查一次作业批改情况,学校不定期抽查与检查相结合,并将结果公布。学校每学年要组织不少于一次的各年级各学科优秀作业展评。

（五）指导实验。

特别是理化生学科,是否按课课程要求做实验,实验的安全性、规范性,药品和实验器材管理是否合乎要求,有没有做好登记。

（六）辅导。

（七）课外活动。

（八）学业考核与评价。

（九）校本教研。

作为教务管理工作者,我会主动邀请学校领导和中层干部,深入课堂虔诚地向大家学习,共同抓好教学常规。

六

近期工作目标、任务。

检查手写教案和听课记录的落实情况,第九周星期二各学科组组长,把本学科组成员的手写教案和听课记录本带到会场,进行交叉检查。教案要求课课有,本次听课记录检查要求至少5节。

2016 年 10 月 19 日　星期三　中雨　初稿
2017 年 02 月 19 日　星期日　晴天　修订

2016年10月18日　丙申猴年第六讲
于湘主持的第一个中学教务教研工作会议

2004年08月在中山市妇联同小记者们分享奥林匹克故事

2018年初夏 在中山市西区中学德育处工作照 韩雪娇摄

2018年03月22日在市委党校求是楼106室
同上课的部分学员(中山市教师进修学院2016级新教师)合影留念

05

利剑篇

难忘的中考体育

2014－2015学年,根据学校工作部署和行政人员分工要求,我驻初一级,负责该年级的策划与组织工作。2015年春季,我被临危受命,担任初三级中考体育考务组长职务,负责主持2015年西区初级中学中考体育全面工作。体育是中考六个计分学科(语文、数学、英语、物理、化学、体育)中的一科。专门撰文谈"中考",记忆中这是第二次;专门讲"中考体育"组织工作,这是头一回。

2015年中山市中考体育工作有别于往年:首先,今年中考体育时间比往年提前了近一个月;其次,个别考试项目要求有调整;再次,考试器材有变化(以前是一家公司供应体育考试设备,现在一个考场上不止由一家器材供应商提供设备)。

2015年中山市中考体育,原定于4月21日的考试,因天气原因,全市停考并顺延一天。2015年西区中学学生中考体育考试场地,被安排在沙溪中学。

4月22日西区中学500名考生赴考场参加考试。按照常规,一般情况第一天第一个考试不太好,不利于学生的发挥。因为考场、监考老师、考试设备等多种原因需要调整、磨合,所以有些事儿叫作无巧不成书,今年西中恰恰就赶上了这种"好事"。

22日(星期三)西中师生几乎都是凌晨5：00起床,6：00在学校各班集中,6：20在校门口上车,出发前往沙溪中学考场,7：00做热身运动,7：30检录,8：00开考。我们的组织工作,完全按中考体育程序,按部就班地顺利进行。

开考之后,首先是篮球考点的计时器无法正常工作,考生不能正常考试;接着是200米考点的计时器无法读出第一组考生成绩;紧接着是跳绳考点,因另外两个项目延误考试时间,导致该项目考生不齐,无法正常开展工作;因几个考试点先后出问题,所以整个考场处于瘫痪状态。我从2005年开始参与中考体育监考,到2010年带队中考体育,再到2015年组织中考体育的10年间,第一次遇到这种情况。

中考体育是绝大部分学生一生唯一的一次体育考试,而且本次考试占本届考生总分(530)的40分。人生第一个分水岭,或许在此拉开,我们不能够拿考生的人生开玩笑。

作为考务组组长,我首先同在现场的校领导汇报,然后直接找考场的主考、总监考、考务组长、纪监组、技术代表。我一边协调一边把考场出现的问题汇集成四点意见,经大家同意之后向市考试中心汇报:1.篮球考点设备不能正常工作,到9:00还考不了第一组,其中一名考生已经考了4次还没成绩(按照考试规定,篮球项目每人最多只能考两次,取其中最好一次成绩),监考老师拿考生作检测考试设备试验品,既违反体育中考规定,又违反职业道德;2. 200米跑步计时器无法读数,9:35第二组考生才跑步,距离做热身运动已经过去了两小时,严重影响考生成绩发挥,况且第二组有考生在弯道处因等候时间太长,肌肉僵硬而摔跤受伤严重;3. 检录组混乱,协调不好,音响效果时大时小;4.跳绳、立定跳远和投掷实心球考点考生亦无法正常考试。

随后,我又向考场的主考要了市考试中心T副主任的电话,直接同他沟通。我给领导打了若干次电话,领导没有回。于是,我又启动另一策略——发信息。9:59我把编辑好的内容"T主任好!我是西区中学中考体育考务组组长于湘,我们在沙溪初级中学考点遇到很多麻烦,想同你汇报"发给T主任。两分钟后,10:02我接到T主任的第一个电话。

他说:"首先,请你安抚好老师和学生的情绪,不要去投诉,你汇报的情况属实,我们正在协调;第二,如果考生觉得成绩受到影响了,我们可以协调把篮球项目停下来,到时安排在你们学校去考;第三,800米、1000米考不了可以推迟考试,也可以安排到你们学校去考。"

在我投诉和发信息之前,强烈要求沙溪考场主考也要向市考试中心汇报现场发生的情况,以免市里只知道我们的一面之词。根据市考试中心领导的指示,经考场主考同意,我们要求立刻停止考试(以免再次伤害到考生),再礼貌性地请求沙溪考场主考即刻拿出处理意见并启动紧急预案。

因为现场有许多事情要当面协调,有些事还要主考拍板才能够敲定。此刻,我突然发现,我们西中的主考H校长不在现场。于是,我马上打电话给他,H校长的回复是:"我已经离开沙溪考场,回到西区中学了。因为我同沙溪中学校长太熟了,有些事儿不好开口,考场的事由你全权负责处理。"

"考场遇到前所未有的困难,对于工作的事情,也为了考生,还有什么不能当面说的呢,这不是个人行为,是咱们西区中学今年500名考生的前途啊。现在,我需要有我们学校的领导站在我的身后帮我挺住,初三级五个驻级行政,现场只有两个,其他人都跑到哪儿去了?"我追问道。

H校长说:"按照工作需要,主管教学副校长留守大本营,处理相关事宜,可是她现在有事外出不在学校;办公室副主任同我一起回到了学校,因初二级学生的生物、地理结业考试需要盖章。"按照今年学校行政分工,办公室副主任负责初三级中考体育工作,而我只是临危受命,算是协助,一把手和主要负责人在最重要又关键的时刻玩"失踪"。

我迫不及待地问:"初二级考生盖章一事,就不能等到下午或者明天处理吗?难道还有比赶考还要紧要的事儿要办吗?"

电话的那头说:"如果需要,我马上叫他过去。"言下之意,我们的H校长是不会再到考场了。

如果考场就是战场,那么逃离战场的士兵就是逃兵,将被就地正法,作为战场的最高指挥官不在现场,这战争的输赢就可想而知了。这事儿让我不自觉地想起1884年的中法"马尾海战"。战斗打响之后,时任钦差大臣张佩纶溜了,福建巡抚张兆栋、闽浙总督何璟、福建船政大臣何如璋也溜了。南宋爱国诗人谢枋得在《与李养吾书》中讲大丈夫行事时说:"大丈夫行事,论是非,不论利害;论逆顺,不论成败;论万世,不论一生。志之所在,气亦随之;气之所在,天地鬼神亦随之。"

小事抓落实,大事看担当。为了今年西区中学500名考生,每人40分的中考体育成绩,我鼓足勇气,根据考场的需要,即刻把西中的在场副主考、考务组长、德育线代表、教学线代表、体育教师代表、班主任代表、西区中考体育负责人连同沙溪考场的主考、总监考、考务组长、纪监组(三人)、技术代表等召集在考务处现场办公,商讨应对策略和考试方案。按照常规,我没有这个权利召集大家,也没有这个号召力,但特殊情况下,必须有人勇敢地站出来,抓住时机果断地解决棘手的问题。教育无小事,关键的时候,我必须义无反顾地扛起。

从学生考试的心态和体育运动的常规角度来说,当然把重新考试的考场设在我们学校,肯定有利于考生发挥。至少考生熟悉场地,还有一个主场考试的心理优势。现场讨论达成的初步意见是:一、篮球考试继续进行,电子计时器不能正常运行,需要人工计时时,一个场地必须使用三块秒表,取平均数;二、女生800米、男生1000米跑推迟到4月25日(星期六)下午进行。

此时,许多班主任知道要推迟考试时间后情绪十分激动,强烈要求让学生继续跑完800米、1000米。还有人放出狠话,即便是考到下午两点也要坚持考完,不能推迟到星期六考试,以免占用大家休息时间以及学生学习文化课的时间。其中,有三位班主任闹得非常厉害。其实,我是知道她们闹的原因,又不便在此发火,也不能呵斥她们,更不能戳穿她们闹的真正目的。在个人利益获得与学生中考成绩的利害关系取舍上,作为人民教师要有大义、要有担当,否则,就枉为人师了。

当然,我们十分理解老师和考生此刻的心情,在安抚老师,考虑如何让考生考好试,取得好成绩的指导思想基础上,最重要的原则就是:"一切为了考生。"我办事一向有自己的是非评判标准,从没有讨好笃信图谶之流的意向。

在衡量一个考生一个上午考两个项目与两天各考一个项目上,哪个更容易让考生获得更好成绩的取舍上,经在场的各位研讨表决同意,同时我也礼貌性地电话告知了不在考试现场的H校长。经过大家的共同努力,意见达成一致,11:35确定:一、选项当天上午考完;二、女生800米、男生1000米推迟到25日下午在西区中学进行。这个方案确定后,我建议:由沙溪考场主考、技术代表、纪检组分别向市考试中心汇报和解释。

11:40沙溪中学瘫痪了近四个小时的中考体育考场恢复了正常,一切按磋商后的计划进行。工作场所就是修炼个人精神的最佳场所,工作本身也就成了一种修行。

4月23日(星期四)上午,我在学校做"西区中学800米、1000米重新考试工作方案"时,发现问题有点严重,于是即刻同市考试中心领导汇报。首先,西区中学不符合中山市中考体育考场要求;其次,如果设考场,考试器材要按照全市中考体育考场要求,购置规定的(指定的器材牌子、型号、规格)设备,这么短时间,我们不可能做到;第三,如果考试期间出现任何问题,恐怕会好心办了坏事。

鉴于此,我和H校长于23日上午,一起前往区文体教育局同领导商讨此事。区教育事务指导中心W主任在区办事处门口接见了我和H校长,我们三个人站在西区办事处办公楼前的旗杆下,H校长把事情经过同W主任汇报后,W主任反问:"这个方案是谁拿的主意,谁确定的?"

言下之意,像是要追责。我一听,感觉不对劲。我说:"W主任啊,如果要讲过程,我是现场亲历者,给你讲半个小时,我汇报不完,你也听不完,就算你听了,也不一定明白,现场一片混乱。这个事件的发生前所未有,而且确定这件事也不是一个人的意见,区里跟进本次中考体育负责人 L 老师当时也在现场。"

现在,西区中学的中考体育遇到麻烦,希望通过上级领导出面同上面协调,帮助考生解决问题,也就是想出顺利又有利于西中 500 名考生中考体育成绩发挥的考试办法。

商讨无果而终,我同 H 校长在回学校的路边小摊,每人要了一碗汤水河粉,算是午餐,美其名曰,H 校长请我吃午饭。回到学校,我瘫坐在办公室,感觉很困也很烦,但又合不上眼。

下午 2:30,我还在上第一节课,H 校长就电话催促我,快走。我安排好教学内容让肖老师帮我看着班。我和 H 校长再次前往西区文体教育局继续找领导商讨此事。区文体教育局长和体育专干去市里开第七届市运动会工作会议,主任把我和 H 校长从局长办公室领到 408 会议室外面那间没有办公桌的黑屋(我们进去时没有打开窗帘也没开灯)。H 校长当场抗议,在这里谈工作不大合适,强烈要求换一个正式的会议室。主任又把我和 H 校长领到大一点儿有办公台的会议室,主任亲自打开会议室的灯,并拉开了窗帘。

谁都有底线,但要懂得把握,大事重原则,小事有分寸。不讲情面难得别人支持,过分虚伪也会让人避而远之。坐定之后,也只是我和 H 校长轮流汇报当天考试的情况,主任一边仔细听,还一边认真记录着。主要还是我讲,一个多小时下来毫无进展,倒是主任认认真真地记录了好几页纸。作为主管领导,主任仿佛也没有什么好主意。我看着 H 校长和 W 主任相互推诿,言辞激烈,那场面出乎我的意料。你来我往之后,最后还是 H 校长拿了主意,主动同沙溪考场的主考进行了沟通。

更加不可理喻的是,其实 W 主任昨天下午已经同市考试中心沟通过,而且他还把商讨的结果(考场要搭多少米宽、多少米高的台,需要多少个对讲机、摄像机等相关设备)的谈话记录展示给我俩看,还说你们别以为我没有做事啊。

主任明明知道,如果在西中设考场考 800 米、1000 米所需设备的要求和困难,他就是不把他知道的情况传达给我们。如果不是 H 校长当场放狠话,把这话从 W 主任的嘴里给逼出来,这事儿我和 H 校长一直蒙在鼓里。听 W 主任这么一"解释",我和 H 校长当场都傻了眼,你看看我,我望望你,面面相觑,无言以对。作为领导干部,如果失去了诚信、守信,You're nothing.

通过各方协调,经沙溪中学考场主考同沙溪镇镇政府以及市考试中心汇报后同意,4:30 左右最终确定:"西区中学女生 800 米、男生 1000 米考试,于 25 日(星期六)下午按照正常考试时间,在沙溪中学考场开考。"

H校长同沙溪中学华校长沟通后,能够敲定此事,证明H校长前面所讲,他同沙溪中学校长的关系的确非同一般。这事儿让我想起了子张问孔子,怎样才能从政的故事:孔子说尊五美、摒四恶就可从政。所谓"五美",即君子惠而不费;劳而不怨;欲而不贪;泰而不骄;威而不猛。所谓"四恶",即不教而杀谓之虐;不戒视成谓之暴;慢令致期谓之贼;犹之与人也,出纳之吝谓之有司。五美之中,我最欣赏的是"劳而不怨、泰而不骄、威而不猛";四恶之中,我觉得"不戒视成谓之暴、慢令致期谓之贼"很在理。

今年,我不是初三级的驻级行政,担任中考体育这个考务组长,算是临危受命,更有点像是"拉壮丁"的感觉。不管怎样,既然我接受了这项任务,那么,我就必须把西区中学500名学生中考体育的事儿扛在肩上,勇敢地走下去。

出现此事的主要原因是:考场考试设备没有在规定时间内调试好,考场准备工作没做好,从而影响了西区中学500名考生考试。问题已经摆在这儿了,我们的考生是受害者。在选择继续追责还是即刻想办法让考生如愿地考好试,让考生取得满意成绩的取舍上,我们果断地选择了后者。

今年西中的中考体育分考生选项、模拟考、动员会、考前走场、考试组织等项工作,相比往年的中考体育工作,今年,我们算是做足了功课,有了充分准备。我们的组织工作没有出现任何问题,一切按计划进行。其实,我们的任务就是:把考生准时送到考场检录处检录,学生考完试之后,再把考生安全带回校园。

中考体育同语数英等学科考试一样,也是一场普通的学科考试。但中考体育与术科考试又有区别:首先,术科考试在室内,而中考体育在室外;第二,术科考试基本不受天气影响,可以按照预定时间准时开考,而中考体育则要依赖于好天气,才能够保证考试正常开展;第三,术科考试不受器材限制或影响,而中考体育往往要依赖于合格的高质量器材;第四,术科考试基本不会受人为影响,考生只管尽情发挥,但中考体育除了考生自身努力外,受外界干扰或影响有直接原因,譬如计时器是否调试好,又譬如场地是否湿滑,再譬如监考人员的态度和职业素养等等。组织好一场中考体育,工作才完成了二分之一。所以,组织好一场中考体育,是保证学生取得好成绩的基础工作。

同享中考体育荣光,共创西区中学辉煌。这几年西区中学的中考体育业绩,都在我们的节奏掌控中有序前进。今年的中考体育成绩,总体上说,比去年还要好,2015年西中中考体育平均分为97.26分,2014年94.06分,2013年90.99分,

2012 年 88.89 分,2011 年 84.66 分。从近几年中考体育数据对比看,西中中考体育连续五年稳步提升。这有赖于大家的共同努力,特别是初三级任课教师。

通过今年中考体育这件事,我长了不少见识:第一,从来没有遇见过中考体育考场瘫痪;第二,从未见过主考官离开考场;第三,增长了我如何应对重大突发事件的处理能力。

通过这件事也让我明白了一个道理:不仅要认认真真地做事,还要小心谨慎地做事,更要有策略、有技巧地做好事。

亲历 2015 年中考体育组织工作之后,我更加坚信:"如果你能在自我的夹缝中找到人生的宽度,那么结果会让你知道,心真的能转境。"事后,有好事者告诉我,"你这人有点傲,胆大妄为。"可我不想作任何辩解与说明,只想借钱钟书先生一句话,表达我的态度和想法:"人谓我狂,不知我之实狷(性情正直,不肯同流合污)。"人谓我傲,却不知我乃实狷也。

王阳明曾说:"千圣皆过影,良知乃吾师。"良知是成就尊严和有存在意义的明灯。如果不是有关道德的,仅仅关乎个体差异,任何一个有良知、有一点正义感的人,都会表现出血性的一面。我用文字记录的都是我亲眼见到和亲耳听到的,没有必要分出谁是谁非。因为各自的立场和角色不同,没有对与错,只是记录一种现象,还原 2015 年中山市西区中学 500 名考生在沙溪中学考场中考体育的历史镜像。

作为体育教师,"一切为了孩子",从中考体育的组织形式看,我们做到了;作为教育工作者,"一切为了孩子",从考试的效果看,我们也做好了;作为教育管理者,"一切为了孩子",从近几年中考体育成绩对比看,我们一年更比一年好!

作为学校中层干部,我同本届行政团队一起打拼。五年来,我们做了我们应该做的工作,很大程度上,也做了其他人做不到的事儿。在竞技比赛和学校体育工作方面,学科组创造了佳绩;在中考体育业绩方面,我们共同努力,创造了西区中学自创建以来,从未有过的连续五年持续上升的奇迹。学校的教学业绩,从全市垫底跃升为教学质量评价市一等奖。业绩提升既需要仁者的胸怀、智者的头脑,更需要勇者的胆识和志者的坚韧。

著名文化学者于丹教授说:"一个人若要把事情做好,需要穿越三个阶段:忘利、忘名、忘我。"2015 年西区中学中考体育在我的思想上给予了巨大撞击,犹如一场交响乐,过程跌宕起伏,时而舒缓,时而激昂,又时轻时重,时快时慢,不同质地的音色撞击出恢宏的轰鸣。

个人为小、团队是大。作为学科领头人以及驻级行政,我有责任和义务,为学科组的成员争取既得利益和应有荣耀。看淡世间沧桑,内心则安然无恙。水的清澈,并非因为它不含杂质,而是在于懂得沉淀;心的通透,不是因为没有杂念,而是在于明白取舍。有人说,一个人有自知之明才是成熟的表现。

2015 年 04 月 29 日　星期三　晴朗　初稿
2018 年 01 月 13 日　星期六　凌晨　修订

中山市西区中学毕业班学生体育大课间活动　2017 年 09 月 14 日

2018 年 04 月 04 日　于湘在西区中学体育馆作 2018 届中考体育动员

鸡毛令箭

因单位管理工作需要,组织把我从德育处调整到教务处工作。工作调整后,除了要完成教务处的教育、教学、教研以及繁杂的教务管理工作外,还要完成我在德育处的部分工作,更要兼任初二年级级长工作。

我单位自2012年开始施行年级负责制。该年级老师临时外出,需要找级长批假。作为驻级行政,学校给了全校三分之一教师外出临时批假的权利,可我从没有把批假权当"鸡毛令箭"。只要老师有需要,合乎请假要求,又在我的批假范围之内,我从不拒签,也没有为难过任何人,但我的善良却因批假被践踏了。

一

一天下午,一位老师拿着一叠"临时外出审批条"到我办公室,要求我先给她把那一叠临时外出假条的"主管行政意见"一栏填写好"同意"二字并签好我的名字,而且不要写时间。

她的理由有两点:1.万一她需要临时外出,到时怕找不到领导签名;2.早上骑自行车上班,怕迟到了,如果迟到了,可以用这些备用假条。

对不起!我不能帮你签这些"临时外出审批条"。理由是:1.如果你真的需要临时外出,找不到我签名,当天值日行政也可以批临时外出的假条;2.如果你上班迟到,是不可以用这张临时外出的假条,你还没有到单位上班,怎么叫临时外出呢?况且我也没那个批假的权利。

那位老师在我这里没有拿到她想要的东西,好似有点生气。把那一叠审批条狠狠地摔在我的办公台上,扬长而去。我拿着那叠临时外出审批条,数了数共计10张。我在办公室傻傻地猜想:对方是在挑战制度呢?还是在挑战我的底线?

亲爱的伙伴,对不起,请你谅解我!这一次我没法满足你的愿望。学校的规矩,需要大家守护,人人都必须遵守,我不能因为某个人而破了大家约定俗成的事儿。今天,你在教务处撒泼,我接受得了,也能够理解你、原谅你。明天,如果你到别处也这样的话,恐怕就会吃亏了。

二

一天中午,临近午时一点,一个急促的电话把我从午休中惊醒。

对方问我:于主任,你在学校吗?

对不起,我不在学校。

你在哪儿?想找你帮我批一个条。

对不起!我在午休,你有急事吗?

我想下午去补办一个证,怕人多排长队,想早点去排队。其实,我本想上午找你签名的,我把这事儿给忘了,现在想起,所以急着找你。

如果你现在不过来,我把假条放在门卫室,你来了之后,去帮我签一下名吧,谢谢你!

如果你等得了,下午上班时间,你到办公室找我。如果你真的很急又等不了,可以去找今天的值日行政签条批假。

接了电话之后,我的午休睡意全无。做人做事不得凌驾于规矩之上,不得触碰道德底线,不能够践踏他人的善良。凡事都有因果,否则将咎由自取。

三

2017年4月1日(星期六),按照清明节放假通知要求,今天上班,补第八周星期一的课程。

上午一位美术老师拿着"临时外出请假条"来我这里批假。外出时间一栏该老师填写的是(下午)2:30。我说:下午我在办公室,你下午临时要外出,下午来吧。因为以前有人上午来我这里签了假条之后,下午就不来上班了。按照规定,请半天假,要副校长签名。该老师坚持让我帮他签条,并向我承诺下午要来学校上班。好吧,下不为例,这一次我信了你。

下午第一节课值日行政巡堂,发现八(4)班空堂,没有老师上课。值日行政在教务处查课表发现,该班正好就是上午在我这里请假那位老师的课。该老师找了一位任教七年级的老师帮忙看班,可是帮忙看班的老师因故又请隔壁班上语文课的老师代管。值日行政找我反映情况,我在教务处调换课记录簿上,找不到该老师换课记录,我再查课表,发现八(6)班第七节课也是该老师的,但八(6)班的课是数学老师在上。据数学老师反应,他们昨天就已经调换课了。

由此看来,该老师早有"准备"。下午的课早已私下调换妥当,上午签好临时外出放行条,下午就不到学校了。当信任再次被亵渎、制度被玩耍、权利被践踏时,作为领导干部首先要做的是自己醒悟,然后教育救人,再严明纪律,规范请假制度。

我有一位在市纪委工作的好友,看了文章之后,写了一个评论:"当了泥鳅就不怕被糊眼睛,要敢于坚持原则,纪律不是私人的,没有规矩不成方圆,得罪个人是为了维护团队。"

2016 年 11 月 05 日　星期六　晴　初稿
2017 年 04 月 01 日　星期六　晴　修订

2016 年 09 月 – 2017 年 08 月在西区中学教务处工作照　过香文摄

2017年04月　于湘随全国中小学教与学深度变革高级研修班在上海学习交流
从左至右：刘军生　杨增强　李颖　何金松　戴嫱　于湘

2016年11月　组织西区中学各学科教研组长到湖南汨罗学习交流

中段检测

2016年11月1-2日(星期二至三)西区中学举行了初一、初二两个年级的教学阶段性(中段)检测,旧称"期中考试"。按照教务处统一部署,各学科组长要在星期五下午下班前,把各学科成绩交给教务处相关负责人。初一年级负责人是卓琼彩主任,初二年级负责人是老于。

本次中段检测初二级的学科有:语文、数学、英语、历史、地理、生物、物理和思品等8个学科。为了及时分析学生阶段性学习成果,各学科组长基本按教务处要求,按时上传了学科成绩。星期五下班前,初二级8个学科按教务处要求上传成功的学科分别有:数学学科组、英语学科组、生物学科组、语文学科组、物理学科组、历史学科组、地理学科组。

截止到当天下班时间,还有思想品德(政治)学科没有按要求上传。老于找到负责初二级思品学科组长,组长说已经上传了,于是老于打开思品学科组长上传到教务处的思品成绩表,确实有上传成绩,但只有非选择题分数,没有选择题分数。老于追出教务处办公室,思品学科组长刚好在二楼楼梯口,老于叫她到教务处核实一下成绩。

思品学科组长看了自己上传的成绩表之后,说:我只负责上传非选择题成绩,选择题成绩是你们教务处的事情,我不做了。

老于说:不行,请你按照教务处的要求上传你们学科的成绩。教务处只要你所在学科每一个学生的总成绩(选择题+非选择题成绩)。原则问题,人人平等。

思品学科组长看起来很生气,一边核实成绩一边大声说:"我把这事儿做完了,还要你们教务处这帮人干什么呢?"

教务处办公室的卓主任、老于,还有教务员老过听了思品学科组长的牢骚之后面面相觑,不知怎么回复。大家相视一笑,各忙各的,根本没有时间搭讪。

教务处做什么事情，是按照文体教育局和学校的要求去做。学校的学生考完试，教务处的任务是组织大家开展成绩分析会，向家长汇报，向上级汇报。做成绩分析就需要各学科的成绩。学科组负责人的任务，就是把学科成绩按照学校工作部署，并按要求给教务处提交学生成绩，这是最基本的常识，也是规矩。

　　老师心里有自己的想法很正常，在这里发点牢骚也是常有的事儿。心理学家说："发牢骚可以缓解人的情绪。"根据这个心理学原理，管理人员要给教师一些发泄情绪的机会和空间。作为行政人员，这个时候就要做一个忠实的聆听者，如果一时之间找不到解决问题的办法，那么最好的办法就是冷处理。

　　星期五晚上8点钟左右，老于在教务处Q群收到了初二级思想品德学科更正的成绩文件，但成绩还是有误，其中二(2)班洪楚煊同学的成绩为3373分，另外一个叫冯璐的学生成绩也是3373分，而思想品德成绩满分为100分。这份未经审核的成绩单，给全年级学情分析造成很大麻烦。

　　事实证明，对于教育教学一定要沉下心来历练，教学检测来不得半点儿浮躁。作为教师，尤其是学科负责人，要对自己的工作负责、对学生负责、对学科负责，否则浮躁就会出错。

　　星期六的凌晨，老于做完成绩汇总之后，久久不能入睡……教务工作对于现在的我来说，完全是一项陌生的工作。当然，既然组织安排老于做这项工作，就是信得过他，所以，老于必须要把它拿下，一切从"零"开始。在教务工作方面，老于摸着石头过河，一边学一边做，一边做一边提升自己，不懂就主动咨询。

　　通过2016－2017学年第一学期中段检测考务工作的锻炼，老于基本摸清、理顺了教务工作中的常规考务工作，对监考人员安排做到了"零"差错，算是他在教务工作的良好开端。

　　通过对初二年级中段检测的教学质量分析，老于基本理顺了基本数据（系数）关系、核心技术和关键问题。明白了哪些学科要重点分析，哪些问题只能以点带面，该如何把学科同班级与教师的教育教学有机地结合，更加立体、直观、科学地分析。

　　通过组织并主持家长会，老于学会了如何同众多家长沟通，搭建起家校沟通的绿色通道，修复无障碍沟通桥梁。

2016年11月05日　星期六　深夜两点　初稿
2017年04月02日　星期日　子夜一点　修订

纪　律

近期中央电视台第一频道(综合),在黄金时间热播《长征大会师》。我很长一段时间没有看过电视剧了,尤其是近几个月以来,近期偶尔遇见该剧。首先吸引我的是,该剧剧情与我的家乡川陕革命根据地——四川巴中有关;第二,中央红军与红四方面军会师之后,在路线和军事上产生了分歧,也就是毛泽东和张国焘之间的斗争吸引了我;第三,该剧第十三集有一个剧情引起了我的特别注意:毛泽东夫人贺子珍十七岁的弟弟(贺敏仁)为红军筹粮时,私闯喇嘛庙,正在庙里收拾银币的时候被藏民发现,逮个正着,被关了起来。

因贺敏仁的特殊身份,部队长官不敢擅作主张,请示毛泽东主席,毛的回复是:按照部队纪律和规定,该怎么办就怎么办。为了维护红军严密的组织纪律,团结一切可以团结的力量,争取更大的胜利,贺敏仁被执行枪决。

无论是一个国家,还是一个政党,又或者是一个单位,人人都应该遵守法律法规或者规章制度。当然,学校也不例外。一个单位有了规章制度,如果监督检查不严、落实不到位,那么这个团队的战斗力就可想而知了。

前段时间,我和初三年级级长联合巡查早读(教师到岗情况)时,发现初一级某班早读期间没有老师在岗。刚好校长也巡查到该班,这事儿显得有点严重。对于学校教务管理工作来说,这事儿说严重很严重,上班时间教师不在课堂,把工作不当一回事儿,把学生抛在脑后,当属旷工。针对这件事,校领导要求各年级级长在各自年级开展早读自查工作。

之前,我和工会主席在巡查初二级早读时,偶尔也发现极个别教师早读迟到现象。如果不是太严重,作为初二级驻级行政兼初二级年级级长,一般情况下,只要不是太离谱,我都没找当事人谈话。因为自我担任该年级负责人以来,还没有在正式场合向该年级全体教师宣布过此事,所以即便发现了问题也不便于讲些什么。

本学期中段检测以来,个别教师的确出现了职业倦怠感。也因前段时间忙于应对各种检查,疏于对年级工作的督查。校长对我说,要大胆地开展工作,适当的时候召开年级会议。

11月21日星期一下午,我和初二级驻级行政杨主席一起,利用初二级中段检测质量分析会的机会,在会上明确了初二级全体教师上班迟到早退的事情,班主任要在早读铃声前,到班里巡查学生到班情况,注意学生是否依时上学,尤其是当天有课的教师要特别注意,按时进入课堂。同时也对后阶段工作做了部署,本学期时间紧,任务重,在运动会之后,要加大新课力度,向课堂要质量,全面做好期末复习工作。

11月23日星期三又轮到我巡早读,发现初二级11个班中,有4个班既没有班主任到班巡查学生早读情况,而且早读铃声响过之后,居然还有4名早读课的老师没有按时到班指导学生早读。我站在教学楼三楼,观察发现,分别有1班地理、2班语文、7班语文、9班语文的4位老师早读课迟到。在西中,早读是要算课时和课时费的。

我同工会主席以及校长沟通后,先找二(X)班班主任谈话。班主任不仅要关心学生,也要凝心聚力地把本班科任老师团结起来,共同搞好班级管理工作,为教育作出更大贡献。并通过7班班主任向任教该班语文的W老师转达驻级行政意见,希望有早读课的老师依时到班,先不说提前到班,至少要按时进入课堂。要用心教学,把学生放在心上。

中午在学校饭堂,某班语文老师W找到我,说:"于主任,我今天的心情很不爽,你向班主任投诉,说我没有去早读,我可以找该班45个学生为我作证,我到班看学生的早读了。"

首先,今天早读铃声响过之后,我从四楼巡查开始,巡到三楼某班时,并没有老师在班里。第二,我找班主任谈话,并转告你,不仅仅是提醒你,同时也提醒班主任,要到班里关心学生是否按时到班。第三,给你纠正一个说法,这不是投诉,是工作谈话。

W老师还说:"早上我在教学楼对面看见你在巡早读。主任啊,你不知道,我的脚是受过伤的,你总不能让我跑步上课堂吧。如果我的身体出了问题,你们行政可要负责的。"

语文老师口才真好,围绕这事儿同我讲了很久,就是不愿承认自己早读迟到。

下午,这位老师找我给她批临时外出放行条时,还要在教务处办公室谈起此事。我很严肃地表明了此事的态度:制度面前人人平等,不针对任何个人。你是该年级语文教研组长,本该做好带头作用,今天初二级早读,有四名老师迟到,其中三个迟到者就是语文老师。你作为语文教研组组长负有一定责任,包括你自己也在迟到之列,还在这里纠缠此事,你应该首先反思。如果你确实有事,或者路上塞车迟来,说明原因,这是人之常情,大家会理解的。

由此让我想到怎样对待过错问题。这个话题其实很古老。《周易》中"见善则迁,有过则改",说的是要学习先进、改正缺点。《论语》中"吾日三省吾身",说的是要经常自我反省哪些地方做得不对。陆九渊说的"闻过则喜,知过不讳,改过不惮",也言明了对待过错的应有态度。

古人十分注重改过,王阳明曾在贵州龙场写下著名的《示龙场诸生》,文中以四事相规,其中一篇即为《改过》。在他看来,人皆有过,改过为贤,"不贵于无过,而贵于能改过"。曾国藩写日记,实录劣迹、无情解剖,示之于人、倒逼整改,则完全是一种修身方式。正是靠涤旧生新的决心,近乎苛刻的自律,才使得这位年轻时也曾"满身恶习,举止轻浮"的人,最终为人所景仰。

在《少有人走的路》一书中,有这样一段话:"人生从某种意义上说,是一条自我修行之路,而那些真正让人羡慕的人,都有一个非常重要的品质——自律。"

通过这件事,也让我明白了作为管理者的责任。虽然有了制度,如果监督不到位,制度也只是一个空壳,起不到任何促进作用。作为管理干部,我认为技术上的活儿,只要通过努力,认真研究、肯下功夫,是可以突破的。在教育管理方面,最难做的恐怕就是人的工作了。想要做好管理工作,还得在"选""用""管"上面好好下一番功夫。

2016 年 11 月 26 日　星期六　初稿
2017 年 01 月 12 日　星期日　修订

手机风暴

在讯息十分发达的现代社会,手机成了人们日常生活不可或缺的必备随身物品和通信工具。仿佛学生也不例外,包括中小学生。关于学生带手机上学,成了各个学校管理老大难问题,尤其是初中学生。手机使用得当,将有利于大家网上学习,也方便沟通;若使用不当,或将玩机丧志。

12月8日轮到我行政值日,按照学校行政值日要求,每天上午、下午必须各有一次对全校巡查。巡查包括教学楼、实验楼、功能室、运动场,并对其发生的任何非正常情况,首先要及时处理,其次要做好登记,第三,重大事件马上向校领导或文体教育局领导汇报。

星期四上午第二节课,按照值日要求进行常规巡查。当我巡查到教学楼三层最西边的一间课室时,发现该班语文老师讲课十分精彩,学生听讲也很认真。凭着敏锐的巡查直觉,我发现该班中间倒数第三排一位男生有些异样,他的表情太过执着,引起了我的注意。其他同学的目光全都聚集在语文老师身上,而这位男生却一直低头看着什么。我在前门站了一会儿,目的是提醒学生,但那位男生没有反应。随后,我从后门绕道直接走进课室,站在他的右侧,可他还是没有发现我已经站在他的身旁,依然聚精会神地玩着手机游戏,我看得一清二楚。对郑同学在语文课堂上玩手机游戏,我把他逮了个正着。

中午,郑同学邀请了两个助威的好友一起来求我,希望把手机还给他。还说这是第一次,也是最后一次在课堂上玩手机游戏,手机是用来放学之后联系家长用的。看他态度如此诚恳,还有两个朋友帮他佐证,我几乎"信任"了他们。我让郑同学诚实地写一份检查,让班主任和上午上课的老师签名后,下午放学前来找我。郑同学爽快地答应了。

下午放学时,郑同学拿着写好的检查,在二楼教务处找到我。

我问:检查写好了?

郑答:写好啦。

问:班主任签名了?

答:班主任签名啦。

问:确认是班主任签名?

答:是的。

问:为什么没有科任老师签名呢?

答:语文老师没空。

对班主任的签名,凭我的直觉持怀疑态度。第一,班主任签名的字略显稚嫩;第二,对班主任张老师的笔迹,我是有一些印象的,这个签名与我的记忆不相符。随即,我站在中心广场拨通了班主任张老师的电话。

我问:你对郑同学今天上午在语文课堂玩手机游戏一事知情吗?

张答:知道,上午语文老师告诉我了。

问:郑同学写的检查,你过目没有?

答:不知道。

问:郑同学交给我的检查书上有你的签名,今天你给他签过名吗?

答:没有这回事。

请你马上到中心广场来。我让郑同学站在一边,先同班主任张老师简单地做了沟通。

可以确定,郑同学是冒充班主任签名,企图蒙混过了我这一关。上午两位帮腔的同学,也是郑同学请来的两个"托"。

通过郑同学上午在语文课堂玩手机游戏,中午请"托"帮腔,下午冒充班主任在检查书上签名这三件事综合分析得出,郑同学"不简单"。

针对郑同学的教育,我对班主任提出三点建设性意见:第一,让郑同学充分认识到自己的错误:一是课堂上玩手机游戏,二是冒充班主任签名;第二,即刻与家长取得联系,马上沟通,家校形成合力,共同教育,治病救人;第三,在全班召开关于合理使用手机研讨会,进行深刻的教育,并举一反三。

第二天(星期五)上午,郑同学的母亲来到学校,班主任带着他们母子在教务处办公室等我。在当事学生、家长及班主任共同见证下,首先通报了该事件,随后作出处理意见:一、郑同学慎重地重新写一份上课玩手机游戏检查,由班主任和当天上语文课老师共同签名后,送教务处留存;二、写一份冒充班主任签名检查,经班主任签名,由班主任留存;三、郑同学承诺本学期末考试成绩,由中段检测的413名上升100名至313名为奋斗目标。若达到预定目标,期末结束可领回手机,否则该手机将由教务处代为保管至中考结束,方可取回。家长、郑同学本人以及班主任都同意此处理意见。

作为教师,尤其是领导干部,对学生的教育来不得半点松懈和马虎,要把每一个学生的教育当成自己的孩子来关心去培养。教育无小事,做好教育的每一件小事,都是家国的大事。

教育和管理反思:通过学生在课堂玩手机游戏事件,学校层面要在管理上舍得下功夫,进行深刻反省。问题的出现,不仅仅是学生个体的问题,当堂任课教师也有兼顾不周之责,班主任有管理松懈之漏洞,还有宣传和监管不到位之责,家长给孩子手机时,承诺失信,没有补救措施,家长有监管不力之责。

在教书育人过程中,要做好"四要"工作:一、要对学生进行纪律管理的宣传教育,不仅要教育学生学好知识,更要遵章守纪,共同维护社会公德,遵守公共秩序;二、要适时地给任课教师提个"醒",教师不仅要教好书,更要育好人;三、要对班主任提出更高的班级管理要求,不仅要做好班级管理,更要做好家长工作,争取一切可以为教育奉献的力量;四、要适时召开家长会,充分利用家委会先进模范带头作用的力量,施行家长自制,形成家校共同教育和管理之合力。

临近期末,管理人员要加大监督巡查力度,加强教育管理,提高教学质量,为创建一个良好的学习氛围和教育教学风气,树立一种严格的教育管理正气而努力奋斗!

2016 年 12 月 11 日　星期天　深夜两点初稿

06

尚美篇

奥林匹克梦想

——写在巴西里约第三十一届奥运会开幕之际

奥林匹克运动历史悠久,奥林匹克文化源远流长。我是奥林匹克运动最忠实的拥趸,因《少林寺》和"五连冠"女排精神与体育结缘,因雅典奥运圣火接力传递与奥林匹克文化结缘。

一

结缘体育。

我是一个山里娃,却很想知道山外的消息,也想看看山外精彩的世界。打工和读书是山里娃走出大山的两条捷径。外出打工具有极大的诱惑力,但也有风险,存在不确定因素。读书虽然来得慢,但只要刻苦用功,总会有收获,人生路也会更长更宽。经过反复斟酌,我选择了后者。

20世纪80年代,有一部电影叫《少林寺》深深地影响了我这个带有血性的山里娃,还有一种叫"五连冠"的女排体育精神感染了我。因为身高原因,我从一个10项全能田径运动员改练武术。在中国功夫这条道上,我玩过刀枪剑棍,习过长拳、南拳,练过太极、八卦,上拳台打过擂,拜过民间师傅,跟过大学教授。赛场上,我努力了,拼搏了,披过金也斩过银。

因为体育,圆了我的大学梦想!因为体育,我收获了爱情!因为体育,我的生活变得阳光灿烂!

二

奥运数字。

世界上总有一些事儿,不是意外便是巧合。我与国际奥林匹克日(6月23日)就是其中之一。我的儿子就出生于第50个奥林匹克日,这是伟大的奥林匹克送给我的一个惊喜!

儿子随我练习了几年中国功夫,他也十分喜欢体育运动,譬如篮球、乒乓球等。他没有走上体育这条道儿,也许以后会,但在数学这个领域,却有着他的一亩三分地,做父亲的不好过分强求。

我的儿子出生后两年,千禧龙年的6月9日,我的女儿来到这个世界。四年后的6月9日,我在中国的首都——北京,传递了来自希腊雅典的奥林匹克圣火。幸运的天平倾向于我这一边,这是伟大的奥林匹克送给我的一份厚礼!这些数字和数字背后的故事,我没有刻意去追求,也刻意不了,一切随缘。冥冥之中,我与奥林匹克有缘。

三

有缘奥运。

从我懂事儿起,一直关注奥运会至今(2016年)已有三十二年历史。但真正走上奥运会大舞台,是在2004年希腊雅典奥运会。传承了一百多年的,现代奥林匹克圣火,首次真正意义上来到中华大地,我在中国的首都——北京,传递了第28届奥林匹克圣火。预定传递时间是6月8日,但那一天恰逢中国的"高考"日,在征得雅典奥组委同意后,圣火传递顺延一天。6月9日,在北京举行了盛大的雅典奥林匹克圣火接力传递活动。

在北京的148名火炬接力传递手中,我有幸作为中国传统体育项目——武术的代表,参加了神圣的奥林匹克圣火接力传递。从日后对148名火炬手的职业分析来看,我很喜欢对我原武术运动员这个定性。其实,我还有一个更加确切的身份,那就是中国体育教师。

体育就是要让大家身体健康,精神强大。我热爱生活,对体育充满激情。虽然,我没能走上奥运赛场,为祖国赢得荣誉,但我在奥林匹克文化这条大道上辛勤地耕耘着。

当奥林匹克圣火接力传递结束之后,为了对奥林匹克运动的敬重,对奥林匹克文化的传播与弘扬,我分别出版了有关奥林匹克作品,如《平民火炬手》《奥林匹克圣火之旅》,在《体育休闲》杂志发表过散文。

顽强拼搏、健康向上的体育精神催化着我,无形中也带动了我身边的人,热爱体育、参与运动、享受阳光、崇尚健美。

四

文化奥运。

古代奥运会从公元前776年起,到公元394年止,经历了1168年,共举办了293届。现代奥运会从1896年开始,至今经历了120年,共举办了31届,其中第六、十二、十三届奥运会因第一、二次世界大战暂停。

奥林匹克运动起源于古希腊,奥运会体现的是西方文化精神,但是随着现代奥运会在世界五大洲的发达国家和发展中国家轮流举办,同时也融入了各民族优秀文化元素,奥林匹克文化正逐步迈向世界大同格局。

2016年08月06日　星期六　清晨

2018年暑假 于湘在自家南书房阅读

伟大的胜利

对关注奥运会比赛，尤其是关注女子排球比赛的人们来说，这是一个伟大的时刻，这是一场伟大的比赛，这是一种伟大的精神。里约奥运会第十五个比赛日，中国女子排球队对阵塞尔维亚女子排球队，中国队以3比1的战绩，逆转欧洲新秀塞尔维亚队，获得巴西里约奥运会女子排球比赛冠军。在前面的比赛中，中国队分别以2比3输给荷兰，以3比0战胜意大利，3比0拿下波多黎各，以0比3负于塞尔维亚，以1比3输给美国，1/4决赛以4比3战胜东道主巴西，半决赛以3比1掀翻荷兰。中国女排是竞技舞台上一张靓丽的国家名片，成为无数国人励志的榜样！

作为曾经的运动员，中国女排精神对我的影响太大了，20世纪80年代的"五连冠"女排拼搏精神，伴我在体育这条大道上一路前行，凯歌高奏。

作为教师，尤其是体育教师，中国女排精神给了我们太多正能量，她们的拼搏精神是最好的教材，她们的人格魅力是最好的榜样。

作为教育管理者，中国女排的团队凝聚力给了我们许多启迪，让我们找到自信，有了通往成功之门的钥匙。

从1984年的洛杉矶奥运会冠军到2004年的雅典奥运会冠军，中国女排用了20年；从2004年的雅典奥运会冠军再到2016年的里约奥运会冠军，中国女排用了12年；32年间，中国女排成就了奥林匹克运动三冠王。时光流逝，世事沧桑。三十多年来，女排姑娘们有过成功登顶的荣誉与辉煌，也有过跌入低谷的徘徊和迷茫。而作为曾经的五连冠女排主力队员，今天中国女排的主教练——郎平，是当之无愧的女王。

伟大的事业需要伟大的中国精神，伟大的征程需要伟大的中国力量。"女排精神"影响了一代又一代人，已上升为国家精神、民族精神。

随着绚丽的桑巴舞闪亮登场,第31届夏季奥林匹克圣火在雨中缓缓熄灭。中国以26金、18银、26铜的优异成绩排金牌榜第三名。中国代表队展现了追求卓越的意志品质和昂扬向上的精神面貌,为祖国和人民赢得了荣誉。

2016年08月22日　星期一　晴

2015年08月08日　西区代表队
在中山市第七届运动会广播体操比赛中获特等奖

2008年06月16日　在重庆传递北京奥运会圣火时同部分火炬手合影留念

市运会故事

曾经梁启超先生《少年中国说》之"少年强则国强,少年雄于地球则国雄与地球"深深地震撼了大巴山南麓那位小个子男孩。我从小立志,要"强健体魄、淬砺身心、磨炼意志、报效家国"。体育运动成了我人生奋斗的不二选择。

1919年,伟大的教育家蔡元培先生提出:"完全人格,首在体育。"体育运动与我有缘,就好似白云遇见大山,仿佛注定一般。体育运动已成为我生命中最重要的组成部分。我的运动兴趣十分广泛:田径、篮球、足球、网球、游泳、跆拳道、拳击、广播体操、武术套路和散打等等,其中,中国功夫最具代表性。

曾经,我有过几次登上奥运会舞台展示的机会,但从未涉足过奥林匹克运动竞技场。我参加市级运动会,要追溯到26年前的1990年。那一年发生了亚洲的体育盛事,第十一届亚洲运动会在中国北京隆重举行。也是那一年,正好赶上了我们县里的运动会。

当时我的老家——巴中,还是一个隶属于达县地区(现今的达州市)的县级市。我代表茶坝区连续参加了两届运动会。田径乃"运动之母",我的参赛项目是男子十项全能,同时也获得了1500米跑单项冠军。运动会让我这个山里娃开阔了视野,长了许多见识,我亦有了更高的人生目标。茶坝区代表队当时的教练是我的体育老师张天成。

1992年我代表巴中武术散打队,参加了达县地区的散打比赛。我是队里的主力队员之一,获得团体第七名。巴中代表队当时的教练是我的武术专业老师胡竣森。那一年我坚定了要突围大巴山,考大学的决心。

1993年秋天,我进入大学之后,参加比赛的级别和档次比市运动会高了许多。随着比赛级别的提升,我的运动成绩亦突飞猛进,理论水平在专家们的指导下得以大幅提升,并获得了"国家一级运动员"称号。我的武术专业技术导师是周直模教授,武术理论导师是程大力教授(现为华南师范大学博士生导师)、习云太教授(全国武术九段,新中国十大著名武术家之一)。

1997年深秋,我到广东中山工作之后,角色发生了改变,由曾经的专业运动员蝶变成了多功能型体育教练员。1998年5月我带队(香山少儿体操队)参加中山市迎省运少年广播体操比赛获得一等奖,由此开启了我在南粤大地的体育执教之路。5月27日《中山日报》总第1245期"校园内外"栏目,有记者黄春华对我的摄影报道。这是我人生第一次上报纸。

2001年中山市举办第四届运动会时,我刚到西区稳定下来,没来得及组队,也不知道西区的体育竞技水平在全市的状况。因为对体育的那份执着与热情,我独自一人乘公交车前往中山市兴中道体育场观摩市运会。不去不知道,现场观摩后才明白,西区体育竞技水平在全市二十四个镇区中,排名垫底。对于一名有志于基层体育教育工作者来说,我却看到了希望,也因此有了奋斗目标。那次现场考察或者是调研,给了我日后在第二故乡的工作和生活积蓄了无尽的力量。

四年之后的2005年中山市第五届运动会时,我组织了武术套路代表队,代表西区参赛,赖智凰获得女子刀术第五名,阮洁楣获得女子枪术第六名。那一届市运动会的开、闭幕式,在兴中道体育馆隆重举行,我被推选为西区代表队旗手。第一次担任旗手,感觉十分荣幸,但更多的却是一份责任、一份担当。

又四年之后的2009年中山市第六届运动会时,我组织了武术散打队和拳击队,代表西区参加中山市运动会。我的队员邓志东、杨伯伦分别获得各自级别的金牌和铜牌。第六届中山市运动会的开、闭幕式,在兴中道体育场隆重举行,我再次被推选为西区代表队旗手。当我高擎着西区体育代表队大旗,行进在偌大的体育场时,那种自豪感,非亲身经历而无以言表。

再过了六年之后的2015年中山市第七届运动会时,作为学校教育中层管理者,我不仅亲自带队出征市运动会,还策动了一帮教练员组队,为西区的体育荣耀而战。那感觉就好比为西区的中考体育荣誉(连续五年持续上升)而战一样,各尽其职,各负其责。我们的队员林海龙、梁嘉豪、黄泽弘等分别获得拳击、散打比赛各自级别的金、银、铜牌,实现了我的中国功夫队员代表西区参加中山市运动会各项目比赛奖牌大满贯的夙愿和梦想。运动员证明了自己的实力,实现了自己的人生价值;教练员兑现了自己的业绩,达到了预期目标;组织者完成了选材和组织工作。人们发明竞技体育就是为了愉悦身心。

2015年8月8日,当我端端正正地坐在中山市第七届运动会(机关组、镇区组)全国第九套广播体操比赛裁判长席,冷静、轻松地为大会公开、公正、睿智地裁决时,当我站在中山市2015"全民健身日"活动中心会场总指挥台,现场调动各代表队汇报演出时(广东卫视体育频道直播),或许这就是我多年所期待的,为之而努力奋斗的,为西区体育荣耀而战的经典时刻!

  我的青春就在第二故乡的这无数个四至六年的体育竞技比赛的轮回中,被无情地慢慢消逝。我得到了什么?奉献了什么?我的弟子接纳了多少?无法用年轮去丈量,更无法用数字去计量。

  人生就好像体育竞赛,要一场一场地拼。每一回淬炼都是心志的成长,今天的挫折就是明日成功的起点,胜利终将眷顾有充分准备的人!

2015 年 07 月 21 日 星期二 初稿

2015 年 07 月 10 日 学生林海龙(左)梁嘉豪(右)
在中山市第七届运动会拳击比赛中分别获得各自级别的金牌和银牌

2018年8月·广东肇庆　林海龙代表中山市
在广东省第十五届运动会拳击比赛中获得64公斤第一名
林海龙的启蒙教练于湘　市级教练马森　省级教练于升东

2009年07月16日在中山市第六届运动会散打
比赛中邓志东(前右一)获得冠军

第三十个教师节

这个日子很特别,对于教师来说很重要,属于一个群体的节日。新中国第一个"教师节"自1984年开始延续至今已三十个年头。古时候教师(或称师傅)是有牌位的,美其名曰:天、地、君、亲、师。

习近平主席在庆祝第30个教师节之际强调:百年大计,教育为本。教育大计,教师为本。国家繁荣、民族振兴、教育发展,需要我们大力培养造就一支师德高尚、业务精湛、结构合理、充满活力的高素质专业化教师队伍,需要涌现出一大批好老师。教师要做有理想信念、有道德情操、有扎实知识、有仁爱之心的好老师,为发展具有中国特色、世界水平的现代教育,培养社会主义事业建设者和接班人作出更大贡献。

这个节日让我想起前段时间看了《浪淘尽——百年中国的名师高徒》书中的一段话:

"教师对于学生的影响,很大程度上靠人格魅力,并以自己为榜样,言传身教,如春风化雨,润物无声。"今日的教师,有多少人做到了,又有多少人能够做到?

对于学生而言:"一个人的人生走向和成熟,很大程度上取决于年少时遇到什么样的老师,受到了怎样的教育和影响。"央视著名节目主持人白岩松先生曾说:"一个孩子能否健康成长、不厌学习,是否养成良好的习惯,是否自信,真正的关键,是你最初遇到了怎样的老师。一路上,你所遇到的老师,从某种角度说,决定了你的一生。"

最近网络流行一个关于教书的段子十分有趣,算是自娱:教书是一场暗恋,你费尽心思去爱一群人,结果只感动了自己;教书是一场苦恋,费心爱的那一群人,总会离你而去;教书是一场单恋,学生虐我千百遍,我待学生如初恋;教书是一桩群体恋,通过你的牵线搭桥,相恋成片,老师却在原地一成不变。

<<< 06 尚美篇

2014年09月10日 星期三 晴

2016年03月07日
《书适人生》讲座(总第二十九讲)在中山市三乡镇平岚学校开讲

2018年03月24日 于湘在中山市体育教师第十四次读书分享会分享 黄飞摄

219

价值几何

前段时间听一位火炬手朋友说,想把他在 2008 年北京奥运会亲手传递过的祥云火炬"转让"。我问他为什么要卖?他说放在那里也没什么用,换点现金装修房子。听过这则信息之后,我的心却有一种莫名的痛。

2008 年中国举办的第二十九届夏季奥运会已经过去八年了,可能很多人的记忆已经渐渐的淡忘,觉得那已经成为"过去式"了。我们常说,回顾过去才能展望未来。大家是否还记得,那是现代奥运百年来,中国首次举办奥运会。当奥林匹克圣火在希腊雅典采集并传递开始,中国成为全球关注的焦点,传递之处,万人空巷……

有人说不就是一个运动会吗,何至于此?不对,这不仅仅是一个运动会,还有和平、友谊、团结、公平的奥运精神。近百年以来,中国饱受欺凌揉虐。于外,被别人瞧不起;于内,自己也不够自信。但是每一个中国人的心中都有一个梦想:渴望和平、渴望公正、渴望站起来!

2008 北京奥运会圣火,点燃了中华民族的激情,鼓舞了人们的精神、增强了大家的信心、唤醒了我们心中的梦想。主火炬台被李宁点燃的那一刻,中华民族的**精神烈火被点燃**……

奥运过去了,圣火熄灭了。可是,我们心中的激情,我们民族的梦想也熄灭了吗?人因梦想而伟大,只有梦想才能让一个人、一个国家、一个民族走得更远,才能够走向兴盛……

中国梦给予每一名国人前行动力,中国正走向复兴崛起之路。中华民族必将**恢复伟大兴盛**,因为这个民族从来都是在这五千年人类文明史中最文明的民族。只是在这一百多年间,我们落后了一点点。21 世纪是中国人的世纪,中华五千年来古圣先贤留给我们的智慧结晶不但可以让我们伟大复兴,更可以让我们引领世界文明。现在仅仅是开始,我们心中的梦想就熄灭了吗?

庄子曰:"薪火相传",就是讲一种精神的传承。作为一个国家、民族,需要精神的传递,代代相传,永垂不朽。这一份精神靠谁来传递?天下兴亡,匹夫有责,人人都有责任。话虽如此,但是真正扛起责任的是那些民族的仁人志士、国之栋梁、精英骨干。

2008年北京奥运会圣火传递,作为奥运历史以来传递距离最远,参与传递人数最多的一次,前无古人,或许也将后无来者。这是具有破世纪、划时代意义的伟大历史时刻。两万多名火炬手,是奥委会和这个国家推选出来的各行业的精英。作为民族精英,每个火炬手都有将中华民族的激情梦想薪火相传下去的责任和义务。不应该仅仅停留在奥运会,或者仅仅是一个仪式,而应该尽其一生,将中华民族伟大复兴作为己任,弘扬并传承下去……

中国的梦想就是老百姓的梦想,就是千千万万家庭的梦想。家庭更需要薪火相传,古人讲家风传承,祖德流芳。家风传承在华夏文明中是非常重要的。每个地方都有独特的家族传承方式,不变的是精神的薪火相传。正如台湾歌手包美圣在"那一盆火"中唱:大年夜的歌声在远远的唱,曾经是爷爷点着的火,曾经是爹爹交给了我,分不清究竟是为什么,爱上这熊熊的一盆火……今天的我们怎么样,决定了后代子孙的结果。家风的传承不仅仅是物质的继承,更有祖祖辈辈精神的传承,是家族荣誉、使命的传承,是祖先德行的传承……

作为代表行业精英的2008年北京奥运火炬手,曾经见证、参与点燃民族激情,传递中国梦想的历史时刻。火炬手们更应该参与、传递、弘扬并实现中国伟大复兴的历史使命。若干年后,中国真正实现了伟大复兴的民族梦想,我们可以对我们的子孙说,我参与了这一伟大的历史时刻,不辱使命,肩负家国,希望后世子孙也能传承家风,发扬光大,能做行业精英、国之栋梁。

甚至,当我们离开了,我们曾经参与传递,跟我们一起见证了那划时代历史时刻的祥云火炬,还在家族中代代相传,述说着那一份祖先的荣誉和精神,成为后世子孙的荣耀与薪火……不然,我们留给后世子孙什么呢?

或许,你亲手传递过的火炬因某种原因变卖了,然而,你卖掉的可能不仅仅是火炬,恐怕还有精神。岂不让人感叹,感慨!火炬的价值岂能用金钱去衡量?你亲手传递过圣火的祥云火炬,是你的子孙代代薪火相传的见证。这份精神与荣耀留给你的后人,比祖传有价的翡翠宝玉更有意义。

我第一次传递奥林匹克圣火的时间,比中国首次举办夏季奥运会的时间还早

1520天，火炬对于我和我生活的这座城市显得弥足珍贵。市档案馆曾几次提出要珍藏，也有人出高价想要收藏，但家人不允许，我也没有捐献或变卖火炬的计划。那支我第一次传递过圣火的火炬，是我在这座城市最高荣耀的见证，是我在体育人生方面最高的奖赏，我要把它留给后人。

2016年11月20日　星期日　晴　初稿

2008年06月15日 于湘在重庆市火炬手接待大会现场留影

2008年06月17日清晨　于湘在重庆市人民大会堂留影

体育核心素养

上午,市直属学校一位年轻靓丽、性情豪爽的东北籍好友在QQ里向我咨询一个问题。"于老师:跟您请教一个问题。您觉得体育学科核心素养是什么?怎样可以落实到我们平时的体育课堂中?"

突然被问到一个十分专业的问题,我一时不知从何说起。不回答又不礼貌,根据我的教学经验,临上课前我回了她一个短信,"我个人认为,体育学科核心素养落实到课堂要有四个关键词:健康、健美、合作、拼搏(考核)。大家参与运动的主要目的首先是为了健康,第二是精神层面,那就是健美,第三是交流层面要合作,第四层面是最高境界,通过游戏或比赛体现拼搏精神,实现自我追求的目标。"

关于这个问题,我问办公室一位非体育专业的历史老师,他说:让学生学到一些终身锻炼技术和训练方法。

上课期间,我把这个问题抛给了八年级的学生。我问:你们心中的体育核心素养是什么?你们想在体育课上得到什么?

一位男生(优等生)回答:我认为体育核心素养,体现在精神方面,那就是永不言败的拼搏精神;我想在体育课中提高身体素质,特别是掌握跑步的技巧和提高跑步速度,除了常规训练外,我希望老师一学期能给我们一到两节真正意义上的休息(躺在草地上,看看蓝天,呼吸新鲜空气式的)。

一位女生(班长)回答:我认为体育核心素养,是加强班级团队凝聚力;我想通过体育课的训练,掌握一些技术动作,中考体育能够拿满分,我本人特别喜欢羽毛球。

古希腊有一句格言:

如果你想强壮,跑步吧!

如果你想健美,跑步吧!

拥抱阳光：我和体育的故事 >>>

如果你想聪明，跑步吧！

2016 年 10 月 10 日　星期一　晴　初稿

2018 年 06 月 14 日 中山市教育科研立项重点课题
《中山市中小学校体育管理现状分析及对策研究》
（B14010）结题仪式合影留念

2018 年 06 月 14 日 于湘在中山市教育和体育局办公大楼 619 室
主持《中山市中小学校体育管理现状分析及对策研究》课题 结题仪式

体育具有高度的教育价值

自 2004 年 5 月第一次率领东方武术队，代表西区参加中山市武术锦标赛至今年的"体育彩票杯"武术散打锦标赛整整 10 年。期间经历过三届奥运会、两届市运动会，获得诸多荣耀，夺取过金牌，为冠军欢呼过，也为胜利激动过。

如今，对于比赛我感觉十分淡定，输赢乃兵家常事，更多的是去感受比赛带给我和队员的快乐。有时候，淡定一点反而会收到意想不到的效果。譬如：五月份指导西区广播体操代表队参加中山市第九套广播体操比赛获得特等奖，六月份带领西区武术队征战市散打锦标赛，斩获两个第一名，为西区在第七届市运会又赢得两块金牌。基本功扎实，准备充分，战术合理，心理素质过硬，收获也属意料中事。

在比赛中，黄泽弘、王瑞浩两位队员在赛场上的技术、战术和彪悍的赛风赢得在场观众好评，王瑞浩以绝对优势战胜对手获得冠军，黄泽弘直接 KO 对手称王，两位冠军被体校教练相中。教练找到我，若有可能，有把他们招入体校的愿望。

当我把这个信息传入学校后，学校领导、班主任、科任教师一致赞同，把他们"推荐"到体校深造。

其实，文化成绩差一点、调皮一点的学生未必就是坏孩子。教育不能抛弃他们，好好调教就行。俗话说：三百六十行，行行出状元。只要找准方向，走对路子，人生之路总有光辉的时刻。教师对于后进的学生就好比，你手上生了一个疮，流脓、流血水，你能把手砍掉，抛弃它吗？回答是肯定的，不能。你要给它洗涤、敷药、包扎，因为这是你的手，你要爱护它。

如果通过体育比赛，能够转化一批后进生，如果通过我的身教，能够感化一批问题学生，把他们引入属于他们的天地，这对于教育和体育工作者来说，是一件幸事，也是一件多赢的大事。作为教练，当有发现人才、选拔人才、培养人才、推荐人才的责任和义务,我当尽力促成此事。

现代奥林匹克之父皮埃尔-德-顾拜旦说:"体育具有高度的教育价值,是人类追求完美最重要的因素之一。"

2014年06月09日

2003年08月28-29日
在中山市首届社区文化艺术节知识竞赛中获得银奖(作者在后排左三)

2007年7月　在中山市第三届合唱节比赛中获得金奖(作者在第三排左三)

阅读与消化

每天晚上睡觉前,我都习惯地读一会儿书或者是听一段故事。因为从书或者故事中,让我懂得很多道理。我曾经把这个习惯,多次讲给我的学生听,希望大多数人都可以养成阅读的习惯。其实,读书并没有那么多的功利,我觉得只要你的心静得下来,打开一书本,即使你看不进,它也会让你的心沉静下来。

肖建国老先生认为:读书可以让人在纯净的精神世界里享受自由,消解社会人际交往中的污染和毒化,排开纷繁世界的干扰与烦忧,保存一份对世界的真诚、对文学的激情。

我不太喜欢电子阅读,却更中意纸质的油墨香味,因为用双手捧着书的那种感觉让人踏实。我读过的书有自己的味道,一般不送人。有一次,我的一位知音式领导想要我读过的胡适先生的《四十自述》,却让我犯了难。因为我读过的书,没有不被圈圈点点过,甚至有激情点评或者有我当时的感悟文字。我觉得送给别人的书,应该是干净又整洁的,于是,我买了一本新书送给他。

送我写的书给别人,我也总要认认真真地签上名,免得对方还要费口舌,索要我的签名。然后双手呈给对方,不管对方有没有翻开过我的书,我都会礼貌地附上一句:"谢谢你的阅读,承蒙赐教!"

汉代刘向有言:"少儿好学,如日出之阳;壮而好学,如日中之光;老而好学,如秉烛之明。"如今,我正值壮年,好好读书、好好学习自在情理之中。读书之后,发没发光,产生了多少热,服务了多少人,我还没有认真思考过。

现在很多教书的人不读书,即便是读,也懒得读纸质的书;很多教师只管教书,却懒得育人。这样缺德的教育工作者,太过于功利,实在可怜。

星云法师说:"现在的学校会教学生很多知识。知识本身是很好的东西,但是就像人吃太多好的东西会因消化不良而得病一样,知识学多了,如果不消化也会生病。"

近几年,我发现学生萎靡不振,缺少活力,这或许跟学校教学一味地给学生灌知识、灌学问有关。学生早上起得早,晚上睡得少;中午老师抓着补,课堂老师拖着学;考试科目挤杂科,体艺活动又不多。长此以往,"消化不良",我们的教育真的会出大问题。

于丹教授说:"知识的'知',加上病字头,就是'痴'。现代社会中,很多人不是缺乏知识,而是知识太多,没有消化,所以才出了问题。"

其实,我成(著)书的目的就是把曾经经历过的活动,学到的知识进行溶解、过滤、消化。反刍之后,把它转化成具有己见的作品,之后又背着空空的行囊继续前行,积累、沉淀再释放。如此反复,这样,我脑子里装的知识便鲜活起来,有了生命力。

书,是个好东西。它不仅滋润人的心灵,还涵养人的德行。很多人家都有书房或者书柜,柜中藏有各大名著或者名家畅销作品。我家的书柜也不例外,但我家书柜里,不仅有他人作品,同时也藏有我自己编撰的作品。

书,为我静谧的书房,平添了几多亮点。

2015 年 05 月 27 日　星期三　晴

2017 年 12 月 15 日(星期五)晚上在中山市优渥英语三楼会议室
参加中山市体育教师第十一次读书分享会"如何挤时间成就伟大的作品"

激情与动力

人的一生需要一些有激情燃烧的日子,人生才会鲜活起来。有些激情,需要靠内动力驱动,才能被激发出来;有些激情,则需要他人的激励或刺激,才能够爆发。

我的人生曾有过激情燃烧的岁月。记得第一次参加奥林匹克圣火接力传递时,就是靠内动力的驱动完成的。因为我对体育的执着与念想,不小心成了这座城市的宠儿,被众多媒体和人们关注与关心。

在我成为这座城市传递奥林匹克圣火第一人时,李杰强先生已经是这座城市参加奥运会(1984年洛杉矶奥运会田径项目)比赛第一人。在我之后,梁贵华先生成为这座城市第一个获得残奥会自行车比赛金牌选手。

中山历来就有"敢为天下先"的传统。能够成为这座城市的第一人,总会被人们记住并载入史册。我这个普通得彻头彻尾的体育教师也不例外。因为首擎奥林匹克圣火的缘由,我曾多次上过媒体头版头条。接受过市长接见,上级主管部门还因此为我举办过大型报告会、庆功宴会,受到过隆重的表彰。

我的人生没有因为这些光环而停滞不前,我的自信反而增强了。当我积攒下一些故事之后,心中便有了出版著作的梦想。十年前,当我的某位上司知道我有这个愿望后,他用双手怂了怂自己的深色眼镜,不紧不慢地说:体育老师出什么书? 我们这里还有研究导弹的专家呢!

虽然我是搞体育出身的,但新时代的体育教师决不能被人看扁。自那以后,我对阅读、写作更感兴趣了。那个阶段成为我写作的第一个高峰期,阅读的第二个高峰期(大学是我阅读的第一个高峰期),一有时间,我就钻进书房看书、写作,许多稿子都是在夜深人静的时候,在键盘上轻轻地敲出来的。

在生活中,我十分欣赏和佩服那些有故事的人。有故事的人,大多热爱生活。

而热衷于记录故事的人,大多是有思想、勤思考的人。有思想的人,多数酷爱阅读。诚然,读书多了,就有见地和人生思考,容易出作品。有著作的人,极易流芳于世。

　　这个世界从不缺乏励志故事,人间不断涌现奇迹。日本作家柴田丰女士活了101岁。92岁时,在她儿子的鼓励下开始写诗,98岁时出版诗集,并成为畅销书。柴田丰奶奶的故事告诉大家:想要做成一件事儿,什么时候开始都不迟,关键是要付诸行动。

　　"激励"是动力,"刺激"也是动力,就看你的内心怎样去定位。有些"恶语"有可能成为你走向成功的号角。人生像是大海的波浪,起风的时候,波浪滔天,一浪高过一浪;风停的时候,波浪消逝在沙滩上。人,要遵从内心的选择,感恩那些曾经激励和被自己激励过的人。动力本无力,有了驱动,必将产生巨能!

　　诺贝尔文学奖得主阿列克谢耶维奇女士的一句话,照亮了人们前行的足迹:"也许我们的记忆力会减退,但灵魂会记住一切。"

2017年01月01日　星期日　晴　初稿
2017年12月31日　星期日　晴　修订

中国梦　社区美
2013年12月27日 作者在全国社区网络春晚录制现场接受采访

茶如人生

"万丈红尘三杯酒,千秋大业一壶茶。"喝茶,喝的是一种心境,感觉身心被净化,滤去浮躁,沉淀下的是深思。茶是一种情调,一种欲语还休的沉默,一种热闹后的落寞。

茶如人生,淡中有味,虚怀若谷,怡然自得。人生就是一本书,谱写出成功与失败,幸福和快乐。人生必有一知己,无话不谈,无话不述。人生何求?一茶、一书、一知己。

一

茶。

人生就像一碗茶,不会苦一辈子,只会苦一阵子。

人生该怎么走,在于自己的选择,就像喝茶一样,要慢慢地品味。我偏爱成都的盖碗儿茉莉花茶、青城山的苦丁茶,坐(躺)在竹椅上,用手轻轻揭开碗盖,嘟嘴吹茶,水蒸气缭绕下的花香和碗里茶叶的舒展,那是一份惬意与逍遥,颜色由清变浓,由浓转淡,如果不想换茶叶,直到喝出纯净水的味道。

一碗花茶就像一个大千世界,每片茶叶好似红尘中的芸芸众生。人赤裸裸地来到这个世界,怎么过都要有些意义,体验、感悟、品味、感恩,关键在于你如何选择……

二

书。

茶书益友,茶与书有不解之缘,茶能醉人,书能醒人。

茶醉之人,在于茶韵里愈加显得飘逸而脱俗;书能醉人,人在书中愈加显得清纯而豁达。在书香茶韵中潜入心扉深处,抛开浮华躁动之心,以坦白真诚之心记录自己曾经经历和感悟的故事,阅读一篇让人难忘的文章。

每一个人都是一部百科全书,谱写人生的酸甜苦辣咸、成功与失败、幸福与悲伤、曲折与坎坷、经验与阅历。

三

知己。

爱人可遇不可求,知己可求不可遇。

人的一生终有不完美,需要一位可以无话不谈的知己。可以是同性,也可以是异性,可以心心相印,能理解你、宽容你、认同你、牵挂你。彼此欣赏、彼此倾慕、彼此关注,能给你无穷力量和勇气,会分担彼此的快乐与痛苦,能分享你的感动与幸福,从而能让彼此生活得更自在、更快乐。

2012 年 08 月 09 日　初稿
2016 年 09 月 25 日　修订

2018 年 02 月 12 日　同大哥于吉华在青城山道教学院合影留念

味　道

人们常说,厨房的味道能体现一个家庭的和谐与这个家的温馨。我亦感同身受。

小时候,记忆中厨房的火是旺旺的,厨房的灯是亮亮的,厨房的味道是香喷喷的。父亲总是把灶膛里几口锅的火烧得亮堂堂的,母亲在厨房忙前忙后。我和妹妹提着煤油灯跟在母亲身前身后转,一会儿端着瓜瓢在米缸里取米,一会儿端着盘子在腌菜缸里抓咸菜……

最开心的事儿是看母亲炒瓜子、焙花生。母亲在翻炒瓜子的过程中,会随时用勺尖分给我们几粒,美其名曰"看看火候"。小孩子哪能够看出火候呢,母亲知道我们的眼睛盯在锅里,心里想的是什么。贪吃是所有孩子的共性。

炒瓜子的火要适中,不能够烧得太猛,也不能够太小。火烧得太猛,瓜子壳很快就焦了,但瓜仁还不熟;火烧得太小,炒出来的瓜子绵绵的、不脆。只要家中遇上炒瓜子的时候,我们一定会吃上大餐,也是我和妹妹最期待、最高兴的时刻。因为当时我们家,只有逢年过节或者家里来了贵客时才会炒瓜子、焙花生。如今,家里随时备有零食和水果,而且中西佳果皆有,相对我小时候而言,现在天天像过节。

母亲在厨房里蒸、炒、炖、炸、凉拌样样皆通,炸的酥肉香脆可口,蒸的包子香飘几里远,父亲的同僚和战友大多享受过母亲的厨艺。父亲对做面食有过研究,做的擀面,韧劲十足,炕的锅盔,咀香有味,酒壶里的酒,温润醇香。菜如人生,酸甜苦辣咸,都得品尝,咸了要减盐,或者要加水,苦了要添糖,或者苦又何妨。

我上高中一年级那年秋天,父亲因胃癌仙逝,离开了我们。家中的"顶梁柱"倒下了,我这根"幼柱"太稚嫩,还撑不起这个家,很长一段时间,老家千丘塝厨房里灶膛的火没有旺起来。我高中毕业之后到2014年的二十多年间,很少回老家。

因为工作原因,我在南方安了家,母亲随我们一起生活了很长一段时间。老家由我的妹妹打理。后来,我的妹妹随妹夫去江苏常州打工,老家的房子空了近二十年,在那期间,我的妹妹委托小叔帮忙打理。一直到2014年,妹妹一家才回到老家。

随着地理位置的调整和生活条件的改善,现在我家厨房里飘出来的味儿也不一样了,除了熟悉的川菜味还有新鲜的海鲜味儿。中国八大菜系(鲁菜、川菜、粤菜、闽菜、苏菜、浙菜、湘菜、徽菜)中,我们家独占两味(川菜和粤菜)。麻辣味和鲜味儿想要融洽、和谐相处则需要时间的催化,需要慢慢地调制。

随着时间的推进,太太把我从懵懂的男孩儿变成了睿智的男人,孩子把我升格为父亲。随着角色的转变,责任与担当演变成了顺理成章的事儿。家里的灯亮不亮、厨房的火旺不旺、餐桌上的味道香不香,家里的"顶梁柱"很重要。

2017年02月14日　星期二　晴
2017年07月18日　星期二　雨

2017年01月25日　陪母亲在酒店吃早餐

名山行之峨眉山

峨眉山位于四川省乐山市峨眉山市境内,介于北纬29°16′－29°43′,东经103°10′－103°37′之间,为邛崃山南段余脉,自峨眉平原拔地而起,山体南北延伸,绵延23公里,面积约154平方公里,主要由大峨山、二峨山、三峨山、四峨山四座山峰组成。峨眉山是中国"四大佛教名山"之一,地势陡峭,风景秀丽,素有"峨眉天下秀"之美称,山上的万佛顶最高,海拔3099米,高出峨眉平原2700多米。

孩子说:老家四川有许多自然美景,我们只是在书本上了解过,很想去领略领略家乡的大好河山。作为家长,在时间和荷包允许的情况下,我也想满足大家的要求和期待。孩子都长这么大了,今年才是第三次回四川老家。回老家次数这么少,责任在我这个当家的。

其实,只要大家愿意回老家,我都会极力准备,每次都有一些收获:第一次回老家时,我们参观了巴中南龛摩崖造像(唐代)、川陕革命根据地博物馆、将帅碑林等;第二次回老家时,我们下成都、上都江堰、登青城山,品蓉城名小吃,看世界级水利工程,享青城天下之幽;第三次回老家时,我们专程到乐山瞻仰世界第一大坐佛、上峨眉山玩雪赏秀。

这是我第二次登上峨眉山。记得大学二年级时的1995年五一节期间,我和恋人(现在的夫人)一起去乐山大佛景区和峨眉山风景区游玩过,在金顶观日出、看云海,在猴区同"齐天大圣"的后代们嬉戏并合影留念。时隔22年后的2016年寒假,带着我22年前的女友和现在的孩子们,前往乐山拜佛还愿,并登上了白雪皑皑的金顶。原计划我们要乘车坐索道上山赏雪、步行下山看猴群的,但因大雪封山,为了安全起见,我们只有乘坐大巴车和索道上下山。

孩子们第一次亲抚白雪,那种激动与兴奋是发自内心的、真诚的、自然的。其实我也有20多年没有见到过这皑皑白雪,心中既有激动也有感慨。山,还是那座山,人的数量却变了——数量增加了。我们将渐渐老矣,孩子们却正在健康快乐地成长。登山耍的是心情——怡情,赏雪玩的是故事——堆雪人。

　　这次峨眉之行,山上云遮雾罩,想要极目远望也就百米左右,皑皑白雪下的峨眉山,少了些许秀色(峨眉天下秀),却多了几分妩媚,这让我想起南宋辛弃疾《贺新郎》里的句子:"我见青山多妩媚,料青山见我应如是。"

2017 年 02 月 17 日　星期五　晴

2017 年 01 月 24 日　同孩子们在峨眉山金顶合影留念

名山行之九黄

因为四川特殊的地理位置,多名山大川,像九寨沟、黄龙景区就是其中之一。这几年,我们的生活有了向好的方面发展的趋势,日子显得惬意。丁酉鸡年春节期间,我和孩子们去了乐山瞻仰大佛,上峨眉山金顶赏雪。暑假期间,我和女儿又去了成都(武侯祠、锦里)、九寨沟、黄龙等名胜景区。

我的老家巴中,距离九寨沟5A级景区不算太远。在这之前,我只是听说过那里很漂亮,但从没有去九寨沟和黄龙风景区旅行过。以前,经济条件不允许,外出旅行成为奢望,后来,有了一定经济基础后,可时间又不允许。在我身边工作的许多朋友,都去九寨沟、黄龙景区游览过。每当他们聊起去九寨、黄龙的旅游经历时,我都有一种跃跃欲试,想要放下身边的工作,立刻去旅行的冲动。这个愿望,在2017年暑假得以实现。

能够成行九寨、黄龙之游,基于两个原因:一是,当年暑假,我的母亲在省城成都治疗眼疾,想去看看她老人家,给她力量,送去温暖,手术不算大,很顺利,所以我也轻松许多;二是,当年是我大学毕业二十周年,本有计划要回去成都逛逛武侯大街、看看老师、与同学聚聚的愿望。

事由凑巧,在我们父女俩启程飞蓉城前,我的大学师兄林佳东一家,也从浙江杭州同一天前往成都。我们在成都的日子很嗨,有同学聚会,也有师兄弟相聚,把酒话往事,提壶问明朝。二十年,弹指一挥间,变化太大了。有的财源广进,像刘小利、林木、苟小杰等;有的官运亨通,像吴青山、陈益智、李先建、李勇健等;还有的正行进在囧途,像尔等便是。

我在武侯大街闲逛了好长一段时间,想找找当年从体育学院东门往武侯祠的那条小水沟,嗅嗅当年的味道。可是,水沟不见了,小水沟右侧的那排茶馆儿也没了,南郊公园的牌坊还矗立在那儿,可名儿没了,当年的小吃摊也找不到了。我怀疑自己,只是一位匆匆的过客。

走着走着,我和小女误入锦里。小女很开心,可我怎么也回忆不起来,当年有这地方?哪有这般好光景?我顿觉好奇,一边走一边仔细端详。不知不觉中,树林前一堵熟悉的围墙映入我的眼帘,墙外就是成都体院教师宿舍。我告诉小女,这儿就是当年老爸在成都体育学院读书时,经常翻围墙到幽静的南郊公园里读书的地方。小女嗤之以鼻,你有那么刻苦吗?算啦算啦,好汉不提当年勇,父女俩相视一笑继续往前走。

在小桥边热闹的茶馆里,我们找了一个靠窗的位置坐下,我点了一杯绿茶,一叠瓜子,小女要了一杯鲜榨果汁。茶馆里有男有女、有老有少,有中国人也有外国人。小舞台上,俩演员在斗嘴,我们一边饮茶,一边嗑瓜子儿,一边听相声。相声表演之后是现场书画拍卖,最精彩的算是拍卖专场后的"变脸"绝活儿。

去九寨沟前,师兄林佳东劝告我,前段时间,那边滑坡厉害,感觉不对劲,最好别去。原来师兄一家也有计划去九黄旅行的,后来改道去了攀枝花。8月1日,我和小女随旅行团前往九黄。

九寨沟,位于四川省西北部岷山山脉南段的阿坝藏族羌族自治州九寨沟县漳扎镇境内,地理坐标为东经100°30′-104°27′,北纬30°35′-34°19′。系长江水系嘉陵江上游白水江源头的一条大支沟。地势西北、西南高,东南低,地貌类型以高山山原、高山峡谷和中山河谷为主,海拔1000-4500米。因沟内有九个藏族寨子而得名——九寨沟。

进九寨沟有东、南、北三条线路,我们走的是南线,成都-都江堰-汶川-松潘-阿坝线。过了松潘,我们在路边一藏族人家就餐,藏族人热情好客,我第一次接受别人献的哈达,第一次喝酥油茶、品青稞酒,第一次听藏族少女讲述她的家族故事。

沟内所有的酒店都在景区外,所以沟外到处都停放着大巴车、私家车,各家酒店灯火通明。导游说,这是旅游旺季,据统计,8月2日这一天九寨沟风景区接待游客4.2万人。成人票价320元/张,照这样计算,九寨沟一天的门票收入就上千万了。

感谢上天的馈赠。让我有幸一饱眼福,欣赏到这大自然的美景。九寨沟一步一景绝对没错,来不及细看就被游人推着向前,赶着时间挤车,赶着时间留影,赶着时间追景点,在有限的时间里,我尽可能地多看几处景点。我喜欢九寨的大美。

第二天,我们去了黄龙景区。在去黄龙的路上,我们眺望"金山"、看见成群的牦牛。这里的山美,这里的水美,不愧为"人间仙境"。

　　4日凌晨,我们回到成都。5日离开蓉城乘机回到广东中山。8月8日21时19分阿坝州九寨沟县发生了7.0级地震,震中位于北纬33.20度,东经103.82度。与地震擦肩而过,吉人自有天相。

2017年08月10日　初稿

2017年10月15日　修订

2017年08月02日　同晓聪在九寨沟风景区留影

2017年08月02日　在九寨沟风景区老虎海留影

都江堰南桥与凤凰城虹桥

关于桥的传说有许多许多。因我的老家在四川巴中关公寨,住在梁子上或者说是山上,我们很少下到河里,于"桥"我没太多感情。

很小的时候,看过前南斯拉夫一部叫《桥》的战争电影,那印象确实深刻。生活中与桥有关联的故事实在太少,少得无须挂齿,我的《记事集》里也找不到相关记录。直到2012年暑假,我的单位组织大家到湖南凤凰旅游,一个偶然机会,我看到横亘在沱江上面的虹桥,它的宏伟与壮观深深地吸引着我,因为凤凰城的虹桥与千里之外的都江堰南桥颇有一些相似之处,有了现实的比较和曾经的记忆,我对桥产生了兴趣。

我在新作《第二故乡》的一篇游记——"湘西行"中,曾经提及过:"虹桥的建筑风格,让我想起千里之外的都江堰南桥,不知道先有南桥,还是先有虹桥。我没有考证过,不得而知,总之两桥都给我留下了深刻印象。"直到乙未羊年春节我到都江堰市青城山镇去拜访我的大舅,顺道再次仰望南桥的雄伟,便有意识地了解了它的历史。

少年时期,每到暑假我都会骑自行车从青城山去灌县(1988年5月,经国务院批准,灌县更名为都江堰市)的玉垒公园,上南桥,逛二王庙,在宝瓶口荡索桥,但那时我没有在意对桥的印象和记载。通过对照和考察,现在我终于明白了,先有"虹桥",再有"南桥"。

湖南省凤凰城的虹桥,始建于明洪武初年,已有六百多年的历史。由田应诏上书"虹桥"二字。

四川省都江堰市的南桥,是清光绪四年(1878年),县令陆葆德用丁宝桢大修都江堰的结余银两设计施工,建成木桥,名"普济桥"。1958年,桥毁于洪水,重建时改木桥桩为混凝土桥墩,增建了牌坊形桥门,仍为5孔,长45米,宽10米,正式定名为"南桥"。

现实的桥,或者说生活中的桥,有沟通和拉近彼此距离或者快速抵达彼岸之意。哲学上的桥,含义就深刻了许多。政治上的桥,复杂得不得了。

2015年04月01日　星期三　晴　有风

都江堰市南桥　2015年02月14日　于湘　摄

不必每天吃糖　日子也是甜的

　　星期天早上,像往常一样,我睡到自然醒。喝一杯热水之后,习惯地走进厨房准备早餐,等待太太和孩子醒来。

　　我打开微信《听蛙纯音乐》栏目,伴着钢琴曲"和煦的糖果风",一段文字映入眼帘:"每天吃一颗糖,然后告诉自己,今天的日子,果然又是甜的。"

　　其实,不必每天吃糖,用心感悟,日子也是甜的。如果生活有了攀比之心以后,恐怕每一天都得在苦海中过日子。

　　今天早上的苦荞大米粥,晶莹透体、黏稠可口。大米是我春节回老家,妹夫亲自用电动打米机打磨的;苦荞米是侄女婿托人从3000米高的大凉山带回来,当春节礼物送给我们的。

　　从老家巴中带回中山的腊味,色泽鲜艳、咸淡适中,菜还没有上桌,便垂涎欲滴啦。前些年,母亲随我们一起生活,主要任务是帮我们带孩子。如今,孩子长大了,母亲觉得没事可做,吵着要回老家。经过家庭会议讨论、商议之后,大家一致同意,治好母亲的白内障和青光眼之后,由我亲自送母亲到成都。在老家的母亲从没有闲过,养了几头猪,还有几十只鸡和鸭。餐桌上的猪大腿肉、瘦肉、广味儿香肠、腊排骨、腊猪肚等就是她老人家的杰作。

　　吃罢早餐,泡一杯寒假期间在成都宽窄巷子买的茉莉花茶,一股花香掺和着树叶的清香,简直让人陶醉,小心地呷上一口,沁人心脾。坐在客厅的沙发里,一边看书,一边品茶。

　　平常忙着上班,难得周末有了这份心情。春天的阳光照在我家南面阳台,风也暖暖的。随风飘进来的,还有楼下足球场嫩草的芳香。心随境转,连空气都是甜的,难道这日子还会不甜。

2017 年 02 月 26 日　星期日　晴转阴　初稿

<<< 06 尚美篇

在院子里喂鸡的母亲　作者摄于 2017 年春节

母亲在厨房盛菜　作者的大哥于吉华摄于 2017 年春节

王子与王八

我有一个小侄子叫禹墨,现在两岁半,他顽皮又可爱。我们俩每次见面都要举行"击掌、对手指、碰额"等亲肤仪式。

一天傍晚,我照常去丈母娘家吃晚饭,因去得早了一点,看看桌子上的荤菜很多,素菜较少,于是我决定亲手再做一道清炒土豆丝。我下厨房切土豆,小侄子和老丈人在客厅看电视,小侄子坐在电视机前的柜台上玩玩具,挡住了爷爷看电视,爷爷说了好几次,孙子也无动于衷,爷爷气呼呼地走过去给了孙子温柔几巴掌,孙子倔强地站起来一动不动,没有要离开柜台的意思,嘟着小嘴时不时地望一望生气的爷爷。

爷孙俩就这样僵持着,我看谁都难以收场。于是,我笑着想缓和一下气氛,用惯常的方式以声夺人:禹墨要变"大王"了!禹墨要变"大王"了!聪明的小侄子看有台阶下,也附和着大声地叫道:姑丈要变大王啦!姑丈要变大王啦!

小侄子的注意力开始转移了,我说:"禹墨快来看姑丈切的土豆丝在水里变成鱿鱼了。"

"真的吗,真的吗。"小侄子好奇地从电视柜上翻下来,跑向厨房。

我用手轻轻地在漂有土豆丝的盆里搅了几圈,土豆丝随水晕旋转起来,像是许多条小鱼仔在盆里游动。逗得小侄子哈哈大笑。

看他笑得如此天真,我又说:"禹墨要变王子啦!禹墨要变王子啦!"

"姑丈要变王子啦!姑丈要变王子啦!"小侄子开心地大声吼着。

姑妈推门进来,看我俩正在有趣的斗着嘴。

姑妈笑呵呵地说:"禹墨要变王八啦!禹墨要变王八啦!"

"姑妈要变王八啦!姑妈要变王八啦!"小侄子随姑妈的口号变幻着自己的节奏。

虽然小侄子不一定知道大王、王子和王八到底是什么,也不一定知道土豆丝并不是鱿鱼,但我感受得到,在他小小的心灵里一定有自己的"真""善""美"标准,不仅对事,也包括对人。

同一个孩子,由不同的人去教育,却有不同的效果和人格个性。

在我们这个小小的家族里面,六位在职工作人员中有教师四位,医生一名。教师人数占工作总人数比率66.67%,医生占16.67%。

这让我想起白岩松先生曾经说过的一段话:医生与教师这两个职业最为神圣,一个为肉体治病,一个让精神健康。于是"医"与"师"的后面,都有一个"德"字。

大家都知道"近朱者赤近墨者黑"的道理,我们教育的孩子到底是"王子"还是"王八",很大程度上取决于你的态度,如何去引导和教育至关重要。"王八"和"王子"的诞生很可能就是一句话,一个故事,甚至是一个不经意的玩笑。

2014 年 02 月 23 日

2016 年初夏陪小侄子在中山市金钟水库绿道骑车

正月初四的早餐

今天是丙申猴年正月初四。春节期间,人们的生活规律有些紊乱,我起得比平常要晚一些。

逐个房间巡视一遍后,发现家人还在梦乡。我洗漱之后,蹑手蹑脚地走进厨房,为大家准备早餐。这些年,为了家人的健康和膳食均衡,早餐都是我亲力亲为。从孩子目前的身高、骨骼发育、肌肉结实程度来看,付出是有收获的。我也时常跟孩子开玩笑,你们不能只是长个儿,智力和亲情也要同步进行才会和谐与完美。既要纵向生长,也要横向延伸,才能根正苗红、枝繁叶茂。

人们常说:一年之计在于春,一天之计在于晨。所以,我们家非常重视早餐。昨晚我没有泡豆子,今天没有豆浆喝。根据厨房现有的食材,我决定为大家准备一锅粥。

粥的主料有聚丰园的经典软米王大米四两,辅料有本地红番薯一个三两、东北大萝卜四分之一个三两、东北大白菜四分之一个二两,佐料有姜、蒜、葱、盐、香菜、香芹、酱油、花生油、花椒油、绵白糖。

煲粥,熬的不是粥,而是心情。一锅上佳的粥,需要一个好心情,好心情的前提是用心。如果水太多,粥会清汤寡水;如果水太少,粥会粘锅,不小心就煮糊了;所以水的多少,不仅要靠眼力,还需要经验。煲粥就像工作一样,要用心经营,否则就会焦头烂额。

煲粥的火候很重要,米下锅前,要猛火把水煮开。米下锅后,用猛火把米煮软,而且要不断地搅拌。如果锅是平底的(电磁炉版的),那么搅拌时,光用汤勺还不行,必须用剩干饭的扁平的竹制饭勺铲铲锅底,否则米会粘锅。米被煮到九成熟时,放姜丝和蒜蓉;三分钟后,放入已经做好的红番薯泥、切好的白萝卜粒;五分钟后,加适量的绵白糖、红土花生油、川味儿花椒油,用温火慢慢地熬,一边熬一边搅,熬到黏稠状时,放适量的含碘盐,起锅前放些葱花、香菜、香芹,再添加少许厨邦酱油调调味。香喷喷的早餐就成了!

以前,我们的孩子还小的时候,母亲随我们住了很长一段时间,主要是帮我们做些家务、带带孩子。母亲在身边的时候,我从不考虑买菜、做饭、洗衣、晾衣以及卫生等家务活。自从母亲回老家之后,早餐、晚餐以及节假日的三餐,我都得操心,亲自下厨,孩子和太太也都喜欢我烧菜的味道。一般情况下,我下厨是一条龙服务,买菜、洗菜、烧饭、炒(炸、蒸、焖)菜、洗碗(孩子在家时,兄妹俩轮流洗,孩子不在家时,太太怕洗碗伤到手,总是把这个光荣的任务派给我)、丢垃圾、洗衣、晾衣、叠衣服。

我干家务活儿跟做工作一样,效率很高。当然,好男人,既要下得了厨房,又要上得了厅堂,更要站得稳讲堂。厨房的活儿要精细化,看颜色,讲火候,品五味(酸甜苦辣麻);厅堂的事儿要人性化,讲道德,说伦理,论品行;讲堂的事儿要理性化,讲来龙去脉,讲行云流水,讲高山仰止。

2016年02月11日(旧历正月初四) 星期四 阴转晴

无论是站在云端成名成家的人还是普通人
所有光鲜的背后都曾熬过无数不为人知的夜

追 梦

人生受挫一次,就对生活的理解加深一层;失误一次,就对人生的醒悟增添一份;不幸一次,就对世间的认识成熟一次;磨难一次,就对成功的内涵看透一回。从这个意义上讲,想要获得幸福与成功,想要过得快乐与欢欣,首先得把失败与不幸、挫折与痛苦读懂。一个人,如果不想过低三下四的生活,就必须有能让自己抬头挺胸的资本。

相信自己,越活越坚强:没有靠山,自己就是山!没有天下,自己打天下!没有资本,自己赚资本!所以,要时常告诫自己:只有经历了最苦的坚持,才配得上拥有最长久的幸福!

很早以前,我随大学教授专攻过几年"国术"(俗称中国功夫),那时特别想做一名"侠客",后来不小心做了教育工作,成为一名基层体育教育工作者。

我自知学识瘠薄,所以工作之余,尤其是夜深人静的时候,要尽可能地沉下心来阅读,算是恶补,因为我坚信"勤能补拙"。

灵感袭来时,偶尔撰写一点文章,积累沉淀之后,结集出版了《平民火炬手》《奥林匹克圣火之旅》《第二故乡》《拥抱阳光:我和体育的故事》等,作品纯粹是遣兴自娱。中央电视台体育频道、中文国际频道、新闻频道、重庆卫视、广东卫视、中山广播电视台以及教育频道播出的《中国功夫传圣火》《平民火炬手的故事》《相聚五环》《养生七点半》《书适生活》等视频专辑,是我对体育和教育执着与追求的见证!

2015 年 04 月 01 日　初稿
2018 年 04 月 01 日　修订

点燃人生

南方的春天不像春天，遍地落叶给人感觉像是北方的初冬季节。这里的树，前一个星期还是枝叶茂密，一阵春雨过后，嫩芽便把旧叶挤掉了，飘飘洒洒、满地金黄，两个星期不到便换上新装。下雨的时候显得有些阴冷，天晴的时候因为室内外温差大，屋内变得潮湿，天花板会有水珠坠落，人们习惯称这种天气现象叫"回南天"。我从老家巴中带回中山的腊猪脚，也因天气变化开始长霉，如果再不解决它，可能会变质。

我的老家关公镇，烧腊猪脚一般都用松树枝或柏树枝（皮）。午休之后，我把猪脚从东面阳台取下，本想找一些干柴烧猪脚，但洁净的小区里哪能找到干柴呢？我只有打开炉灶温火慢烤。经过近一个小时的慢火烤烧之后，一支色香味俱佳的烧猪脚让人垂涎欲滴。刮洗之后，我把猪脚拿到市场，请"一号土猪肉"档的师傅帮忙斩了它。

平常我们若要吃猪肉，也只是买他卖的肉，所以我们同那位卖肉师傅很熟。师傅斩了一半，实在忍不住诱惑，拿起猪脚闻了闻，说：很香啊！我帮人斩了很多从老家带来的猪脚，但你送来的这支有些特别，肉有韧劲、颜色鲜艳、骨头硬、质感好。如果要卖，肯定能卖一个好价钱。

一对买五花肉的夫妇，看到案台上的猪脚好是兴奋，问我可不可以分给他们一点，那位太太看我有点为难，转过身抱着她戴眼镜的先生，深情地吻了一下脸颊，说：下一年让你母亲也给我们留一支猪脚，好吗？眼镜先生不好意思地冲我和卖肉师傅笑了笑。能够一起到市场买菜的夫妇，大多家庭和睦，感情丰沛。

从他们的谈话和行动，看得出那位魁梧、健壮的男人同我一样，可能来自某个偏远地区的小山村，通过自身努力远离家乡，到南方打拼；他的女人娇小玲珑，皮肤细嫩、面色红润、体态风韵，像是大家闺秀，敢在菜市场的猪肉档前亲吻男人，那一定是一个既有情趣又充满幸福感的女人。在菜市场里还有这般情趣的人,在这之前,我从未见过,这是第一回,也算是长见识。生活,无处不精彩!如果,眼镜男没有过人之处,那位秀气又靓丽的女人恐怕也"看"不上他。这对夫妇的日子过得幸福,郎才女貌,令人羡慕。

我提着斩好的猪脚,在市场门口的水果摊前,再次与那对夫妇相遇,他们驻足望着我,虽然我们之前不曾相识,但我还是礼节性的向他俩微笑并点头示好。眼镜男冲我说:"看你走路,十分阳光,很有成就感。"我回答:"谢谢你的褒奖。"

这对夫妇今天咋的啦。我并没有应允分给他们猪脚,这男人还夸我?如果我俩是上下级关系,他有讨好人之嫌疑;如果我答应分给他们一点烤猪脚的话,他褒奖我,还可以理解,况且我们素未谋面,这夸奖让我丈二和尚摸不着头脑。

还有一事我亦不明白,在这个快节奏生活的时代,居然还有人驻足欣赏别人走路?一个陌生的男人,能从别人走路的姿态中,读出幸福感、成就感?我觉得有些奇怪。

如若真有成就感,那么中国功夫和广播体操帮了我大忙。中国功夫让我拥有一个矫健的体魄,站如松,行如风,坐如钟;广播体操让我自信人生,可以挺直腰板行路、精神矍铄地生活。人们常说:"活着,不是靠泪水博得同情,而是靠汗水赢得掌声!"我赞同这个说法。

是啊,这个世界很公平,你想要比别人活得好,就必须去做别人不想做或者做不了的事儿。你想要过更好的生活,就必须去承受更多的困难,不吃拼搏的苦,就会吃生活的苦。努力到竭尽全力,拼搏到感动自己,才能够赢得精彩的生活!

总有一些瞬间会化作永恒。人生的价值,不在于你活了多少年,而在于你走过的生命中,有多少"好时节"。一个人拥有最好的东西,不是昨天的辉煌,也不是明天的希望,而是现在。人生如白驹过隙,转瞬之间而已,抓紧时间好好的生活,做一些你认为值得回味的事情,不要等到行将离世之时,才悲怨惆怅。

今天的故事,让我再次想起著名体育节目主持人韩乔生先生亲笔题写的励志语:"愿你手中的火炬映红身边的每一张笑脸,温暖身旁的每一颗心,让人们感受奥林匹克的激情。"

2017 年 03 月 25 日　星期六　阴有小雨　初稿

<<< 06 尚美篇

著名国画家、书画评论家、
中国书法美术协会副主席牛金刚先生亲笔题写"点燃人生"

2014年05月05日　同牛金刚(左)先生在中山阳光商务酒店合影留念

251

走进长师

人们常说:"父母是孩子最好的老师。"

我在广东干教育工作至今(2016)十九年,培养了许多优秀学生。在中山市教育的第一批学生中,庞文浩就读北京大学,应莹就读中国传媒大学,阮文雅、阮依婷姐妹双双入读中山大学,梁楚蔚就读厦门大学,孙咏盈就读星海音乐学院。在我这里学习时间最长的(8年)学生——闫奕敏于2016年考入人民大学,攻读国际关系学。学生成才是对老师最大的肯定。

在培养了一批又一批优秀学子的同时,作为教育工作者,我也把自己的儿子送进了理想的高校——长沙师范。长沙师范是新中国的开国领袖毛泽东主席的老师徐特立先生于1912年创办的。

作为教育工作者,又为人父,我陪儿子走进长师时,不由得想起,1911年春天,毛泽东随东山学堂贺岚冈先生到省城求学时,写给父亲的改编诗:"孩儿立志出乡关,学不成名誓不还。埋骨何须桑梓地,人生无处不青山!"这首诗表达了青年毛泽东立志求学和男儿志在四方的豪情壮志。不知我的儿子走进长师有何感想?

我俩漫步长师校园,作为长师的准大学生,我看着儿子喜悦的心情,他是喜欢这里的。虽然,儿子的高考结果与我的期望值和他平常的考试成绩相比,还有一些距离,但不管怎样,他是通过自身努力考进来的,创造了属于自己的奇迹。俗话说:"师傅领进门,修行在个人。"在长师的造化,就看他的了。诚然,作为家长,我们也会时时关注儿子在这里的成长与发展。

长师虽然历史悠久,但南校区(旧校区)面积却不大。我们移步特立纪念公园,驻足瞻仰徐特立先生像许久,作为教育工作者,我的思绪去到很远很远……

毛泽东在师范的求学经历,为他后来从事革命活动打下了全面而又坚实的基础。1913年春,毛泽东以第一名成绩考入湖南第四师范。1914年春,四师和一师合并。毛在第一师范读书五年半，遇到了许多像杨昌济、徐特立这样的好老师。1917年4月1日，24岁的毛泽东在《新青年》发表了《体育之研究》一文。这不但是毛泽东一生中第一篇有代表性的学术论文，也是中国现代体育史上最早的文献之一。1918年6月，毛泽东从第一师范毕业，结束了他五年半的师范学习生涯。

1936年，毛泽东在陕北与美国友人埃德加·斯诺谈话时，曾说道："我在湖南省立第一师范学校的生活中，发生的事很多，我的政治思想也在这一时期开始形成。在这里，我也获得了社会活动的最初经验。"

1949年，毛泽东在北京接见当年的老同学时又讲："我没有正式进过大学，也没有到国外留学，我的知识，我的学问，是在一师打下的基础。一师是个好学校。"

2016年09月12日　晴　初稿
2017年10月05日　晴　修订

2016年09月11日　下午　父子俩留影
湖南省长沙市徐特立纪念公园

拥抱阳光：我和体育的故事 >>>

送儿子上学期间 我们去了岳麓书院 在橘子洲头"指点江山"

2016年09月12日 父子俩在长沙岳麓书院

254

印章逸事

印章在词典里的意思是，印和章的合称。有的人一生有许多印章，有的人恐怕一生一枚印章也不曾有过。喜欢书画的人多多少少应该有几枚印章。我是搞体育的，我家的书柜中保存着一些印章，其中一组印章十分特别，显得弥足珍贵。

那组印章是去年冬天，我担任学校教务工作负责人期间，陪单位二十几名学科教研组长，前往湖南省汨罗县考察学习期间，顺道（自费）在洞庭湖畔的岳阳楼上，从正版范仲淹的《岳阳楼记》木刻中，遴选了繁体"於"和"湘"两个字，组成我的姓和名。当我站在岳阳楼上，读到"北通巫峡，南极潇湘，迁客骚人，多会于此"之时，感觉仿佛我的名字早就取好了一般，只是于氏族人到了我这一辈才用上它。虽然这有点牵强，但我十分愿意就这样牵强一回。

挂在岳阳楼里的那篇木刻文章是北宋文学家范仲淹写的，书法出自谁的手？字是谁刻的？当时导游有讲，但我只顾关注那字，却不记得是谁了。如今，若再有人问及：于湘，湖南人否？我还得讲"从哪里来要到哪里去"的故事。

如果要同别人讲清楚我的来历，是否与湘有关，还真不是一时半会儿能够讲得清楚的。简单地说，于湘是新中山人，户籍地广东中山，出生地四川巴中，祖籍地湖南衡阳。有历史为证，于氏族谱亦有记载，清雍正六年，也就是1728年，于氏第九十代先祖于世杰响应朝廷号召，随"湖广填川"大军从湖南衡阳迁徙至四川巴州，于氏族人用辛勤的汗水浇艳了巴山杜鹃，经过290年十三代的生息繁衍，我成为于氏102代孙。如今填写相关资料时，我仍然习惯在祖籍一栏中写上四川巴中，冥冥之中总有一丝不舍与牵挂。

"登斯楼也，则有心旷神怡，宠辱偕忘，把酒临风，其喜洋洋者矣。"我没有心骛八极、神池四海的想象力，也没有吞吐天下、心系黎元的襟怀抱负，更没有"不以物喜，不以己悲，居庙堂之高则忧其民，处江湖之远则忧其君"的豪迈之情。一枚小小的印章,却勾起了我的家族史与族人奋斗史。

一个人生活的地方的确很重要,但关键还在于你在那里做了一些什么?就算化作一颗流星,也要做最亮的那一颗。"於"和"湘"字得来不易,能和范仲淹先生搭上关系,更是难得,所以做人做事都要不愧于这两个字。

诚然,我是做教育工作的,要不愧于教育这份工作,就要有"先天下之忧而忧,后天下之乐而乐"的忧患意识,就要兢兢业业、勤勤恳恳地做好教育教学、教育管理本职工作,更要认认真真、踏踏实实地做好人、做好事。

2017 年 03 月 16 日　星期四　阴天　初稿
2017 年 10 月 05 日　星期四　晴天　修订

2016 年 11 月 19 日　作者在岳阳楼留影

挤出来的时间

星期五下午三点半左右,一位靓丽的女老师到教务处办公室,找我帮她签"临时外出审批条"。她看见我正忙着修改文章,"哦,主任忙着呢?是不是又要出新书啦?"她问。

"正修改一篇论文,准备上传,参加第十三届全国学生运动会科学论文报告会评选。你在开玩笑吧,在你的眼里,出书就好像是一壶茶的功夫一般,说得那么轻巧与容易。"我说。

"你不是已经出版过两本书吗?"她说。

"不是两本,据我所知,他已经出了三部作品啦。"教务处办公室的教务员老过给予补充。

"你既要上课,又要处理行政工作,教务处办公室进进出出的人那么多,你是怎样静下心来的,我很好奇唉?"她接着问。

想要在这里静下心来写点东西,不可能,而且写文章是需要灵感的。我的文章大多是在深夜或者是假期里完成的。现在基本形成了一个常规,如果有故事,既静得下心,又挤得出时间的话,那么一周可以完成一篇千字文。有时候,故事丰富,也有可能完成两篇初稿,沉淀一段时间之后,有机会再去修订、斧证。比如今天,我们的对话,我认为很有趣,就有可能成为我的创作素材。我把生活定为六部曲,分别是:工作、健身、读书、写作、家务、休息。

"哎!是不是你也抽烟呢?写作的人,一般都会抽烟、喝酒,才有灵感的?"她好奇地问。

老过说:"在他的身上,我闻不到一点儿烟味,于主任应该不抽烟,我看他喝酒还行。"

我笑笑,说:"关于烟、酒还有茶,应该是大多数文人的嗜好,我是搞体育的,算不得文人，高兴时喜欢喝一点小酒，饮一些不太浓的绿茶，烟，跟我无缘。正所谓'万丈红尘三杯酒，千秋大业一壶茶'啊！"

今年，是我在中山市持续教育的第二个"八年"。人生不会有几个这样的好时节，现在我正当年，精力充沛，思维活跃，干劲十足，必须好好珍惜这美好的时光，努力地工作，多做一些教育教学实事，争取每次都有一点进步，每年都有一些收获，期望一年更比一年好，我的教育人生才会过得有意义。

在中山教育的第一个八年，我在翠景东方学校工作。在那里工作和生活的日子，我在靠窗的一个向阳的办公位置从未挪动过，阳光下，我在那里读了不少的好书、好文章。有人说我两极分化严重，既活跃得起来，又守得住寂寞。

那些时候，我真把学校当成自己的家了，八年时间创编了九套自编广播体操。代表作是改编的配乐《中国功夫》操，该操被演绎成了三个版本：课间操版、舞台版、竞技比赛版，既上过电视，也上过纸质媒体头版。创造过一般人看起来想不到的辉煌，特别是为(民办)学校的生源打开了一条光明之道。

曾经我以翠景东方为荣，翠景东方也因为有我这样的体育老师而骄傲过。离开翠景东方学校之后，听说很多老师抢着要去我曾经向阳的那个办公位。其实，位置并不是那么重要，关键要看你是否有一颗真正奉献教育事业的心。

今年是我在中山市教育的第二个八年。第二个八年，我在西区中学工作。在这期间，我更换过三次办公室(位)。前面四年，我在一楼体音美综合办公室办公，办公室很大也很热闹，在搞好教育教学和体育训练的同时，我总能静下心来，读一些我想要读的书。我的第二本著作《奥林匹克圣火之旅》就是在那期间偶然写成的，正所谓"耐得住寂寞，才能守得住繁华"。

接下来的三年，我在二楼德育处办公。在那里工作，我的目标十分清楚，任务非常明确。

第一，学科教学成绩是教育教学的生命线。在行政工作岗位，我把提升学科成绩，作为我干行政工作的头等大事去抓。我们共同的目标是，中考体育突破平均九十分大关，实现突破之后要争取每年略有上浮。

通过大伙儿的通力合作和有针对性的策划与坚决的落实，五年间，西区中学的中考体育成绩，像芝麻开花般节节攀升，为夺取中山市教学质量评价一等奖奠定了坚实基础。

第二，良好的校风和百姓的口碑就是学校教育的丰碑。在行政工作方面，我的任务是配合学校抓好安全和校风建设工作。在德育处办公，我的课虽然少了，但事儿却特别多,尤其是刚开始的时候,一些不可预见的事情太多,大多数是同家长、个别学生及部分老师打交道,这里的工作既费心又耗力。有时候还要违心地陪笑,更要用心地斟茶、递水、送纸巾。哭笑在激情与感动中交替上演,人生也在这喜闻乐见中得以提升。

德育处办公室成了极个别人当之无愧的人生展演舞台,有时候上演哑剧,有时候上演喜剧,更多的时候是对台戏;这里有时候成了调解室,有时候是模拟法庭;后来,经过大家的努力与合作,基本安静下来了。当然,在德育处办公,是静不下心读书的,也没有机会读书,更多的时候是在读心。

最近一年,我的办公地点根据学校发展需要,换到教务处了。教务处是一所学校正常运转的心脏,有些时候又像是战场的总指挥部。在这里工作必须具备三个硬条件:首先,要有强健的体魄,具备良好的身体素质是基础条件;第二,要有果断的决策力,这是处理突发事件的必备条件;第三,要有超强的韧性,这是与各种性格的人打交道必备素养,又或者是涵养。我在这里的职责是,配合学校把各项制度和方案落到实处,并时时督导、跟进。

教务处的工作一点儿也不能马虎,必须认认真真地聆听任何时候任何一位跟我讲话的老师讲的任何一件事情。用便利贴即刻记事,成了我在教务处工作的常态。办公室的每一个人几乎都是这样,否则一不小心就贻误了课堂教学,造成不可挽回的教学事故和损失。

教务处的工作千头万绪,却每一件事情都十分重要。这里的事情既重要又紧急,有些事儿不可预测,爆发突然,必须马上解决。比如,某位老师因故突然上不了课,又找不到人代课的话,那么,教务处的每一位成员,都有可能成为下一个"董存瑞"。

最近一年来,尤其是二孩政策的落地,临时调课成了考验和磨炼教务处每一位工作人员处理突发事件能力最有效的方法之一,每天的工作都像是在打仗,一个个不知名的高地被我们征服。作为教育管理干部,我十分钦佩在教务处和曾经在教务处工作过的每一位工作人员。

在教育处工作,读书成了奢望,时间都去了哪儿,我也说不清楚。倘若想要静下心来读一点儿书,就必须挤时间。

2017 年 04 月 15 日　星期六　深夜　初稿

遵 从

现在的科技十分发达，讯息实在是太庞大了，大到每天不吃、不喝、不睡也读不完，容不得你慢下脚步回头望一望。如果想要从那些海量信息中，筛选一些自己用得上的东西，则需要更多的时间和精力。

每到周末或假期，尤其是夜深人静之时，我有一种不得不说、不写不快的激情与冲动。将所见所闻跃然于纸上，修订之后，发到空间和微信里，同大伙儿分享。

这种发自内心的主动出击与做事态度以及生活方式，成就了我善于观察各种事物和积极主动思考问题的习惯。

心，只有一颗，别太累；人，只能够活一次，要学着为自己活。到了我这个年龄，就不想再去取悦谁了。想说便说，想写就写，困了累了，就放松放松自己，哪怕只是静静地坐着，一杯淡淡的茉莉花茶相伴，也会令人满足。

交友也是，如果觉得累，就躲他远一点。快乐自己比取悦他人重要，正所谓"知足常乐"是也。

苏岑说："宁可孤独，也不违心；宁可抱憾，也不将就。能入我心者，我待以君王；不入我心者，不屑敷衍。往事浓淡，色如清，已轻；经年悲喜，净如镜，已净。"

2017 年 04 月 19 日　星期三　晴　初稿

逐梦教育　不忘初心

时间:2017年05月05日(星期五)15:40－16:50
地点:中山市西区中学二楼德育基地
主题:教育教学工作会议暨八年级中段抽测质量分析会
主讲:于　湘
人员:初二级全体教师
关键词:时间　纪律　数据

会后,语文高级教师陈雪梅写了一篇报道,刊登在中山市教育信息网。

为了打造西区中学优秀管理团队、创造高效优质的教育教学质量,5月5日下午,西区中学初二年级全体教师齐聚德育基地,在主抓初二年级工作的于湘主任主持下,召开了教育教学工作会议暨中段抽测质量分析会。

会议伊始,于主任别出心裁地以三个关键词:时间、纪律、数据作为开场白,接下来就围绕这三个关键词对初二年级的各项工作条分缕析。

首先,以时间为着眼点,谈到了教师素养的自我提升。于主任认为一个教师一定要与时俱进,不断地补充、丰富自己。他觉得每一个教师在工作之余,不妨多读读书,从书中汲取养分,不断地提升自己的职业素养。在此,分享了自己的阅读经历,并且朗读了曹勇军先生的《语文:我和你的故事》中一段文字,希望同事们能够像曹先生那样,把教好学生看成天职,像农夫种地一样,辛勤耕耘。

其次,以纪律为着重点,谈到了老师的师德建设。首先,于主任传达了上级文件精神,要求全体教师认真学习新修订的《中小学教师职业道德规范》,并且进行自查反思。特别强调:1.不迟到,不早退,按规定办理请假手续;2.不体罚学生;3.不能有偿家教;4.不得变相收取教辅资料费。于主任还强调:教师要对自己热爱的教育事业有敬畏之心，对教育教学工作要有底线。

最后，以数据为依据，分析了中段抽测的情况。于主任在会前做了充分的准备，所有的数据均采用表格形式，一目了然地呈现在全体老师眼前。根据数据，于主任从两个方面详细分析了中段抽测情况：1. 按学科分析了各班的优良率、合格率，提醒学科老师认识到自己与同学科同事的差距，对个别班个别学科的不稳定因素，有针对性地进行了分析。2. 按班级分析了总分优良率和合格率，肯定了各位班主任的工作方法：工作细致到位，与科任老师的团结协作，与家长的紧密配合等。提醒各班主任关注优良率及合格率的边缘生，希望各位班主任能够对这些学生投入更多的关注，以推动他们的进步。

相信通过初二级全体教师的努力，大家团结一致，共同激发学生学习的内驱力，在接下来的教育教学中能够取得更加辉煌的成绩！

2017 年 05 月 05 日　星期五　深夜

2018 年 02 月 26 日　于湘主持中山市西区中学 2018 春季开学典礼

壹表壹故事

2017年是我在中山市西区中学工作（任教）第八年。我的教育人生，在这里再上一个新台阶。

我在这里工作八年，却是我平淡教育人生中一段波澜汹涌的日子。前面四年（2009－2013），作为一线体育教师，我认认真真地研究中考体育、运动训练和竞技比赛。后面四年（2013－2017），作为教育管理干部，我扎扎实实地推进德育和教务工作，创造性地开展体育艺术教育工作，尤其是中考体育策划和组织工作。

我在西中工作第二年，按照学校当时的管理制度和要求，新一轮学科组长都要经过竞选。那一次竞选，在某校级领导的催促下，整个体育学科组就我一人报名参加教研组长竞选。竞选结果却令人大跌眼镜，竞选者没有上，连名都不报的人却理直气壮地履职了。我被闹了一个大大的笑话，若干年之后才醒悟过来。在制度被踩躏、人格被践踏的用人环境下，学校的教学质量就可想而知了。

我没有被这个愚昧的玩笑所愚弄，仍然一如既往地干好本职工作。这让我不自觉地想起《三国》里的故事：诸葛亮从来不问为什么我们的箭那么少？关羽从来不问为什么我们的士兵那么少？张飞从来不问兵临城下我该怎么办？于是，就有了草船借箭、过五关斩六将、据水断桥吓退曹兵……

行动源于坚定的信念。那些时候，我主动同部分有志于奉献体育事业的同事们沟通，一起寻找体育工作出路。我们的奋斗目标是：用事实和成绩说话。实施策略为：中考体育成绩要突破平均分90分大关，必须从常规和大课间抓起，向课堂要质量，抓后进生补训，用"以考代练"的方式促学生发展。

同时，增加武术散打、拳击、跆拳道、柔道、摔跤等体育竞赛项目，以此奠定学科专项优势，凸显教师的专业能力和个人魅力。那几年，体育学科竞赛蓬勃发展，竞赛项目达13项之多，是自西中建校以来前所未有的。学校代表队参加省市区级比赛获得无数奖励,竞技比赛冠军届届有,中考体育成绩年年升。

2013年通过教育管理干部竞岗,我走上了教育管理工作岗位。根据学校发展和分工需要,我被安排在德育处工作,在此奋战了整整三年。学校德育、安全、体育艺术等工作一年更比一年好。在搞好本职工作基础上,我也积极参与科研工作,编辑、撰写西区中学安全校本教材《防震减灾 安全自救》一本,出版个人专著《第二故乡》(独立刊号)一部。

2016年9月,因为西中被上级抽调德育副校长、总务主任各一人去筹建铁城中学和广丰小学,所以学校行政工作有了些许微调。各位行政负责项目多了,责任更大。我被临危授命,从德育处调整到了教务处工作,在落实常规教务工作基础上,同时还要全面负责八年级的管理和组织工作。

因为是第一次接触教务方面的工作,这里的事儿千头万绪,我不知从何下手。刚开始的时候,我虔诚地向老教务取经,不耻下问成了常态。放学之后,我主动约老欧去运动场散步,我教他健身功法和锻炼经验,他传授教务管理秘诀。我们相互鼓励、取长补短。我一边学一边做,在学中做,在做中提升,在提升中修炼自己亦修为自己。老欧的身体一天更比一天棒,我的教务管理能力也在与日俱增。

这一年(2016-2017)我的工作用"忙碌"二字形容恰如其分,像一头公牛遭遇一群饥饿的狮群一般,左冲右突,使出分身解数迎接挑战。我遇到了教育人生的许多第一次:首次独立组织中考体育工作,首次参与中考(文化学科)组织工作,首次肩负年级管理工作,首次组织教学质量分析,首次组织召开家长会,首次负责教材征订工作,首次带领全校学科教研组长外出学习交流,首次主持教师年度绩效考核评价,以赠送玫瑰的方式恭送两位(李金霞、杨增强)荣退教师,首次协助区里开展"小升初"招生工作……或许,这就是大家通常所讲的历练吧。担当越多,责任越大,历练越多,收获越丰。

我在西区中学工作期间,最欣慰的教学逸事就是,留下一张八年持续攀升的中考体育业绩图表(如图)。这张图表不只是一组简单的数据堆积,它见证了西中体育教学质量从全市落后垫底状态逐步走向辉煌的心路历程。

这张图表增强了我对专业发展的自豪感,提振了我对团队协作的自信心,凝聚了我在中考训练方面的心血,展示了体育人在教育管理方面的智慧。

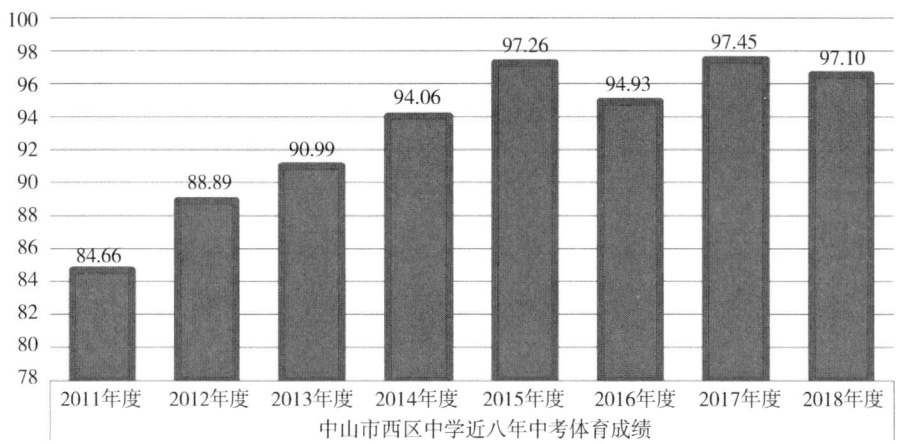

中山市西区中学近八年中考体育成绩

专业的人做专业的事,会多快好省;专业的人用心做专业的事,会事半功倍;专业的人创造性地做专业的事,会惊天动地。

我在这里工作期间,有付出,有收获,有历练,也有成长。对于西中,这些年来我问心无愧,对得起自己,对得起学生,对得起学生家长,对得起学科,对得起学校,对得起中山(西区)人民。

2017 年 07 月 23 日　星期日　初稿
2018 年 06 月 23 日　星期日　修订

南海蛟龙

2018年的秋天是一个精彩的狂欢的秋天,是一个辉煌的收获的季节。每年一度的"全民健身日"(第十个)活动刚刚结束,8月8日晚,广东省第十五届运动会又在肇庆拉开帷幕。省运会还未收官,8月18日晚,亚洲第十八届运动会又在雅加达隆重开幕。

无论是个人、城市、国家还是世界都沉浸在体育带给人们的幸福和快乐之中。我个人关注肇庆的省运会胜过雅加达的亚运会,因为省运会赛场有咱们西区中学选送的学生林海龙(省体校双计分)参加比赛。林海龙的参赛项目是拳击。拳击是奥运会竞赛项目,有实力的运动员选择这个项目是明智之举。

记得2013年西区散打代表队参加中山市的散打锦标赛后,经学校和区领导同意,我们选送了林海龙、梁家豪、黄泽弘三名队员到市体校考试。三名队员中林海龙和梁家豪分别以技术过硬和成绩优秀入选中山市体校拳击队。拳击运动是勇敢者的游戏,拳击是智者的运动。林海龙又以精湛的技术和战术被广东省体校选中,投奔到资深教练于升东门下深造,而梁家豪则留在中山市体校,继续随马森教练一边训练一边学习。

梁家豪同学通过自身努力,学习训练两不误,2018年7月,收到了海南师范大学体育学院运动训练专业本科录取通知书。8月19日,林海龙在广东省第十五届运动会拳击比赛64kg级决赛中,战胜对手勇夺第一名。为师希望他们的人生路走得更畅更远更精彩。

林海龙在省运会拳击比赛中决赛的对手是深圳队的李龙钦。正所谓"两强相遇勇者胜,勇者相遇智者胜",而两龙相遇自然是蛟龙胜。林海龙战胜强劲的对手李龙钦,获得省运会拳击比赛金牌,林算得上真正的"南海蛟龙",背后是他多年坚持不懈的勤学苦练。大家要向这样的努力和拼搏致敬!

这让我想起2015年在湛江举办的广东省第十四届运动会,西区中学选送的李梦云(省体校双计分)、梁子健(市一中)分别获得女子跆拳道比赛冠军和4×100米接力比赛第一名。

这都是西区近些年来走体教结合的人才培养模式探索的丰厚回馈。素质教育讲了许多年,在西区我们把它真正落地了。只要领导重视,政策支持,西区的教育将大有作为,西区教育事业定能蒸蒸日上。

2017年8月24日,中山市西区办事处党工委委员冯能兴在华南师范大学的西区中小学行政干部能力提升培训结业典礼时勉励大家:"我相信大家在区党工委、办事处的教育发展规划下,找到自己的位置。这个过程有待我们共同努力。期待西区教育同仁在未来的日子里,不仅要事业进步,更加期待大家身体越来越健康,心情越来越好;不仅要办好教育,还要办好学校体育。"

2017年8月27日,习近平总书记在天津会见全国群众体育先进单位、先进个人代表时强调:"体育承载着国家强盛、民族振兴的梦想。体育强则中国强,国运兴则体育兴。要把发展体育工作摆上重要日程,精心谋划,狠抓落实,不断开创我国体育事业发展新局面,加快把我国建设成为体育强国。"体育在中国是一项神圣的事业,体育运动在中国的发展也是对人类发展的贡献。

2018年08月20日　星期一　初稿

林海龙(右)在广东省第十五届运动会拳击比赛中
2018年08月19日　广东肇庆　资深记者余兆宇摄

林海龙（中）登上广东省第十五届运动会拳击比赛64kg级冠军奖台一刻

2015年08月 李梦云（中）在广东省第十四届运动会女子跆拳道冠军领奖台

2015年08月梁子健(右一)在广东省第十四届运动会4×100米冠军领奖台

2013年06月 西区散打代表队参加中山市青少年散打锦标赛后合影留念
第一排左起:梁家豪 黄达鹏 姚天宏 王瑞浩 黄泽弘 郭子贤 张伟聪 于湘
第二排左起:林海龙 黄林杰

三只蜗牛

7月16日,我顺利完成2017年全区"小升初"注册工作之后,晚上受几个朋友邀约,品尝"酸汤鱼",小饮几杯,算是庆祝这个愉快的暑假即将拉开序幕。

因为近期忙碌的期末工作和复杂的招生工作截止到昨天圆满结束,昨晚睡了一个安稳觉,所以今天比平常起得早。天刚蒙蒙亮,我穿好运动服,轻轻地带上房门,小步跑向宽敞又寂静的运动场,开启我丁酉鸡年第一次晨练。

足球场草尖上的露珠,在晨光折射下闪闪发亮,今天又是一个骄阳的日子。小鸟儿在围墙边的枝头上欢快地歌唱,我在运动场的跑道上轻松漫步。

一

贪图享乐、随遇而安的蜗牛。

足球场东边靠跑道的草地上,一只移动的"小石头"引起了我的注意。我停下脚步,定睛一看,原来是一只蜗牛。那只蜗牛正朝东边爬行,看样子它想越过跑道,朝跑道边的树林方向爬去。如果没有猜错,那片茂密的林子就是蜗牛的家园。可是,我看它在跨越下水道盖排水的空隙处时,被下水道凉爽的湿气给迷住了,它很想爬到下水道去躲避骄阳,试过好多次都没有成功。

它不能成功,因为它那巨大的外壳根本不可能通过那道小小的缝隙。如果它硬要去下水道避阳,就只有挤破外壳牺牲自己,它应该不会作出这个决定。我暗暗地为它祈祷,不要贪图一时舒服,免得贻误了前程。

二

漫无目的、游手好闲的蜗牛。

我跑了没有多远,又看见一只蜗牛在足球场的草地里爬行,这一只蜗牛不紧不慢、悠闲得不得了。它爬行的方向与前一只蜗牛的前进方向完全相反。我很想帮它纠正方向,但又不能违反自然规律。只有遵从内心,道法自然。我暗暗地为它揪心,赶快调整航向,努力前行才有出路。

三

勤奋上进、有梦想的蜗牛。

我漫步至跑道三百米处,发现了正在行进的第三只蜗牛。从这只蜗牛爬行的痕迹判断,它是从草地那边过来,正越过跑道奋力冲向终点。这是我见到最聪明的一只蜗牛,它不仅坚强,还显得睿智。它不仅仅是一只蜗牛,更像是一个精灵。我暗暗地为它高兴,为它喝彩,为它祝福。前面就是你幸福的家园,加油吧!

人生何尝不是如此呢?只要方向正确,目标坚定,意志坚强,慢一点儿没有关系,一定会抵达理想的彼岸!

2017 年 07 月 17 日　星期一　雨　初稿

教师三书

书,在新华字典里第一层解释是:成本儿的著作。

按照社会分工,教师应归到知识分子行列。教师的人生应该有三书,即:读书(求知)、教书(育人)、著书(立说)。

读书求知是所有人都应该完成的事儿。因为职业特点和工作需要,教师更应该常读书、读好书、好读书,以提高自己的人格修养,提升自己的人生品味。

教书育人是教师的职业。教师想要教好书,不能照本宣科,必须博览群书,凡事举一反三,以丰富的专业知识和良好的职业操守,传道、授业、解惑。教师好读书、勤写作,对学生有直接的示范效应和间接的影响力。

著书立说对教师来讲,是对教育事业更高的追求。著书需要精彩的励志故事,要有犀利的文笔;立说需要系统的理论支撑,要有高度的概括能力。不是每一位教育工作者都能够出版著作(专著),但应该鼓励每一位教师,都抱着虔诚的态度,写一写自传,讲一讲自己的教育故事,梳理梳理自己的教育人生。不为他人,只给自己的人生交上一份满意的答卷,为你的后辈留下一段教育佳话。

书,能把教师的人生托得多高,取决于教师触摸过多少文字;书,能把教师的专业带到多远,取决于教师品味了多少书香。一个有读书和写作习惯的教师,经过书籍日积月累的浸润,经历对文字反复锤炼和对文章深度琢磨的阅历,他的气质就会变得高贵而不粗俗,性情逐渐变得细腻而不粗暴,内心渐渐变得博爱而不自私。

2017年07月19日 星期三 雨 初稿

故鄉是一首詩，悠遠帶著深邃，浪漫又現實。故鄉也是一盃酒，清醇夾著香甜，醉裏有乾坤。故鄉還是一碗茶，清香裊繞歲月，苦澀現年輪。故鄉更是一支歌，輕快伴著甜暢合成七彩音符，譜出人生最美妙的樂章！

乙未之冬弘遠書

于湘撰稿　何弘远老师于 **2016** 年冬季硬笔书写的《故乡》

说　闲

　　不要瞧不起你手头上所做的每一件琐碎小事，把它们干漂亮了，才能够成就将来的大事。

　　2015年4月22日，我带领西区中学500名考生，在沙溪中学参加中考体育。因为考场设备出了问题，从而延误了考生的正常考试。这件事，是我做教育管理干部以来最棘手的事件之一。

　　事后，我即刻写了一篇七千余字的文章——《难忘的中考体育》，记录那次前所未有的组织考试经历。这些教育故事，亲历者不去记录、述说，还有谁愿意提及呢？经过多次修改和沉淀，大约一年后，我在学科组教研会议上，同大家分享那次考试经历。

　　一位有志青年教师听了我的分享后，感慨地说：其实，完成那次中考体育工作后，我也想把它记录下来，可是一拖再拖，一直没有动笔。今天，听了你的分享，我感到十分惭愧，一句话"心动不如行动"。

　　很多情况下，我们都会说青春容易迷茫。其实，迷茫的原因只有一个：那就是，在本该拼命去努力的年纪，想得太多，却做得太少。

　　我们要学习水的奋斗精神，无论前方是悬崖，还是坎坷，水都毫不犹豫地勇往直前，形成瀑布，到达目的地，形成江河湖海。

　　奋斗，每一天都令人感觉到难，可你的状况却一年比一年好。不奋斗每一天都容易，可你的状况却一年更比一年差。人，是不能太闲的。闲久了，努力一下就觉得是在拼命。其实，不够努力已经很可怕了，更可怕的是一直在麻痹自己——我已经很努力了，却一直活在自己编织的谎言里安逸度日。

　　摩西奶奶曾说："人生永远没有太晚的开始。"

2017年07月21日　星期五　深夜　修订

追 求

普通人,有了成绩,要平台;
中层人,有了业绩,想升迁;
领导人,有了政绩,求人才;
不同阶层的人,有不同的目标和追求。
同样一块石头,一部分凿成了佛,一部分削成了台阶。
台阶问佛:"为什么人们都来踩我,而去朝拜你?"
佛说:"因为我经历了千刀万剐、千锤万凿,而你呢?"
只有经得起打磨,耐得住寂寞,担得了责任,能肩负起使命的人生才会有意义……看到别人辉煌的时候,不要嫉妒,因为别人付出的也多。

2017 年 07 月 15 日　星期六　晴　初稿

中山市教师足球联赛西区代表队（**2016－2017** 赛季）

从左至右：于　湘　钟国兵　赖国彬　饶　清

傅华锋　陈国华　肖桂喜　张振瑜　骆世根　罗永德

2013 年 10 月　在中山市首届音乐舞蹈花会比赛中（醉龙舞）获得金奖

07
寻找篇

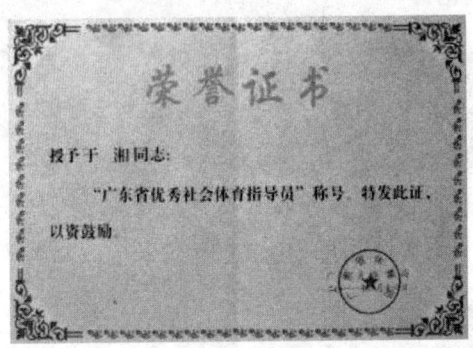

寻

——写在《第二故乡》出版当日

我
在这南粤的旷野上行走
沿着心灵的足迹寻找
找寻我来时丢失的梦

是什么呢
是花
还是树
是山
还是水
是蓝天
还是大海

我
在认真思考
努力地寻找……

2015年元旦

我的 1997

——纪念大学毕业暨香港回归二十周年

1997年是注定不平凡的一年
这一年我完成了大学本科学业
获得教育学学士学位/国家一级运动员
从一个纯粹的山里娃娃变成了优秀毕业大学生

这一年
我收获了爱情
心中有了心仪的另一半
开启了人生最浪漫的生活

这一年
我参加工作
母亲可以放心啦
儿子将成为您最信赖又骄傲的人

这一年
香港回到祖国的怀抱
雪洗了百年国耻
长了中国人民的志气

2017年07月01日　星期六　晴

无题（一）

运动强健了体魄
知识武装了思想
圣火照亮在案头
千古之智倾泻而出

2017年03月23日　星期四　阴

2018年03月12日 于湘主持西区中学2018届中考"百日誓师"大会

无题（二）

若不撇开终为苦

各能捺住即成名

体育不仅要有矫健的体魄

更需要睿智而果断的抉择

2017 年 03 月 24 日　星期五　晴

2018 年 03 月 12 日 中考"百日誓师"大会后同九(07)班学生和家长合影

无题（三）

运动

是医治百病的良药

坚持

能克服人生的磨难

等待

会让你的命运获得诸多良机

2017 年 03 月 31 日　星期五　雨

2018 年 03 月 19 日　于湘主持中山市西区中学校会——《国旗下讲话》

拥抱阳光：我和体育的故事　>>>

成就说

一个人
想要有所成就
一定是这样的
读万卷书
行万里路
阅人无数
名师指路
自己领悟

2018 年 01 月 21 日　星期日　凌晨

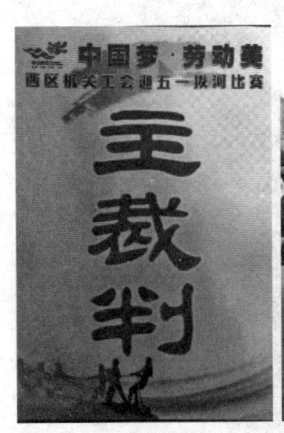

2018 年 05 月 04 日　星期五下午在中山市西区办事处大院执裁
"中国梦－劳动美"机关工委拔河比赛

梦里故乡

一处处白墙青瓦房
一层层梯田稻花香
暖风轻轻掠过心房
家乡美丽悄悄绽放

一次次亲吻你脸庞
一句句爱恋对谁讲
如梦似幻的关公乡
仿佛走进那画中央

三合小院古色古香
将多年的故事蕴藏
族人在巴山三百年
浇艳了满山的杜鹃

青山绿水当人颜欢
岁月见证历史辉煌
翻阅你流淌的神韵
你是我心中的天堂——千丘塝

2015年05月21日　星期四　晴有暴雨

羡 慕

时间是无限的
人的生命却是有限的
一个人
如何在有限的生命里创造无限的价值
则需要磨炼/淬砺/积累/沉淀和释放
不要羡慕别人的成功
那是别人牺牲了安逸换来的
不要羡慕别人的才华
那是别人私底下的努力换来的
不要羡慕别人的成熟
那是别人经历无数沧桑换来的
你应该关心的是
你想要得到什么样的生活
而你又为此付出了多少努力
你攀上了什么样的山峰
就有什么样的高度
世界始终是公平的
我们得到多少
取决于我们曾经付出了多少
我们可以拥有什么样的生活
取决于我们曾经突破了多大的障碍
决定收获多寡的因素
不是这个世界给了我们多少

<<< 07 寻找篇

而是我们面对机会时投入的勇气和智慧的大小
梦想化为现实
是要看我们在机会面前畏首畏尾、抱残守缺
还是在风口浪尖上力挽狂澜去战胜困难
人们最先失去的不是青春容颜
而是那份勇往直前
敢于横刀立马的闯劲

2015年06月23日

 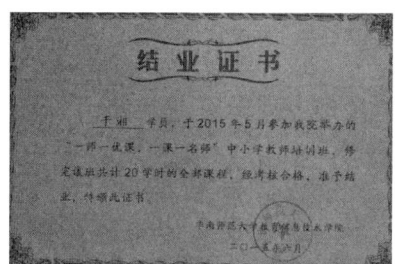

国家培训:国家级社会体育指导员(广州)省级培训:一师一优课(广州)

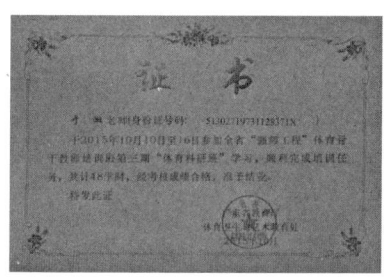 

省级培训:强师工程之体育科研(东莞)省级培训:强师工程之体育骨干(广州)

 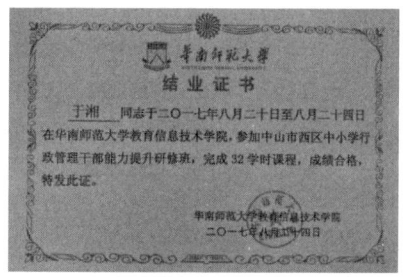

国家培训:深度变革高级研修班(上海)省级培训:管理干部能力提升班(广州)

287

折 腾

年轻时不折腾
拿什么做回忆
珍惜眼前的一切
创造多一点回忆
若要远方吸引你
必须去折腾
再不折腾
就有负生命给你上场的机会
不要等错过了才悔恨
不要等老了才怀念
悲哀的人
拿自己的时间去见证别人的梦想成真
可怜的人
自己不去尝试
还在嘲笑别人为了梦想而折腾
活着
最大的失误
不是跌倒
而是从来不敢为梦想折腾

2015 年 04 月 04 日

四十岁的事儿

四十岁前
我
是夹着尾巴做人
不能穿得奢华和艳丽
其实我也没有穿得奢华与艳丽的资本

那些时候
也不敢吃得太饱
更不能吃得太好
吃得太饱怕误了做事
吃得太好
怕下一餐接不上
担心膳食不均
营养不良
影响身体发育

四十岁后
我
终于可以挺起胸膛大胆地做事
做自己做得了的
也有能力做得好的事儿

四十岁后
我
终于可以挺直腰板勇敢地行路
走自己走得正的路
什么旁门左道
什么歪门邪道
从不敢越雷池半步

一个人如果只是光溜溜地来
再光溜溜地走
在这个世界活着又有什么意义呢
如果
在你周围工作和生活的人
能够因你而获得快乐/荣誉/幸福/变得积极向上
那该是一件多么了不起的事情啊

生命淡淡如花
静静地生长
慢慢地开放
该来的时候自然来
该走的时候不留恋

当走出困苦再回望
那是历练心灵的多彩凤凰
当经历波折再回想
那是衬托人生斑斓底色
人
有没有来生
我不得而知
一切都将在今生上演

体育的力量

——丙申猴年新年寄语

因为体育
才有故事

有了故事
才有写作的奢望

最初
只想试一试
后来居然一连出版了多部作品

只希望通过我的笔
记录下
我对体育的印象和情感

是体育
给了我无穷的力量
所以我的人生鲜活起来

2016 年元旦　晴　初稿
2018 年 01 月 22 日　星期一　晴　修订

乡 愁

故乡
对于我而言
不再是一个简单的地理概念
它更指向一个精神记忆的家园

在乡愁的深处
岁月尘封的幕布被缓缓地拉开
在那里时光倒流
枯木逢春

在那里有我熟悉的声音
色彩和气味
还有催促我走向天涯海角的初心
更有我最柔软最温暖的心事

在速度至上的城镇化进程中
故乡
正变得越来越陌生
故乡的面目也变得愈加模糊……

故乡
是一首诗

悠远带着深邃
浪漫又现实

故乡
是一杯酒
清醇夹着香甜
醉里有乾坤

故乡
是一碗茶
清香袅绕岁月
苦涩现年轮

故乡
是一支歌
轻快伴着酣畅合成七彩音符
谱出人生美妙乐章

2015年元旦　初稿

致运动员

运动员很幸运
创造了
一般人想都不敢想的美
体验了
一般人体验不到的突破身体极限的乐趣

运动员也很痛苦
感受了
一般人感受不到的孤独
承受了
一般人承受不了的伤与痛

所以运动员一定要在有生之年
特别是趁自己的身体还灵巧的时候
多创造一些美
把它留给自己也留给你的家人
更留给属于你的那个时代

2016 年 06 月 09 日

初　衷

我热爱运动
试想拥有一个强健的体魄

跑步
增长了我的速度和耐力

广播体操
提升了我的气质和修养

中国功夫
磨砺了我的精神和意志

奥林匹克圣火
淬炼了我的筋骨

圣火赐予我无穷的力量
照亮了我不断前行的道路

2015 年 08 月 08 日　晴　初稿
2017 年 02 月 19 日　晴　修订

跟 随

跟着苍蝇
会找到厕所
跟着蜜蜂
会找到花朵

人生是一个选择的过程
最重要的选择
就是选择和谁在一起
选择和谁共事
选择和谁交朋友
选择和谁结婚
选择向谁学习……

和什么样的人在一起
就会有什么样的人生
和勤奋的人在一起
你不会变懒
和积极的人在一起
你不会消沉
和智者同行
你会不同凡响
和高人为伍

你能登上巅峰

现实生活中
你和谁在一起的确很重要
甚至能改变你的成长轨迹
决定你的人生成就

2015 年 11 月 12 日

中学教师是中国最富有创造力和活力的群体
无论教育部门对中考和高考如何改革
这个群体总能够在最短的时间找到最适合的应对之道

眺　望

比陆地
更广袤的是海洋

比海洋
更宽广的是天空

比天空
更浩瀚的是宇宙

比宇宙
更深邃的是人类的心灵

2015 年 05 月 04 日

三只鸟

麻雀
满足于树梢
所以它的世界只有几丈之高

大雁
满足于云层
所以它永远飞不出层层云雾的缠绕

雄鹰
则不懈追求
力求最高
所以它的世界阔及宇宙

2015 年 03 月 04 日

无 言

当我站在
田径教练面前
求他收下我时
教练说
就你这身高和块头……
试训结束后
我
黯然离开了

当我去到
喜欢的女孩家时
女孩的父亲说
就你这癞蛤蟆
还想着天鹅肉……
饭没吃完
我
知趣地走了

当其他同学
还在暖暖的被窝里睡回笼觉时
我已迎着寒风
在运动场跑得汗流浃背

当三五成群的同学
大步跨进霓虹闪烁的舞池时
我正夹着笔记本
默默地走进寂静的图书馆

当其他教师
还在快乐地休(暑)假时
我已带着弟子
在炙热的运动场训练了
有人问
你这是为了啥……
我也说不清
只因为我喜欢体育而已

当我高擎着奥林匹克圣火
奔跑在京城的大街时
有人说
那家伙运气不错……
有时候
我也这么认为
当我再次传递圣火时
再没有人欷歔了

当我的处女作问世时
有人说
体育佬
能写出什么好东西……
当我的第三本著作出版后
分享我在第二故乡的故事时
有人觉得
那家伙确实积累了不少东西

拥抱阳光：我和体育的故事　>>>

当我第一次站在
市委党校讲台时
讲了些啥我也不知道
只看见我的课堂有人趴在台上……
当我再次站在教师进修学院讲台时
课堂里座无虚席
有人真心点赞并请求合影留念时
那是圣火光芒／更是体育荣耀

2016年08月18日　晴　初稿
2017年08月09日　晴有短时阵雨　修订

2017年08月24日在华南师范大学培训时合影留念
从左至右：刘军生　欧大新　莫秀红　邢海秋　于湘

沉　淀

沉淀阅历
形成智慧

沉淀情感
丰满心灵

沉淀心情
换取宁静

沉淀
不是消沉
而是用一颗淡然的心审视浮躁
在宁静中找到属于自己的位置

2015 年 02 月 25 日

运动与阅读

运动
强健了
你的筋骨
让你拥有一个遒健的体魄

阅读
丰富了
你的思想
让你拥有一个健全的人格

运动和不运动的人
短时间看差异甚微
但时间长了
身体和精神便有了巨大差异

阅读也是一样的道理
读书与不读书的人
日积月累
终成天渊之别

2017年01月11日　星期三　深夜初稿

初 梦

时光如水

身处其中

很难感知岁月的变化

日复一日

艰难前行

从习武修身到尚教育人

始终未曾歇脚

时光如刀/雕刻成模

横平竖直/深浅粗细

每一道刻痕都在感悟生命的历程

轻轻地触摸生命的意义

闲闲地写一段文字留给自己

好好地录一期视频分享给家人或朋友

岁月如梭

年复一年

所幸功夫不只是让人拥有一个㧑健的体魄

也成就了心中一直坚持的教育初梦

2017 年 05 月 04 日　星期四　雷阵雨　初稿

期 盼

最近以来
我特别期盼着上班
因为
工作中有故事
有故事的生活才有意义
有意义的人生才够精彩

上班之后
我又期盼着放假
因为
假期里才有自己的时间与空间
有了时空
便可以静下心来书写平凡的故事

2017 年 05 月 06 日　星期六　晴　初稿

人生三策

人生
难免会遇到一些不如愿的事情
有的人
整天抱怨
有的人
及时调整心态去适应
有的人
试图努力去改变
面对不尽如人意的事儿
有三策
下策是抱怨
中策是适应
上策是努力改变

2017 年 05 月 07 日　星期日　凌晨

文 字

文字是记录语言的符号
文字是语言的书面形式
文字这东西太奇妙
它既能让人哭
又能让人笑
它既能让人疯狂
也能让人沉寂
它既能让人沉沦颓废/一事无成
也能让人雄姿英发/大业千秋

一个拥有文字的人
任何乏味的生活
在他的眼中或许就换了一个样子
一个能驾驭文字
拥有文学的人
他的行动将变得有弹性
他的语言会充满意蕴
做任何事情都会有一种境界
从而拥有一份难得的雅致和高贵

2017 年 07 月 21 日　星期五　初稿

遇 见

人的一生
会遇见许多人
坏人
恶人
好人
恩人
贵人……

无论是坏人
还是好人
又或者是贵人
都是有缘人
坏人激励你
好人帮助你
贵人成就你

2017 年 08 月 17 日　星期四　深夜两点

寻找动力

人生
没有一帆风顺
也不可能有
还会有失意或不如意的时候

每当
遇到困难
遭受挫折
缺乏勇气的时候

我就会
不自觉地想起
那些曾经令人愉悦的事儿
寻找前行的动力

2017 年 09 月 13 日　星期三　初稿

故事里的事

讲体育故事
如果不问初衷
就忘了初心
如此便丢了生活的意义

讲体育故事
如果不谈课堂教学
就失去了主体
如此便没了主心骨

讲体育故事
如果不谈训练和竞赛
就说不上专业
也不配做体育教师

讲体育故事
如果不谈中考体育
就少了家国意识
如此便没了国家意志

讲体育故事
如果没有几个大型活动

就谈不上创新

更别说创造

讲体育故事

如果不涉及奥运圣火传递

就忘了追求

如此便少了经典

2017年10月04日　中秋节深夜　初稿

体育大旗手中擎　全民健身开新颜
2010年08月08日　参加中山市全民健身活动时擎旗领跑

分　享

分享
是一种快乐
分享
是一种幸福
分享
是一种美德

分享
是一种享受
分享
是再学习
分享
是再提升

2018 年 01 月 21 日　星期日　凌晨

致优秀的体育人

体育人
坚定自信
不怕苦
不怕累
不怕输
有不服输的拼搏精神

体育人
勇于挑战
敢想
敢说
敢闯
有敢做的担当品行

体育人
诚实守信
讲规则
讲正义
讲正气
有以理服人的规则意识

体育人

有学习能力

有合作能力

有创新能力

体育人

有团队意识

有坚韧品质

有探索精神

体育人

反应能力强

判断能力强

适应能力强

2018 年 01 月 22 日　星期一　晴　初稿

2018 年 05 月 01 日　星期一　晴　修订

2018 年 01 月 19 日　星期五　上午
在全校教师大会上作专题分享——超值"省培"

拥抱阳光:我和体育的故事　>>>

2008 年 07 月 13 日　平民火炬手的故事在中山市博物馆展出

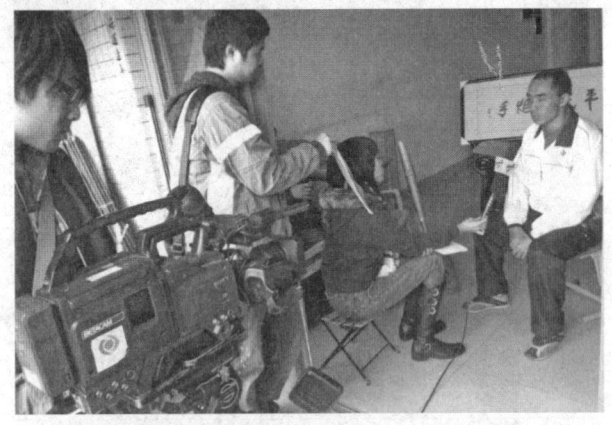

2008 年 01 月 24 日　广东卫视体育频道录制平民火炬手的故事

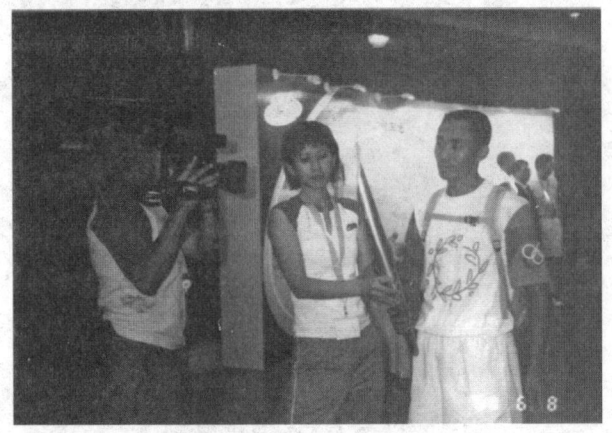

2004 年 06 月 09 日傍晚　香港媒体在北京钓鱼台国宾馆采访于湘

08

箴言篇

机会面前伸出果敢的手

——有感于湘当选奥运火炬传递手

罗　纯

听说中山的一名普通小学老师成为了雅典奥运火炬传递手,最初是不相信,后来就浮想联翩地认为,这后面一定存在什么问题——这个人有特殊贡献、有"后台"或者使用了其它的非正常手段？直到后来在采访中看到操场上挥汗如雨带着学生上体育课的于老师。翻看于湘的简历,虽然毕业于名牌体育大学,是国家一级运动员、二级武术裁判员;虽然发表过一些学术文章;虽然所带的队伍在市、省甚至全国的比赛得过一些奖项,但是与那些和他的名字摆在一起的人,那些体育界的高官、为北京申奥作出过突出贡献的人、世界冠军、文艺界名人等等比起来,他实在还是太过平凡了,最多也只能算是一个非常优秀的小学体育教师。

于是,我就开始想,于湘——这样一个平凡人是如何当选的呢？

随着采访的深入,这个问题的答案渐渐地在心里明晰起来了。奥运会"重在参与"的精神、身为中国传统体育项目——武术运动员、来自最基层的体育教育者、出身于运动世家,这些无疑是他得以入选的重要原因,但是纵观全国,这样的人也不在少数。导致他入选更深刻的原因,来自于他的性格。自信、认真与坚持,是于湘给我最深刻的印象。正是在这种性格的指导下,他敢于以最平凡的身份参加这次选拔,认真地对待网上申请时碰到的每一个问题;在后来参加面试时,能够镇定自若地面对评选委员会成员各式各样的问题;也正是因为这一点,他能够一个人默默地备选,即使当选,也没有表现出过分的张狂,而是深感身上责任重大。

机会总是青睐有准备的人。我想,于湘的例子就是一个生动的说明。

一个平凡的人生活何以变得不平凡？关键还是在于自己对机会的态度,这其中包括是否相信机会、是否有坚定的信念去抓住机会、是否有顽强的意志为得到机会而努力。于湘做到了,所以他成功了。其实,机会的大门从来都是公平地向每个人敞开,多一点信念、多一点坚持、多一点认真,平凡人就可以实现自己的不平凡!

罗纯:中山报业集团资深记者
2004年05月30日　中山日报总第3432期A2版　记者手记

阳光　体育　鲜花　掌声
2004年06月05日　资深摄影师陈文艺摄

于湘老师,中山人为你壮行

方炳焯

从《中山日报》上得知于湘老师被选为2004年雅典奥运火炬传递者的消息,不少中山人先是惊讶,再是兴奋,继而自豪的心情溢于言表,我本人更多的则是一份感动。

当我们看到:一个来自中山民间,代表普通市民的于湘老师高擎百年奥运圣火,与所有参与传递者一道,缓缓走向雅典时,作为中山人,心中的那份肃然和感动油然而生。奥运的神圣在这里也许得到最好的阐释,她从来就没有门户之见,她崇拜力量和勇气,她追求更快更高更强。

然而,更值得我们感动的是,于湘是以一个普通中山市民,一个最基层的体育教师的身份去申请参与奥运火炬传递活动的。他没有一般人想象的所谓背景和关系,没有任何的患得患失,就是凭个人独特的优势和条件,在不少报名参与者中幸运地脱颖而出。而在整个参与、申请的过程当中,没有任何行政背景和行政意志的介入,没有任何媒体的炒作和包装,没有时下流行的浮躁和诱惑。但于湘老师成功了,他凭着一份对体育事业的热爱,凭着一种对美好事物的执着,凭着一份对社会参与的热诚,凭着一份对自己的信心。所有这些,不正是我们所需要倡导和弘扬的新时期中山人精神的最好例证么?

于湘老师的成功,让我们再一次感悟,机遇,从来只垂青有准备的人,做任何一件事情,只要抛开功利,远离喧嚣和浮躁,离成功并不遥远。

当雅典奥运会已经进入倒计时,当奥运圣火越来越炽热,当传递圣火的队伍中,多了一个普通中山人的身影,所有中山人都应当把这份关注的热情和感动化成一股力量,脚踏实地,超越过去,开创未来!

于湘老师,中山人为你壮行!

方炳焯:时任中山市人民政府副秘书长

将奥运精神发扬光大

山海风

这是一个激情燃烧的日子。今日,中山火炬手于湘将带着他亲手高擎完成400米火炬接力的那支奥运火炬回到中山。于湘带回的不仅是曾经燃烧和平之光的奥运火炬,更重要的是给中山人带回了奥运精神。奥运圣火是和平的象征,也是友谊的象征。奥运圣火传递着不同肤色不同民族间的友谊,点燃人们对和平的渴望和追求。奥运圣火更代表着一种精神,其最大的内涵之一就是不屈不挠的韧性和勇敢的抗争性,充分体现了奋发向上、顽强奋斗的拼搏精神。

中山人历来就有"敢为天下先"的精神。改革开放以来,中山人正是凭借这种精神,锐意创新,开拓进取,取得了举世瞩目的伟大成就,经济建设和社会各项事业不断向前推进,人民群众安居乐业,向世人展示了一个现代化的中山。中山人"敢为天下先"的精神,正是奥运精神最好的诠释。

今天,我们面临着全面建设小康社会的重任,肩负着建设经济社会协调发展示范市的期望,可谓任重而道远。要实现以上目标,我们要将奥运精神发扬光大,给新时期中山人精神注入新的内容,将奥运精神化作我们前进中源源不断的动力,激励我们在各自的岗位上开拓进取,奋发创新,为把中山建设得更加美好作出应有的贡献。

山海风:中山报业集团资深记者
2004年06月11日 中山日报总第3444期头版时评

新起点

谈 天

今年是甲申年,老是想到《甲申三百年祭》,于是又重温了这本小册子。昨天于湘从京城凯旋,莫名地想起这本小册子。

上一个甲子,即1944年,郭沫若在重庆《新华日报》连载《甲申三百年祭》,被毛泽东高度评价,并告诫全党吸取李闯王的教训,戒骄戒躁。那时抗战已经胜利在握,毛泽东推崇这篇文章,显见其用心良苦。也许我市各级领导都读过《甲申三百年祭》,因此昨天举办了雅典2004奥运火炬传递手于湘老师凯旋报告会暨表彰仪式。这实在有很深刻的意义。

鲜花、掌声、庆功、表彰,这些都是必要的,是对上一阶段工作的肯定,是于湘老师的光荣,也是中山百万人民的光荣。表彰有利于鼓舞激励士气,有利于促进工作。但让我更感兴趣的,是在有表彰的同时,举行报告会。报告会就是传达一种精神、学习一种精神、贯彻一种精神的会议。李自成建都北京,太平天国建都南京,都有隆重无比的庆典,但可惜只有美酒笙歌,却没有报告会,没有总结过去,开拓未来。毛泽东推崇《甲申三百年祭》,其用意正在于胜利之际、掌权以后不能躺在功劳簿上睡大觉,如此方可保江山、守社稷。

今天,于湘老师凯旋重在报告会,正有此意,把今天作为新起点。唯此,我们可以断言:"不自见,故名。不自是,故彰。不自伐,故有功。不自矜,故长。"(《老子·第二十二章》)

谭文卿:高级记者 时任中山报业集团副总编辑
2004年06月12日 中山日报总第3445期头版时评

《平民火炬手》序一

丘树宏

这是一个非常平凡的名字——于湘,看不出有什么特别。

这是一个非常平凡的人——一米六多一点的身高,应该说还是有些偏矮。

这是一个非常平凡的职业——体育教师,怎么说也不是大家都抢着去的岗位。

于湘,确实平凡得不能再平凡了。

然而于湘又是不平凡的——虽然是小个子,却是武术高手。也是因为个子小,曾经遭到冷遇,却是中山市著名的优秀教师。更让人惊奇的是,于湘是2004年经过严格而复杂的程序,在数以百万计的强手中脱颖而出的雅典奥运会中国地区131位火炬手之一!

于湘,确实不平凡!人们不禁要问,平凡的人,平凡的出身,平凡的岗位,却做出了不平凡的事情,成就了不平凡的事业,于湘靠的是什么呢?

于湘靠的是一种不同一般的追求和理想。喜欢体育,又干上了体育老师这个行业,所以于湘就对奥运又多了一种亲近,而后建立了一种解不开的奥运情缘,以致于对奥运日思夜想,进而成为一种追求和理想。

于湘靠的是一种不同一般的执着和坚韧。成为奥运火炬手,特别又是蝉联奥运会火炬手,难度之大,竞争之激烈,大家可以想象。但于湘总是那样的坚韧不拔,那样的坚持不懈,简直到了常人不能承受的地步。正因为这样,于湘脱颖而出了。

于湘靠的是一种不同一般的聪明和睿智。一般人都觉得体育教师头脑简单,知识不多。于湘却不是这样。他自学精神好,上进心强,综合素质高。他写作,他出书,出画册,他作报告,他办知识讲座,他还开了博客。所以,他在奥运火炬手的竞争中,不仅靠硬件,还靠他的软件——机灵和智慧。

以上三条,都是与奥运的内涵一致的,都是与奥运精神一致的。

从这个意义上讲,于湘代表了奥运,起码可以说他是奥运内涵和奥运精神的体现。

因此,我们为有于湘这样的奥运火炬手骄傲和自豪。

然而,这是完全不够的。

更重要的是,我们如何弘扬和学习于湘老师这种追求、这种执着、这种精神。

丘树宏:时任中共中山市委常委 宣传部部长

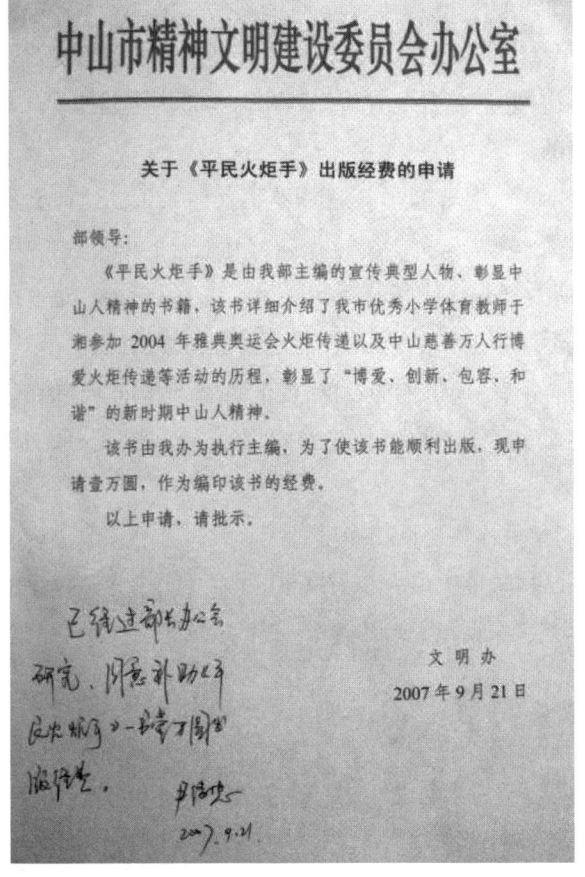

《平民火炬手》序二

李树之

于湘是幸运的。

他是 2004 年雅典奥运会全球火炬接力传递中国火炬手,2008 年北京奥运会全球火炬接力传递"和谐使者",并成为我市慈善万人行的博爱火炬手。

于湘是光荣的。

他向世人展示了一名普通体育教师不平凡的风采。这何尝不是中山的幸运和光荣呢?无论是作为奥运火炬手还是慈善万人行的博爱火炬手,于湘的行动都体现了中山人"博爱、创新、包容、和谐、敢为人先"的精神。每一个中山人都和于湘一起感受了奥运激情的涤荡,一起接受了博爱精神的洗礼。

于湘让我们感动,感动于他的自信,他的执著,他的热诚,他的真诚。

更令我们感动和高兴的是,他把自己的经历和感受凝结成这本书奉献给大家。

读了它,我们会更加热爱运动和生命。

博爱的清风已从每个中山人心头拂过。

读了它,我们会更加期待 2008 年第二十九届北京奥运会的圣火在每个中国人心中点燃!

李树之:时任中山市人民政府副市长

《平民火炬手》前言节选

胡 波

于湘老师是 1997 年从四川迁移到中山来的"新客家"。

他酷爱体育运动,迷恋中华传统武术和健身运动,秉承中山人身心健康和谐的文化精神,寓中华传统体育文化于体育教学之中,率先将中华武术引入小学体育教育,收到了文化传承与健康教育合为一体的效果。他独特的教学方式和对奥林匹克文化的痴迷,也为他赢来两次奥运会火炬传递的机会。他的新中山人的身份认同和城市建设的文化自觉意识,成就了他的奥运火炬手的梦想和弘扬中华体育文化的志愿,也为中山城市体育文化的构建增添了新的光彩。

中山人的体育运动情结和奥运梦,在于湘老师这儿也巧妙地得到放大和延伸。

胡波:教授 时任中山市文联主席

《奥林匹克圣火之旅》序一

易剑东

这是我生平第一次给别人的书写序。于湘是我在成都体育学院攻读硕士学位期间教过的学生。坦率地说，于湘当时班上的学生我基本叫不上名字来。

也许，于湘就是一个平凡的人，一个做学生时就平凡的人。要感谢奥林匹克，她让一个平凡人的生活里充满了精彩，胸腔里澎湃起激情。

我记得一位参加过悉尼奥运会青年营的少年说："现在我想环游世界，包括澳大利亚，我想学习不同的语言，我想致力于国际问题或国际关系研究。现在我想我最好去从事国际法专业。"

奥林匹克的感召力无处不在！

于湘又何尝不是如此呢？

参加雅典奥运会火炬接力的中国人中，体育官员、体育明星、文艺大腕举不胜举，作为一名平凡的体育教师，他幸运地举起了奥运会火炬。这是一种特殊的责任，更是一种无尚的荣光。点亮人们的心灯，这是奥运会火炬的超凡而神奇的力量。我想，在于湘高擎奥运会火炬跑在北京大街上时，他心头的阴霾一定荡然无存。

我们看不到太多于湘的酸甜苦辣，但我们可以从这本书感知到他平凡的人生，因为奥运会火炬接力传递有了转机，并且带来了他生活的城市的转机，引发了他身边的朋友和亲人的转机。或许这本书的整理编辑本身就是这种转机的一个产物和见证。

奥林匹克本质上是一种生活哲学，任何平凡的人都可以践行的人生哲学。平凡的于湘正是获得了一个践行奥林匹克主义的良机，人生才变得雄奇与典雅。

作为他曾经的老师，我很自豪他今天的成绩。

作为他现在的朋友,我很惊喜他眼前的状态。

希望于湘在奥林匹克的精神家园里继续耕耘。

希望中山市在追求文明、博爱的道路上走得更加顺畅。

更冀望于湘和他生活的城市,为大家带来更多的奥林匹克奇迹!

易剑东:教授 博士生导师

时任北京体育大学体育传媒系主任

被媒体誉为人文体育学者 奥林匹克研究专家 著名体育社会学家

2004 年 06 月 07 日　于湘一家同恩师易剑东在北京体育大学合影留念

《奥林匹克圣火之旅》序二

关瑞麟

我第一次认识于湘,是我区去年举办的全民健身跑,他做旗手。但那时未有交谈,一晃而过。今天,外表平凡朴实的他走进了我的办公室,递上他拟出版的《奥林匹克圣火之旅》。一下子,他的事业、他的追求、他的精神深深地吸引了我、感染了我。他请我作序,欣然允之。

于湘两度为雅典奥运会、北京奥运会接力传递圣火的镜头,一再在我的脑海里定格;他为我市慈善万人行传递博爱火炬的情景,更令我毕生难忘。我为我区有这么一位优秀的体育教师而欣慰,并深深为之感动。

就是眼前这位谦虚、质朴的青年,作为一位普通的中国人、一位在西区工作的中学体育教师,曾经代表13亿中国人担任2004雅典第二十八届奥运会、2008北京第二十九届奥运会、2010广州第十六届亚运会的火炬手,那是多么了不起的事情!传奇的经历,让这位普通的中国人成为万众瞩目的传奇人物!

"奥林匹克运动"是一项四年一度的世界体育盛会,以它为代表的奥运精神是"更快、更高、更强",支撑和造就"更快、更高、更强"的,则是"自信、自强、自尊"。于湘从13亿人的海选中一再荣登火炬手名录的经历,正好充分地证明了这一点。

与那些曾在奥运赛场夺取金牌的运动员,或与体育官员、文艺明星相比,于湘的脱颖而出,更多的是代表中国的基层体育工作者、爱好者的重在参与的一面。作为一位普通体育教师,于湘头上并没有太多的炫目光环,然而,他在竞逐过程中所体现出来的那种不断超越自我、不断更新、永远保持勃勃的朝气,恰是最令世人钦佩的当代中国人的精神风貌。

于湘是幸运的。他的幸运,缘于他身后站着强大的祖国和13亿勤劳、智慧、勇敢的中国人。作为中国人,谁都不会忘记中国参与、重返奥运之路的曲折与艰辛,因而倍加珍惜能在奥运会展现身手的机会。于湘传奇经历的可贵之处,在于他以普通中国人的身份,淋漓尽致地体现出这一点。

于湘在《奥林匹克圣火之旅》中郑重地指出,他之所以能够成为奥运会火炬手,是因为"中山人敢为天下先的精神鼓舞了我"。于湘的光荣,同时也是中山人的光荣。于湘是以中山市西区中学体育教师的身份竞逐奥运会火炬手的,因而,对于他的成功,西区人尤其感到等同身受的亲切。

于湘生活和工作在一代伟人孙中山先生的家乡中山市,中山的人文环境造就了于湘,让他有机会把洋溢心中的奥运精神升华为博爱精神。这种源自中华民族优良传统,并经孙中山先生大力提倡的博爱精神,从创慈善万人行的那一天起,二十多年来,一直熊熊燃烧在中山人心中。于湘代表年轻一代接过火炬,象征着中山的年轻一代必能将此传统发扬光大,从中山辐射到全国乃至世界!

透过于湘撰写的《奥林匹克圣火之旅》,我进一步认识了于湘,认识了年轻一代的中山人。

关瑞麟:时任中山市人民政府西区办事处党工委书记

《第二故乡》序一

魏子华

于湘老师是四川人,却在广东收获了爱情和事业,并把他自己的"第二故乡"缔造成了儿子的"第一故乡"。由此看来,"故乡"的概念有先天和后天之别,除了"第一故乡"不由己定之外,其余的"故乡"都由个人的经历是否"心安"来决定。

在这本书里,于老师同我们分享了他的位移轨迹和心路历程。于老师从"搞体育"到"教体育"再到"平民火炬手",以弘扬奥运精神与博爱精神为己任,几次的进化,手中的精神火炬越发光亮,不光把一个曾经的"他乡"变成了"故乡",更在精神探索的路上找到了归宿。他不断地修炼着真善美,也找到了把真善美传播出去的好办法。

我和于老师在同一个区域和领域从事着传播真善美的工作,对此我们也经常交流。在传播策略上,我们是这样思考的:首先,我们把真善美视作为一个整体,而其中的真、善、美又分别对应于人的自然属性、社会属性和哲学属性。对于学生的精神塑造,从他们身上自然属性相对突出的实际出发,把以美的载体,美的形式给他们以美好的学习体验,然后再依次导入,强化真与社会属性,善与哲学属性的对接,这样就把真善美向"人"这个个体的传播变得更为有效。相信这本书能提供给大家很多这方面的例子。

我很羡慕于湘老师能以这种厚积薄发的方式把正能量传播出去,但愿他能点亮更多的精神火炬。

魏子华:时任中山市人民政府西区办事处副主任

《第二故乡》序二

严明霞

当于湘老师让我帮他的《第二故乡》作序的时候,有点受宠若惊。其一,喜欢读书的人都知道,很多作品的序都是出自名家之手,而我只是无名小辈也。其二,于老师跟我,仅一面之缘;对我文笔的了解,大概也就是读过我空间里面的几篇日志而已。很感谢他对我的肯定和信任,我抱着试一试的心态爽快答应作序。

初识于湘老师,是在去年11月初。中山市西区16位德育干部参加了由我们杂志社组织的为期四天的广佛两地的拓展与考察学习之旅。那时候,我是杂志社这边派出带队的工作人员,而他是这批德育干部中的一员。

这次拓展与考察学习中,于老师给我留下了深刻的印象。

首先是在佛山南海金沙滩户外拓展中,于老师就很快地展示出了自己的组织领导能力。清楚地记得,在团队的组建中,他当选所在团队的小队长,带领队员在项目活动PK中从容应战,时而还集结队友商量应对策略。那时候,对于老师还不是很熟,只觉得精干的他有着非凡的组织领导能力,有着充沛的精神和活力。

后面两天的考察学习中,我看到于老师都是随身携带着笔记本,积极地向交流单位的同行请教学习。那种积极、较强的求知欲望和虚心、认真的学习劲头,实在让人佩服。对于教育考察,那段时间,我经常外出带团,也看出了一些端倪。很多教师外出教育考察,其实是"醉翁之意不在酒",老师们是抱着放松的心态出来采风的,像于老师这么认真好学的,真是少之又少。

从佛山返回广州的大巴上,我跟于老师碰巧坐一排,便有一搭没一搭地开始了闲聊。聊天时,我听出了一些川方言的口音,便问起了于老师是不是来自于四川。果然不出所料,他说他来自大巴山南麓的巴中地区,很巧的是,我老家位于大巴山北麓的陕西安康。虽不是老乡,却有着一样的乡音,我们同属于川方言系。

听于老师说话,能听到浓浓的乡音,感觉特别亲切。这段旅途,我们聊得很投缘,从学习到毕业再到找工作都聊了很多,还互换了名片,这也给了我第二次、第三次认识于老师的机会。

考察结束后不久,我们都回到了各自的工作岗位。一次整理名片时,看到了于老师的名片,于是加了他的QQ。"平民火炬手"是他的QQ昵称,举着火炬的特写照是他的QQ头像。我想,能作为奥林匹克圣火的传递者,这人一定不简单。这也勾起了我对于老师的好奇,点开他的个人空间,发现他在空间里面发表了很多日志,而我也从于老师的这些日志中再次"认识"了他。

从他的日志中,我发现于老师不仅仅是一位有追求的体育老师,不仅仅是一名多次参加奥林匹克圣火传递的"平民火炬手",他是一位能文能武的全才。作为一位体育老师,他在体育方面取得的成就,用"丰盛"一词形容一点都不为过。然而,能在文学方面,也如此孜孜不倦的体育老师,应该是凤毛麟角吧。他用文字用心地记录着他的"武"之传奇,也在用"武"之传奇丰富着他的"文"。"文武"人生,精彩故事更是信手拈来,集成佳作。于是,我有了第三次"认识"于老师的机会。

6月16日,于老师问我之前跟他约的一篇稿子刊登没——我曾在今年3月份跟他约稿,收到稿子后,编辑部的同事都称赞于老师的文笔不错,但文章的风格跟杂志的定位匹配不上,所以最终没有采用。这件事后来也忘记跟于老师说了,直到那天他问起,才跟他作解释。后面开始闲聊,于老师邀我去中山玩,还提前给我介绍了很多中山的特色小吃和景区。于老师还提到自己最近整理的书稿清样已经出来了,希望我帮他看看,也就是这本《第二故乡》。承蒙于老师看得起,修改书稿于我也是一件有益的事,当然也就义不容辞地接下了这活儿。

第二天早上,我收到了于老师寄来的《第二故乡》的书稿,厚厚的一大沓。当时上班来不及细看,计划晚上下班后带回家分章节看,看不完的周末搞定。

《第二故乡》是一本传记体的散文随笔集。于老师将自己多年生活在第二故乡——中山市的点点滴滴作了用心的记录和梳理。他的笔下,有对体育事业的执着,有对教育行业的热爱,有对生活的思考和感恩,也有外出采风时领略到的秀水青山和诗意田园。然而,所有的故事,都与第二故乡有关;所有的汗水与荣誉,也在这个伟人故里打上了深深的烙印。同时,也记录了于老师对这片土地深沉的爱与无私的奉献。

看完书稿,掩卷沉思:于老师留给读者的,除了他精彩的"文武人生",除了那些载入第二故乡史册的诸多荣誉,除了一遍遍刷新的教学成绩,印在脑海中挥之不去的更是那可以不断弘扬的"于氏精神"。于老师在自己的多篇文章中都提到这样几段话：

"中山是我的第二故乡，能够在这里为大家做点儿事，这既是我应尽的义务，更是我的光荣！"

"我既没有做官的命，又没有做官的运，更没有做大官的野心（准确地讲不具备实力和机遇）。所以，我唯有安安心心地做自己能够做得了，也有能力做得好的事情。"

"'人无完人，金无足赤。'在搞好教育教学基础上，趁着精力旺盛、有活力、有思想、有创新能力的时候，我亦积极、主动地参与社会活动，譬如：举办奥林匹克文化与教育专题讲座，担纲修身学堂主讲，参与演出、合唱，策划活动，创编大型文艺节目，指导全市广播体操蓬勃开展，分别录制健身、读书等有益于大家身心健康的电视专题节目，在时间允许的情况下，偶尔我也'爬格子'，记录生活、讲述故事，以此不断提升自我修养、磨砺人生、丰富阅历，作为教师我当尽力而为之。"

对第二故乡的主人翁意识，让他知足感恩，立志为大家做点儿事儿，并视之为"义务"和"光荣"；看似轻描淡写的话语，却倾注了他的满腔赤诚。"安安心心地做自己能够做得了，也有能力做得好的事情"，这是所有人都该学会的基本处事哲学，于老师用心地践行着这句朴实的哲理，足见其睿智。人这一辈子，能够尽自己最大的能力不断充实自己、完善自己，而后发光发热不断影响身边的人，这样的人生应该再无憾事。

我想，这些便是我理解的"于氏精神"的精华部分。如果我们每个人都多一点"于氏精神"，我想，邂逅所有的美好将不只是传说。一面之缘，三次"相识"，我从于老师身上获益匪浅，再表感谢！

2014 年 06 月 30 日　于广州市天河区天河北苑

严明霞：汉语国际教育硕士研究生　时任《学校品牌管理》杂志编辑

后 记

体育，让人思维活跃、行动敏捷、身体强健、精神强大。

顽强拼搏、健康向上的体育精神催促着我前行，无形中也带动了身边的人，热爱体育、参与运动、享受阳光，崇尚健美以及健康的生活方式。

决心决定命运，行动改变生活。用洪荒之力唤醒每一个混沌的生命，用不争之智点亮每一盏智慧的明灯，用奥林匹克圣火温暖身旁每一颗有志之心。

在这个信息爆炸时代，面对那些海量信息，我们不能让自己的头脑，成为别人思想的"跑马场"。诚然，在汲取他人精华的同时，也应该有自己的作品。

自从做了教师，我就深感自己读书甚少，底子薄，所以，只要有空，我就拼命读书。尤其是我在首都北京，因雅典奥林匹克圣火接力传递而一"举"成名以后，我的活动多了，场面大了，台阶高了，机会来了。可每当我面对镁光灯或话筒时，心中总是感到彷徨，深究其因，还是知识储备不够。于是，我就适时地推掉一些应酬，保持一定的状态，让自己静下心来阅读、思考。

我的阅读经历，同江苏省著名的语文特级教师曹勇军老师的读书经历有些相似。他说："我不敢自夸读了多少书，但在长期的阅读磨砺之下，有了一些定力、耐力和识力，养成了热爱阅读的习惯。我喜欢翻看各种书，将经典与流行、正宗与旁流、研究与涵养、厚重与新锐融会贯通，追求一种杂学旁通的阅读效果和境界。"

宋太宗赵光义说："开卷有益。"是说只要打开书本，总会有好处的。我亦在阅读中获益，并享受着读书带给我的乐趣。我在阅读中，一旦遇到好文章，抑或是好段子，往往都会不由自主地结合自身的故事发表感慨。

俗话说："好记性不如烂笔头。"我有提笔激情书写的习惯。我的办公台、书桌、床头分别放有笔和抄写本或者便利贴，方便即时记录，以备灵感来袭之时应急所需。

后 记

20世纪三四十年代,在胡适先生的倡导下,中华大地兴起了一股自传文学热潮。如今,我亦从胡适先生的《四十自述》中得到启发。只要有空,我就会把忙时囫囵吞下的一大堆粗糙的文字进行反刍、仔细琢磨、认真推敲、反复修改。趁自己思维活跃,手脚灵活,跑得动,记得住,写得了的时候,多想多做多写,常思考,勤积累。

当有了一定的沉淀之后,等到机会成熟之时,我便有了出版著作的奢望,与大家共同分享我的体育故事。自传体散文集《拥抱阳光:我和体育的故事》就是近些年来,我对体育教学、运动训练、体育文化、德育和教务管理以及参与社会活动后的沉淀与思考。

写作可以让人视野开阔,思想纯洁,思维敏捷,条理清晰,遐想无限。成书能提升一个人的修为,让人懂得敬畏,从而尊重历史,遵从内心,拿捏有度,吞吐自如,包容一切。

作为一名基层体育教师,在外人看来,我是一个有运气、有正气、有力量、有故事、见过世面的人了。但在这广阔的天空、苍茫的大地上,生命暗示却从未离我远去。苍蝇之小、人力之微,是无声的天启,让人懂得敬畏,从而师从自然、内敛守成。当然,还有许多事儿需要我在日后的工作中,细细打磨、不断完善、加以提升。譬如:教学能力、组织能力、管理能力、科研能力等。我期望做一个货真价实的教育人!做一个不甘平凡的体育人!

本书有119篇长短文,371千字,236幅珍贵图片,与故事有关的古今及国内外人物552位。成书之前进行了45次独立修改,12次第三方校订,6次出版社审稿(初审一次、复审三次以及终审两次)。人们常说"文章不厌百回改",我是用心的细致的耐心的真诚的想把体育故事讲好。其中对"我和体育的故事"一文的阅读和修改超过300次。现在出版一部作品比以前的难度大多了,出版社审查严格,错误率不得超过万分之一,否则就要再改再审一直到终审过关。只要作品能够顺利出版,那些所有熬过的不为人知的夜都是值得的,出版一部作品就是一次修行。

感谢帮助我审稿并提供宝贵修改意见的语文高级教师陆聪灵、涂健平,汉语言文学硕士研究生申爱玲,运动训练硕士研究生黄飞,正高级体育教师王世勋。是你们让我的人生有了不同寻常的提升和超越。

感谢北京中联学林对本书的精心策划与推广,感谢光明日报出版社对本作品的认可与出版。是你们让我这个平凡的体育教师有了获得感、成就感。

感谢现场聆听我和体育故事的所有人，尤其是中山市特殊教育学校全体教师、西区中学全体教师、东区朗晴小学全体教师、石岐区郑伟权学校全体教师、三乡镇平岚学校全体教师、2015年参加广东省体育教师培训科研班(东莞市教师进修学校教学点)的中山学员、中山市教师进修学院2016级全体新教师、2017年参加省培科研班(华南师范大学体育科学学院教学点)的全体学员、中山市"球缘会"的所有大伽、中山市体育教师读书分享会的全体会员。因为有你们的聆听，我和体育的故事得以在南粤大地传播。

感恩亦师亦友的魏子华兄、陈水清兄、卢润祥兄、司贵亮兄、高明兄、汤剑文校长、刘杰校长、西中校长、鄂艳霞校长、2017年省培班主任王伟老师等，为我提供分享体育故事的平台和机会。是你们的热忱和厚爱让我的人生有了宽度和厚度。谢谢！

2017年10月04日　中秋节　深夜初稿
2018年08月08日　星期三　深夜修订